スコット・シグラー／著
夏来健次／訳

●●

殺人感染（上）

Infected

扶桑社ミステリー
1251

筆者がかつて知るかぎりの最良の人々である、わが父と母に
果てしない忍耐力でささえてくれた、わが妻に
わがO・Jたちに――こう呼ばれた者は憶えがあるはず

あなたはわたしの肌の下に
胸の奥にまで分け入っているよう
あまりに奥深くて　まるでこの身の一部
そう　あなたはもうそれほどにわたしのなかに

わたしは必死にあらがおうとする
自分にいい聞かせる「こんな恋巧くいくわけない」と
だけど　あらがいきれるはずもない
そう　もうこんなにしっかりわたしのものなのだから

もうどんなものでも犠牲にしてしまいそう
あなたをそばに置くためなら
たとえ夢のなかでこんな声が幾度も鳴り響くとしても

「愚か者よ　勝てない戦いとわからないのか
目覚めるがよい　そして思い改めよ」

でも思い改めようとしても　あなたのことが浮かぶだけで
またこの恋から目覚められなくなる
なぜなら　あなたはしっかりわたしのもの

――「あなたはしっかりわたしのもの（アイヴガットユーアンダーマイスキン）」

コール・ポーター

殺人感染（上）

登場人物

デュー・フィリップス――――CIA(中央情報局)ベテラン情報員

マルコム・ジョンソン――――CIA情報員、フィリップスのパートナー

クラレンス・オットー――――CIA情報員

マレー・ロングワース――――CIA副長官

マーガレット・モントーヤ――CDC(疾病予防管理センター)研究員

エイマス・ブラウン――――CDC研究員

チャールズ・オグデン――――陸軍中佐、歩兵大隊長

ペリー・ドーシー――――〈トライアングル〉感染者、IT企業顧客サービス員

ビル・ミラー――――ドーシーの同僚

マーティン・ブルーベイカー――〈トライアングル〉感染者

キエト・グエン――――〈トライアングル〉感染者、ミシガン大生

序　ここが目的の地……

　アリダ・ガルシアは鬱蒼と繁る冬の森のなかを転がるように駆けている。彼女が通ってきた長い筋道に点々と血の痕がつたう。白くまばゆい雪のなかで、それは赤々と光る彗星の尾のようだ。

　アリダの両手は激しく震えている。凍えて痺れた指は鉤爪のような形に固まったきりで、握ることもままならない。しかもまわりでしんしんと降りしきっている大粒の雪は皮膚に触れたとたんに溶け、指先までずぶ濡れにしている。くるべきときがきても、ルイスの形見となったリボルバーの引金をはたして引き絞れるだろうか？

　胃の腑を襲う強烈な痛みが、アリダの脳裏にまたも〈務め〉を思いださせる――果たさなければならない大切な責務のことを。

　なにかが起こりつつある。なにか奇怪きわまりない、途轍もないようななにごとかが。それはアリダが自分の体をボリボリと掻きむしりはじめたときからはじまった――腹や肘にできた痒いところを。だがもっと奇怪なことがある――それは体のなかで起こっている異常な事態だ。普通ならこんなことはありえない……それだけははっきりとわかる。

　ふと後ろを振り向く。雪に血の痕がのびている自分のきた道筋を。何者かに追われていはしないかとあたりへ目を走らせる。怪しいものは見えない。アリダはもう何年も移民局を恐れながらすごしてきた。だが今のこの恐怖感は移民局へのそれとはちがう。国外退去させられようとしているわけではない——今は命を狙われているのだ。

　手や足を木の枝がこすり、血をにじませる。左足はずっと前にどこかで靴が脱げてしまったせいで、とくに出血がひどい。しかも雪は淡く積もっているだけなので、一歩ごとに地面のでこぼこが刺すように足裏を嚙む。おまけに鼻からもわけのわからない血が出ている。だがそれらの血を全部合わせても、数分おきに口から吐きだされる血の量とは比べものにならない。

　それでも進むしかない——進まねばならない……すべてがはじまった場所を見つけだすまでは。

　大きな樫の木が二本、目に入ってきた。何百年も求めあってきた恋人たちの腕のようにたがいに大枝をのばしている。その腕が届くことは永遠になく、満たされぬ愛の静止画像となっている。アリダは夫ルイスのことを思いだした。まだ幼かった子供のことも。その記憶はすぐ振り払った。今はそのことより、自分の腹に巣食っている忌まわしいもののほうを心配しなければならない。

やるしかなかったからやったのだ。

夫に三発。

子供には一発。

車を運転していた見知らぬ男に一発。

残っているのは三発だ。

アリダはよろけ、その場に転びそうになった。倒れこむのを止めようととっさに手をのばすが、手は膝まである雪にもぐるだけだ。雪に隠れた石くれが手を突く。冷えきった痺れにまたも熱い痛みが混じる。ついに白い雪面へ頭からつっこんだ。すぐに頭をあげたが、疲れきった顔に溶けかけの雪と氷がびっしりくっついていた。そこでまたも吐いた――血を。白雪に明るい赤色がほとばしる。

血に混じって、黒っぽいねっとりしたなにかの小さな塊が見える。体内組織だ。内部がそれほど荒らされているのだ。

アリダはたちあがろうとして、ふと目の前の二本の樫の大木を見やった。その双樹は天然の広場を支配するようにそびえ、葉のない大枝を長くさしわたしあって、直径五十メートルはあるかと思えるほどの骨組みだけの大円蓋をなしている。枝には頑固な枯葉がわずかだけしがみついていて、冬の風に細かく揺れている。彼女は自分がなにを探しているのかもわかっていなかった、ただ森のなかに踏みこまねばならないと信じているだけで。人のいかない森の奥深くまで分け入らねばならないのだと。

ここだ。これがその場所だ。

ここまでどれだけ長い道のりだったことか。ジャクソンの街であの見知らぬ男の車を奪ってここにたどりつくまで。男はラ・ミグラ——すなわち移民局の調査員——ではないといっていたが、しかしアリダをずっと追いつづけているのが移民局であることはまちがいなく、そのことで彼女がだまされるはずもない。男はあのとき、彼女がかまえる銃をじっと見すえながら、自分は移民局調査員などではなく、ただ酒屋を探しているだけだといいはった。だが嘘をいっていることはすぐわかった。目を見ただけで。それで彼女は男を撃ち殺して、車を奪って夜道を走り、サギノーまできて乗り捨てた。そして貨物列車に跳び乗ると、大きな森を探しはじめた。そうやって北へ北へと向かっていくかぎり、心がいらだつことはなかった。

思えば、北へ向かうことはアリダのこれまでの人生そのものだった。北へいくほどに人は疑いの目を向けなくなっていった。幼いころはメキシコのモンクローヴァで育ち、十代のころはピエドラ・ネグラですごし、十九歳になると国境を越えてテキサスを通り抜け、さらに北をめざした。七年にわたって働き、隠れ、嘘をつき、そしてつねに北へ向かった。オクラホマのチカーシャでルイスと出会い、それからは二人で一緒にアメリカをわたり歩いていった。セントルイスを経てシカゴに入り、ミシガンのグランド・ラピッズで母と再会した。母と合流したことで事情が少し変わり、東へ舵をとった。そしてジャクソンでルイスが建設関係の定職についた。

そのときからアリダの〈痒み〉がはじまった。そのあとはどなく、また北へ向かいたい衝動に駆られだした。いや、それはもう以前と同じようなただの衝動ではなかった。

あの痒みからはじまったそれは、いわば〈任務〉のような感じだった。

だが二十七年の人生を経たのち、彼女はついにここで初めて立ち止まった。樫の双樹を見つめる。たがいに腕をのばしあうそのようすを。恋人同士のようなさまを。妻と夫なのか。もう自分自身の夫を思いだすのを止められはしなかった。ルイスのことを考えるのを。でも今はもうかまわない――すぐに彼のところにいけるから。

もう一度だけ振り返る。彗星の尾のような足跡は分厚く降りしきる雪にいつのまにか消され、赤い血の色は薄桃色に変わったあと、たちまちもとの白一色に戻っていった。移民局調査員はアリダを探しだし、命を奪おうとしている……だがあとを追ってくることはもうすぐ無理になる――あと十五分か二十分のあいだに追いつかないかぎりは。

もう一度だけ樫の木を見やる。それはアリダの頭のなかで、輝かしい彫像のようにそびえ立つ。

ここがはじまりの地だ。

形見の三八口径リボルバーをポケットからとりだし、銃口をこめかみにあてた。

引金を引き絞るとき、アリダの凍えた指はどうにかその役割を果たしてくれた。

1　キャプテン・ジンキー

「こちらFM九二・五、朝のホットラインです。おっしゃりたいことを、どうぞ」

「みんな殺してやった」

マーシャ・スタビンズはひそかに毒づいた。またどこかの〈おれっておもしろいだろ〉な独りよがりが、バカな話を電波に乗せて得意がろうとしている。

「ほんとですか？　すごいですね！」

「キャプテン・ジンキーと話がしたい。世界じゅうに知らせなきゃならない」

マーシャはそっとうなずいた。今は6：15AM。そこらじゅうのバカなオタクどもがみんなベッドからのっそり起きて、『キャプテン・ジンキーとモーニング・ズーランダーズ』を聴きはじめる時間だ。そして自分も一緒に出演しているかのように思いこむ。それが毎朝の恒例だ。一度の例外もなく毎日の朝の。

「キャプテン・ジンキーになにをお話しになりたいんですか？」

「〈トライアングル〉のことを知らせなきゃならない」声はか細い。激しく息をする合間にやっと声を出している感じだ。なにか相当に難儀な仕事をしたすぐあとにしゃべらねばならないときのような。

「なるほど、三角関係ですね？　かなりプライベートな問題でお悩みのようですね」

「適当なことをいってごまかすんじゃない、このメスブタめ！」

「ちょっと、なにをどなってるんですか！　わたしがただの電話係だと思ってバカにしてるの？」

「〈トライアングル〉だといってるだろ！　なにか手を打たないとたいへんなことになるんだ。さっさとキャプテン・ジンキーにつなげ。さもないとこれからそっちへいって、おまえの目玉をナイフでえぐりだしてやるぞ！」

「それはそれは」とマーシャは返した。「わたしの目玉を、ナイフでね」

「おれはたった今、家族を皆殺しにしてきたところだ、わかってるのか？　体じゅうが家族の血にまみれてるんだよ。そうするしかなかったんだ。それがおれの務めだった」

「だからどうしたっていうの？　人を大勢殺したといって電話してきたのは、今日はあなたで三人めなの！　いい？　またかけてきたら、こんどは警察を呼ぶわよ！」

男は電話を切った。またなにかわめこうとしていたようだが、警察という言葉を聞いたとたんに黙ってしまった。そしてたちまち電話を切った。

マーシャは手で顔の汗をひとぬぐいした。彼女はこの仕事につきたいとずっと願ってきた。当然のことだ、『キャプテン・ジンキー』はオハイオ州の朝のラジオ番組のなかで最高の聴取率を誇っているのだから。なのにいざやってみたら、電話係は毎日頭のおかしな連中からの要望を受け付けなくちゃならなくて……自分のことをさもおもしろいかのように思いこんでいるバカどもが、世の中にはなんとたくさんいることか！

マーシャは左右の肩をまわしながら、ふと電話を見やった。すべての回線が点灯している。どうやら市じゅうの人間がラジオでしゃべりたがっているらしい。ひとつため息をついてから、二番回線のボタンを押した。

オハイオ州クリーヴランドのＡＴ＆Ｔヒューロン・ロード・ビル――かつてはオハイオ・ベル・ビルの愛称で呼ばれていた建物だ――の十七階に、その部屋はある。存在していない部屋が。

少なくとも、その部屋のなかにあるものは存在しないことになっている。地図上でも建物の登記上でも、あるいはまた当の十七階で仕事をしている人々にとっても、一七一二Ｂ室というのは単なる書類保管室だということになっている。

書類保管室というのはどこでも常時施錠されているものだ。それに人々はだれもが自分の仕事に多忙で、そんな部屋のことなどいちいち気にもしないし、まして不審を口に出したりもしない。その意味で、そこにはアメリカじゅうのオフィス・ビルにあるすべての鍵のかかった部屋以上に特別なところはなにもない。

　だがいうまでもなく、そこは書類保管室などではない。

　一七一二Ｂが存在しないことになっているのは、そこが〈ブラック・ルーム〉だからだ。国家機密室（ブラック・ルーム）などというものは実在しない――合衆国政府は国民につねにそう教えてきた。

　このブラック・ルームのなかに入るには、何重ものセキュリティ・システムをクリアしなければならない。まずは十七階の警備員に入室許可を申請する。ちなみにこの警備員はＮＳＡ――国家安全保障局――から警備面の管理をまかされていて、一七一二Ｂから五メートルほど離れているところに机をかまえ、不審者の侵入に目を光らせている。この男の許可がおりたら、つぎに、問題の部屋のドアのわきにあるスロットにカードキーを挿しこむ。このカードキーにはある数値が刷りこまれているが、そのときどきの時刻を既定の数式にあてはめて算出される数値であるため、十秒ごとに自動更新されるようにできている。これにより、資格のある者だけが本当に用事のあるときにのみこの部屋に入れるようになる。つぎは所定のキーパッドにパーソナル・コードを打ちこむ。さらにそのつぎは、ドアノブのすぐ上にある灰色の小さなプレートに親指の腹をあてる。すると高性能小型センサーが指紋とともに脈拍もチェックする。じつのところ指紋はたやすく偽造できるので確認してもほとんど意味がなく、肝心なのはむしろ脈拍のほうだ。つまり、賊がまず前述の警備員を射殺し、そのあとで入室資格のある者の頭に銃を突きつけて解錠を迫るといった場合を想定し、恐怖感で脈が速くなっていはしないかを確認するのだ。

これらのハードルを首尾よく越えられたら、一七一二Bのドアが開いてブラック・ルームの内部が目の前に展かれる。もちろん、そこに秘められて表向き存在しないことになっている〈なにか〉も、だ。

その〈なにか〉には、驚くべきスケールの監視統制を可能とするスーパー・コンピュータ、ナルスインサイトSTA七八〇〇も含まれる。このコンピュータはオハイオ州の州境を通過して送受信される電話音声およびインターネット情報のすべてを監視するため、それらの総量が流れている光ファイバーをビーム・スプリッターで分岐させることによって傍受している。つまりオハイオ州内で発生するあらゆるデジタル情報を見聞きできるわりで、それはアメリカ中西部でやりとりされるすべての電話コミュニケーションを盗聴できることをも意味する。もし対象が中西部以外であっても心配は要らない。全米各地の十五ヶ所にブラック・ルームが散在しているので、およそどんな要望にも応えられる。

傍受には〈鍵〉となる言葉が利用される。たとえば〈核兵器〉とか〈コカイン密輸〉とか、あるいはまたよく口にされる〈大統領暗殺〉といった語句も含まれる。すべての電話を自動傍受するこのシステムは、ときに数千数万の会話をいちどきに聴きとることができる。それは音声認識ソフトの利用によるもので、それによりすべての会話がテキストファイル化される。そうしておいて、上記の問題語が含まれていないかすべてのテキストをスキャンする。なにも見つからない場合、その音声は廃棄される。見つかった場合は、当該音声およびそのテキストファイルが各捜査機関に送られ、実地調査に寄与する。

かくて、あらゆる電話が盗聴されているものと考えねばならない。すべての会話が、細大洩らさず。テロ関連語、麻薬関連語、汚職関連語、等々想像されるかぎりのあらゆる犯罪関連語がモニターされている。とくに最近数週のあいだに連続発生していることさらに凶悪な殺傷事件に鑑み、合衆国大統領からの特別命令によって、あるひとつの言葉が全米要警戒語リストにつけ加えられた。

その言葉とは――

トライアングル、だ。

この〈トライアングル〉という言葉に〈殺人〉とか〈殺し〉とか〈放火〉などといった語が関連付けられているかどうかに注意しながら、傍受システムは耳をそばだててきた。そしてラジオ番組『キャプテン・ジンキー&モーニング・ズーランダーズ』にかかってきた一本の電話のなかに、それらの語の組み合わせがあるのを聴きとった。

傍受システムはただちに電話の会話をテキストファイルに変換してそれをスキャンし、〈トライアングル〉と〈殺し〉の二語がごく近い範囲で使われていることを確認した。その関連性は、「おまえの目玉をナイフでえぐりだしてやるぞ」という特殊な言葉によっても否定されるものではなかった。この会話は即座に抽出されて暗号化され、あらかじめ任命されている分析官のもとに送信された。

この分析官というのは、ヴァージニア州ラングレーにあるCIA本部のなかのこれまた秘密の一室にこもっている一人の女性局員だ。CIA本部のなかでもことさらに秘密にされている部屋となれば、機密事項をみずから作りだしたりあるいはあばいたりすることに命を賭けている者たちにとっての緊迫に満ちた現場ということであり、まさにスパイ小説さながらの本物の秘密の部屋であることを意味する。

この女性分析官は、問題の電話の内容に三度耳を傾けた。一度聴いただけで確実に問題とすべき会話であることがわかったのだが、念のためにもう二度試聴したのだった。そのあと分析官はすぐにCIA副長官マレー・ロングワースに電話連絡した。

分析官自身は〈殺し〉と〈トライアングル〉の二語が同時に使われていることにどういう意味があるのか正確に理解しているわけではなかったが、しかし、とるに足りない会話かどうかを聴きとる耳はそなえていた。彼女の耳はそれがとるに足りないものではないことを聴きとったのだった。

問題の電話の発信源は、オハイオ州トレドに住むマーティン・ブルーベイカーという男の自宅だった。

どう考えてもそれほど大きなボリュームで聴くような音楽ではない。

とかく世の中への不満を訴えたがるガキどもが聴きそうなヘビメタとかパンクロックとかあるいはラップとかいったような、デュー・フィリップスには到底理解できない種類の音楽だったなら、わからないでもない。

だがフランク・シナトラとなると話は別だ。

窓ガラスがガタつくほどの大音量でシナトラの歌を聴く者など、普通はいないだろう。

あなたはしっかり（アイヴガットユー）……わたしのもの（アンダーマイスキン）……

デュー・フィリップスはマルコム・ジョンソンと組んで、ＣＩＡ所有とはわからない黒のビュイックに乗りこんでいる。見張りの対象は、異常な音量で音楽を鳴らしている家だ。家の窓はスローなベース音に合わせて揺れ、シナトラの豊かな声が唄う長く澄んだ音調とともにガラスが震えている。

「ぼくは心理学者じゃないけど」とマルコムが口を開いた。「はっきりとわかります、あの家にこもっているのは頭のおかしい白人の男にちがいないとね」

フィリップスはうなずき、コルト四五をとりだして弾倉を確認した。それはいつも一発の空きもなく給弾されているが、確認は怠らない——四十年もつづけてきた習慣はたやすく失せはしない。マルコムも自分のベレッタを同じように確認した。マルコムはフィリップスの半分にわずかに満たない年齢だが、両人とも同じ課程で修練を積んできたために、同じようにこの習慣が身に染みこんでいるのだ——まず合衆国陸軍に入隊し、のちにCIAの訓練によって強化された。マルコムは優秀な若手であり、人のいうことを聞く耳を持っている怜悧な若者だ。近ごろの若いCIA情報員たちに多くいるタイプとはちがう。

「頭がおかしいのはたしかかもしれないが、問題はこの男がまだ生きてるってことだ」とフィリップスはいい、コルトをショルダー・ホルスターに戻した。

「それはどうでしょうかね」とマルコムが疑問を呈した。「この男が例の電話をかけたのはもう四時間前です。今ごろはどうなってるか知れたものじゃありませんよ」

「そうは思いたくないってことさ」とフィリップスはいった。「もしもうひとつでも余計にひどい状態の死体を見せられたら、おれはまちがいなくゲロを吐くね」

マルコムは笑った。「先輩がゲロを？　やめてくださいよ。合衆国疾病予防管理センターのあの女に嫌われちまいますよ。モンターナでしたっけ？」

「モントーヤだ」とフィリップス。

「そう、モントーヤでした。こんどの一連の事件がもっとつづくようだと、あの女と何度会うことになるかわかりませんよ。どうやら年上が好きなタイプみたいですからね」

「おれのほうが十五は上だろう。年上どころかじじいってところかもしれんぞ、あの女にとっちゃな」

「それは否定できませんが」とマルコム。

「口の減らんやつだな。ついでにいえば、あのモントーヤって女はかなりのエリートだ。おれみたいな叩きあげとは合わんさ。それになにより——向こうがおれのタイプとはちょっとちがうしな」

「そうなんですか？　あんないい女が好みじゃないとは意外ですね——もっとも、ぼくが先輩の好みのタイプだなんてことは、ないように願いたいものですけど」

「心配するな、おまえはべつに好みじゃない」

「それならいいんですが。女房を心配させたくないものですから。もちろん、男同士の恋愛を否定するつもりはありませんがね」

「もういい、そのへんにしとけ」とフィリップスは制した。「おまえのおもしろすぎる冗談を聞くのはあとだ。そろそろパーティーをはじめる時間だからな」

首にかけていたイヤフォンを耳にはめこむと、フィリップスは通信をテストした。

「司令、こちらフィリップス。聞こえるか？」

「こちら司令。通信良好」イヤフォンにかすかな声が届いた。「全チーム行動態勢完了」

「司令、こちらジョンソン、聞こえるか？」とマルコムも試した。

同じかすかな声が相棒の耳に届いているのがフィリップスにも聞こえた。

マルコムは上着のポケットに手を入れたと思うと、小さな革の名刺入れをとりだした。そのなかには二枚のポートレート写真が入れられている。ひとつは妻シャミカ、もうひとつは六歳になる息子ジェロームのものだ。

フィリップスは待った――容疑者に接触を試みる前にマルコムがいつもやる儀式が終わるときを。自分がなぜこの仕事についたか、なぜいつも身の安全を考えて行動しなければならないかを思いだすためであるらしい。フィリップスも札入れに娘シャロンの写真を入れてはいるが、いちいちとりだして見たりすることはない。娘がどんな顔をしているかはもうよくわかっているし、だいいち任務の前に娘のことを考えたいとは思わない。仕事と家族はできるだけ切り離したいのだ――とくに自分が政府のためにやむをえずやっていることに、家族を多少でも重ねあわせたくはない。

マルコムは名刺入れを閉じ、ポケットにしまいこんだ。「とうとうまたこの件で駆りだされましたね」

「仕方なかろう、マレーにとっておれは使いやすい部下らしいからな。一緒に駆りだされるおまえには気の毒だが」

二人はビュイックからおり、マーティン・ブルーベイカーの小さな平屋建ての居宅へと向かって足を進めていった。五センチほどの厚さの雪が歩道と芝庭を一面におおっている。ここオハイオ州トレドのカーティス通りとミラー通りが交差する辻からわずかに逸れたところに、ブルーベイカーの家はある。閑散とした田舎ではないが、立てこんでいる街なかというわけでもない。四車線のウェスタン大通りからはかなりの騒音が響いてくるが、大声でがなりたてているシナトラの歌が搔き消されるまでにはいたらない。

危険な状況になった場合にそなえ、三台のバンを援護にまわしていた。それぞれに生物兵器防護服を着た特務員が四人ずつ乗り組んでいる。カーティス通りからウェスタン大通りに抜けるところに一台、カーティス通りとモーツァルト通りの交差点に一台、ディックス通りとミラー通りの交差点に一台。これで標的が車で逃走するのを阻止できる。ただし自動車保険会社の記録や陸運局の登録からすると、ブルーベイカーが自家用車を持っている形跡はない。そこで彼が徒歩で逃げた場合にそなえ、ホイッティアー通りに四台めのバンを待機させていた。それにより、スワン川の冷水を泳いでわたる前に捕獲できる。かくて標的はどこにも逃げられない。

ではフィリップスとマルコムはなぜ生物兵器防護服を着ていないのか？　当然だ、こういう捜査活動は静寂のうちに慎重に実行しなければならないからだ。二人の大男が黄色いツナギ服姿で善良な市民の玄関をノックしては、近隣住民を驚かせてただちに報道関係の車両が駆けつけることになりかねない。騒ぎが大きくなって捜査に支障をきたすばかりだ。それでもなお自分の身を守るための策を優先させようとは、フィリップスは思わない。経験上、命を落とすべきときは落とすしかないと覚悟しているからだ。計画どおりことが運べば、静寂のうちに標的を灰色のバンのなかに生け捕りにして、未知の病原菌保菌者を収容すべく待ち受けているトレド総合病院にただちに運びこむことができるはずだ。

「玄関に接近」とフィリップスはつぶやいた。半ば独り言のようにいった言葉だが、イヤピースについているマイクロフォンはあらゆる音声を捕捉して司令に送る。

「了解」と司令が応答した。

ついに標的を生きたまま身柄確保するときがきた。

そうすることによって、現在発生しつづけている事態がなんであるのかがついにわかるようになるかもしれない。

「命令を憶えてるな、マル」とフィリップスは相棒にいった。「もし撃たねばならなくなっても、頭は狙うな」

「わかってます」とマルコムが返す。

本当に引金を引くような事態にはもちろんなってほしくないが、そうなりそうな予感がフィリップスにはあった。

ここ数週にわたって、謎の疫病に感染した者たちを追いつづけてきたが、見つかるのはおびただしい数の死体ばかりだった。惨殺された死体、燃えくすぶる死体、黒焦げになった死体……その果てに、ようやく生きた保菌者が確保されようとしている。

マーティン・ブルーベイカー、白人、二十八歳。白人女性アニー・ブルーベイカー二十八歳と既婚。女児一人あり、ベッツィ・ブルーベイカー六歳。

ブルーベイカーがラジオ番組『キャプテン・ジンキー』にかけてきた電話の内容については、デューもすでに聞いていた。その発言内容には相当に奇妙な点が認められるが、しかしブルーベイカーが本当に精神に変調をきたしているかどうかはまだ確定的ではない。じつは精神状態はいたってノーマルであって、ただ本当にシナトラを大音量で聴きたいと思っているだけ、という可能性もなくはない。

わたしは必死に……あらがおうとする
自分にいい聞かせる……「こんな恋は巧くいくわけない」と

「ガソリンの臭いがしませんか？」とマルコムが唐突にいった。

そういわれてからの最初のひと嗅ぎで、フィリップスはそれが事実だと知った。たしかにガソリンの臭いだ、それもあの家のなかから。まずい。

相棒と顔を見あった。もうたしかめているひまはない、突入すべきときだ。ささやき声でそう告げたかったが、シナトラの大声の前では叫ぶしかなかった。

「すぐ踏みこむぞ！　こいつも自分の家に火を点ける気だ——これまでの連中の一部と同じようにな。そうする前に身柄確保するんだ！」

マルコムがうなずく。フィリップスは玄関ドアから一歩しりぞいた。自分で蹴破ることもできるが、相棒のほうが若いし、力があり余っている。若い連中はそういうことをやりたがるものだ——ここは楽しみを譲ってやるのがいい。

マルコムはさがって勢いをつけると、思いきり蹴りつけた。内側のどこかで掛け金がはじけ飛び、ドアがあけ放たれた。木片が飛ぶ。まずマルコムが入り、フィリップスがつづいた。

家のなかに入ると、シナトラの大音量はいっそうすごい響きになった。フィリップスは思わず眉をひそめた。

　あなたをそばに置くためなら
　たとえ夢のなかでこんな声が幾度も鳴り響くとしても

小さめの居間があり、その先に小さめのダイニングがある。その向こうが台所。その台所に、死体がひとつあった。女だ。血の海になっている。目を見開いている。喉を切り裂かれている。眉根を寄せている表情は、恐怖というより驚きを示しているようだ……あるいは困惑か。問題が解けなくて途方にくれている『運命の輪』（ゲーム番組）の参加者を思わせる表情だ。

マルコムの顔はどんな感情もあらわにしていない。それを見てとったフィリップスは、相棒としてひそかに誇らしく思う。手のほどこしようがない犠牲者を前に、憐れんでいる余裕はない。

「愚か者よ　勝てない戦いとわからないのか
目覚めるがよい　そして思い改めよ」

廊下があり、そこをさらに家の奥へと進む。

目の粗い絨毯の上で足がすべるのをフィリップスは感じた。ガソリンだ。かなり厚く流されていて、絨毯の茶色をいっそう濃くしている。

二人はそこを進んでいく。

ひとつめのドアが右手にある。マルコムがそれをあけた。

子供部屋だ。またひとつ死体。幼い女の子だ。六歳。フィリップスはファイルを読んだのでそうと知っている。少女の顔に驚きの表情はない。なんの表情もない。見開かれたままの目はガラス玉のようにただうつろだ。口は半開き。顔じゅう血だらけ。クリーヴランド・ブラウンズのTシャツも血だらけだ。

こんどばかりはマルコムが立ちすくんでしまった。彼の息子ジェロームもこの子と同じ六歳なのだ。もしブルーベイカーを捕まえたら、彼は自分の手で殺すかもしれない――そうフィリップスは直感した。そうなってもあえて止めはしないが。

だがここには観光にきているわけではない。軽く肩を叩いてやると、マルコムは子供部屋のドアをしめた。さらに部屋がふたつある。ひとつは右に、ひとつは廊下の突きあたりに。音楽はまだ鳴り響いている。轟音で唄いつづける。

でも思い改めようとしても　あなたのことが浮かぶだけで
またこの恋から目覚められなくなる

マルコムが右手のドアをあけた。主寝室だ。だがだれもいない。部屋はあとひとつだ。デューは深く息を吸いこんだ。ガソリンの臭いが鼻孔を満たす。マルコムがまたドアをあけた。

マーティン・ブルーベイカーはそこにいた。

車のなかでのマルコムの予言が本当になった——この家にいたのは、一人の頭のおかしくなった白人男だった。

そこは浴室で、目をかっと大きく見開き口にはニタニタ笑いを浮かべたマーティン・ブルーベイカーが床に坐りこんでいた。裸足の両脚を前へ投げだしている。クリーヴランド・ブラウンズのフード付きジャージにもジーンズにもガソリンが染みている。のばした両足には左右ともに膝のすぐ上にベルトをきつく巻きつけていた。片手にオレンジ色のライターを、別の手には赤い血にまみれた手斧を握りしめている。後方では赤と銀の柄のガソリン缶が横ざまに倒され、流れでた中身が白黒模様を描くリノリウムの床に溜りを作っている。

あなたはしっかり（アイヴガットユー）……わたしのもの（アンダーマイスキン）……

「遅いぞ、ブタども」ブルーベイカーがうなった。「〈やつら〉がいってたよ、おまえらがくるってな。けどおれは逃げやしねえ――やつらをつれてくにはおよばねえってことだ。自分らで勝手に逃げるはずだからな」

　手斧を持ちあげると、強く振りおろした。分厚い刃が片方の膝のすぐ下にめりこんだ。ジーンズを切り皮膚と肉を裂いて骨をもつらぬき、リノリウムの床にくいこんだ。片脚が断ち切られ、血しぶきがそこらじゅうに散り、ガソリンと混じりあった。切られた脚は床に転がった。

　ブルーベイカーは激痛の悲鳴をあげ、その絶叫がシナトラを伴奏するオーケストラをも掻き消した。だが口は悲鳴を叫んではいるものの、目は痛みを訴えてもいない――見開かれたままフィリップスをにらみすえている。

　それはものの一秒あまりの出来事だった。つぎのせつなには斧はまた振りあげられ振りおろされて、もう片方の脚をも断ち切っていた――やはり膝のすぐ下のところで。と、上体がのけ反り、後ろざまに倒れた。体重が突然減ったために体が平衡を失ったのだ。倒れると同時に、短くなった脚の切り口から血の奔流が宙へ噴きあげられた。浴室のカウンターから天井にいたるまで血が浴びせられた。フィリップスもマルコムも本能的に片腕をさっとあげ、血しぶきが顔にかかるのを防いでいた。

ブルーベイカーはライターを点火し、それを床に触れさせた。ガソリンの溜りが瞬時に炎をあげた。火はたちまち廊下を走り、その向こうにまで伝わっていく。ガソリンの染みたフード付きジャージも火に包まれていた。

マルコムが目にもとまらぬすばやさで行動を起こしていた——抜いていた銃をホルスターに戻すや、すぐさま上着を脱ぎ、前方へと駆けだした。

フィリップスはやめろと叫んだ——が、すでに遅い。

マルコムは脱いだ自分の上着をブルーベイカーに投げかけ、火を消し止めようとした。そのとき、手斧がこんどは前へ振られた——その刃はマルコムの腹部に深く埋まった。シナトラの大音声のなかにあっても、にぶいグサッという音がたしかに聴きとられた。斧が背骨にまで達したことが即座に察せられた。

フィリップスはわずか二歩で、燃え盛る浴室に飛びこんだ。

ブルーベイカーが顔をあげた。目はいっそう大きく見開かれ、ニタつき笑いもより大きくなっている。なにかいおうとするように口が動きかけたが、その機会は失われた。

デュー・フィリップスの四五口径が六〇センチの距離から三発を放った。弾丸は標的の胸にあたり、その体を後方へすべらせた。血とガソリンにまみれた床をすべった体は、便器のなかに背中から嵌まりこんだが——すでに絶命していた。

「全隊へ！　至急応援頼む！　負傷一名！」

銃をホルスターに戻すとその場にひざまずき、マルコムを肩に担いだ。自分にまだ残っていたとは信じられないほどの力を出し、どうにか立ちあがった。ブルーベイカーは燃えつづけている。だが右腕だけは炎に包まれていない。フィリップスはその右手をつかむと、よろめくように廊下を戻っていった。炎のなか、相棒を肩に担ぎ、死体を引きずりながら。

2 レア&ウェルダン

燃える家のなかからよろけでた。冬の外気が赤くなった顔に冷たい。その一方で業火の熱がいまだ服を通して背中を焼いている。

「がんばれ、マルコム！」自分の肩の上で血を流している相棒に呼びかける。「じきに助けがくるからな！」

雪を除けていない歩道で足がすべり、あやうく芝生の雪の上に転びそうになったフィリップスだったが、どうにかバランスを保ち、道の端に立った。酔っ払いのようによろめきながら通りをわたる。死体を引きずり、雪が浅く積もった側溝のなかに入れた。その場にひざまずくと、マルコムを地面におろした。

真っ白だったマルコムのシャツは、腹のあたりが真っ赤に染まっている。手斧の傷は深く、腸まで断ち切られているはずだ。こういう負傷者はこれまでにも見ている。助かる見込みは大きくはない。

「がんばれよ、マル」とささやきかける。「シャミカとジェロームのことを思いだすんだ。そうすればがんばれる。家族を残して自分だけ逝くなんて絶対だめだ！」

マルコムの手を握った。その手は熱いうえにじっとりしていた。しかも火ぶくれでかさついている。車のタイヤのきしる音が響いたと思うと、なんのマークもない灰色のシボレーの大型バンが一台すべるように走りこんできて急停止した。そのドアが一斉にあけ放たれ、かさばる化学兵器防護服を着た男たちが十人あまり、湿った雪におおわれた舗装面に跳びだした。手に手にＦＮＰ90小型サブマシンガンを持ち、鍛錬されたすばやさで駆けだしてくる。たちまちフィリップスとマルコムをとり囲み、燃え盛る家をとり囲んだ。ある者はマルコムに駆け寄っている。

「わかるか、相棒！」耳もとに口を近づけてフィリップスは叫んだ。「助けがきたぞ！　すぐ病院につれてってやる。がんばれ、あと少しだ！」

マルコムがうめき声を洩らした。紙切れが風に吹き飛ばされてコンクリート舗装をかすっていく音のような、弱くかすかな声だ。

「あいつは……死にましたか？」唇がもはや消えかけているもののようにほんのわずかだけ動く。

「ああ、死んだ」とフィリップスは教えた。「心臓に三発ぶちこんでやった」

マルコムは一度咳をした。赤黒い血へどが雪の上に吐きだされた。防護服の一人が急いで彼の体をかかえ、待ち受けているバンの一台に入れた。

ブルーベイカーのくすぶりつづけている死体もまた、フィリップスが見守るうちに別のバンに担ぎ入れられた。そして彼自身ももう一台のバンに乗りこんだ――半ば引き入れられ、半ば押し入れられて。乗りこんでドアが閉じられると同時に、かすかなシューッという音が聞こえた。密閉された車内の空気がほんの少しだけ減圧されたのだ。乗車した者が未知の病原体に感染している場合にそなえ、万一密閉状態が崩れても車内の空気が外に洩れないようにするためだ。この先も同様の減圧気密室に収容され、何日も様態を観察されることになるのではないか――まだほとんど未知といっていい奇病の症状が出るかどうかを調べるために。あるいはまったく新たな症状を示すかもしれないし。だが今はマルコムが助かるか否かが問題で、自分のことは気にしている余裕もない。もし助からなければ、自分が罪の意識にさいなまれることになるからだ。

それから二十秒と経たないうちに、三台のバンはタイヤのきしみをあげて急発進した。燃え盛る家屋を後方に残したまま、通りを走りすぎていった。

3　ほんの小さな一歩……

どれほどかもわからない距離をどれほどかもわからない長い時間をかけて旅をしてきた〈種子〉たちは、細かな雪のように大気のなかを下降し、ほんのかすかな風にすら飛ばされて四方へ散らばっていく。そうやって、打ち寄せる波のようにつぎまたつぎと空気中に流れくる〈種子〉たちの群れ。いちばん最近の波がこんどこそ〈務め〉を完遂させそうに見えたが、しかしそれを成し遂げられるだけの大量の群れにはいまだ発展していない。そのうちに変化が起こり、新たな〈種子〉たちが投じられた。

ゆっくりとした落下の過程ではほとんどの〈種子〉たちが生存しつづけることができるが、しかし真の試練はその先にある。水に濡れただけで、あるいは冷気に触れただけでも、数百万数千万という数が死滅する。どうにか人の表皮におりたものだけが生き残るが、こんどはそこで成長するための条件がしばしばととのわない。一部は生育に適した場所に着地するものもあるが、しかしまたも風により、あるいは人の手のひと払いにより、ときにはもっと不運な偶発事によって、またどこかへ飛ばされてしまう。

それでも一部は発芽に格好の環境を見つけることができる。ひとつひとつの〈種子〉は塵粒よりも小さく、それぞれがやっとのことで自分の場所を確保する。下面に生えた硬質な細かい繊維状の毛がマジックテープのように人の皮膚に貼りつき、種子の個体をそこに固定させる。こうして無事に固着を果たすが、こんどは時間の流れとの過酷な闘争がはじまる。それぞれの〈種子〉が自給自足による生存というほとんど不可能に近いほどの闘いに直面させられるが――彼らはそれを微細な節足動物にすがることによって勝ち抜こうとする。

つまり、いわゆるダニという生き物を盟友とすることによって。

正確には、デモデクス・フォリクロルムという学名を持つ生物たちだ。これらのダニはもちろんごく小さいが、しかし宿主となる人の皮膚にたかったときには、自分の体よりももっと小さい食糧を摂取して生きる――つまり人の老廃した皮膚片を食糧とするのだ。それも、ほとんどひと口で嚥みこみ消化できるほどの細かな皮膚のかけらを。ダニはほとんどの時間を宿主の毛の茂みにひそんですごすが、夜になるとそこから這いだして、宿主の皮膚上をさまよい歩く。また彼らは衛生状態のよくないいわゆる第三世界のみに好んで住みつくわけではなく、およそ地球上のすべての人間に寄生する可能性を持つ。

そしてここに登場する宿主も、その一例だ。

この宿主に寄生したダニたちもまた彼らの宿命に洩れず、その人体から決して離れることのないままに、老廃皮膚のみを食しつづけてその短い生涯をまっとうすることになる。そして絶え間なくつづけられる食事の時間のさなかに、一部のダニたちがかの〈種子〉に遭遇した。だがそれは皮膚片によく似ていたため、ダニたちはたちまちのうちに餌食としてしまった。それもまた宿主の体表に無数に散らばる不要になった皮膚のかけらなのだと勘ちがいして、果てることのない食生活の糧(かて)のひとつとした。

ダニの消化器官が〈種子〉の外殻を打ち砕こうとする。プロテアーゼすなわちタンパク質分解酵素により、〈種子〉の外殻を構成する膜質を溶かして弱体化させ、破り入ろうとする。かくて外殻のところどころが荒らされたが、しかし完全に溶解することはない。〈種子〉は依然として無事のまま、ダニの消化器系のなかを通過していった。

そしてじつはそこからが真のはじまりなのだ――ダニが排泄する微細な糞のなかに含められることが。

人の体表はおおむね摂氏三十四度前後にたもたれているが、ときに厚めの衣服でおおわれることによって三十八度に達することもある。〈種子〉が必要としているのはじつはその程度の高温だ。ほかに適度の塩分と湿気も必要で、人の皮膚はそれらも巧く供給してくれる。そうした環境がととのうと、〈種子〉の細胞のなかのいわゆる受体が活性化し、細胞が起動して成長の開始が準備される。しかし本当に発芽がはじまるためには、ほかにもある条件が伴わなければならない。

〈種子〉の成長のために最も重要な栄養素となるもの、それは酸素だ。だが降下の過程においては、機密性の高い外殻によって、気体が内部に侵入することがずっとさまたげられてきた。その〈内部〉にこそ、酸素を必要とするいわゆる胚(はい)が収納されているにもかかわらず。ところが幸いにもダニの消化器系に噛みこまれたことにより、外殻のところどころが荒らされて通気性が生じ、酸素が流入するようになった。

〈種子〉細胞の受体はこの条件整備を自動的に読みとり、複雑な生化学反応をはじめる準備段階に入った——飛行機が飛び立つ前の確認事項を読みあげるようにして。

必要な酸素は？　確認オーケー。
適量の塩分は？　確認オーケー。
適度な湿気は？　確認オーケー。
適正な体温は？　確認オーケー。

数千万の〈種子〉たちが大気中の長旅を経たのちに、そのうちの数百万が最初の下降を生きのび、さらにそのなかの数千がようやく生存に適した環境にたどりついた。この宿主に付着したのはわずかに数百だ。さらにそのうち皮膚にくっついたのは数十だが、そこから首尾よくダニの糞のなかに混入されるまでにそのほとんどが死滅し、ついに発芽にまでいたったのはたった九つだった。

ただしその後の成長は急速だった。細胞は有糸分裂をくりかえし、数分ごとに数を倍化させていった。〈種子〉内部に貯めこまれた栄養素からエネルギーを吸収し、組織を形成するための資材を集積していく。継続的に生育していけるか否かは、この細胞運動のスピードにかかっている。すばやく根を張り、いつ敵対的になるとも知れない環境の変化にそなえねばならない。この〈種子〉に葉っぱは必要なく、ただ主幹となる根があればいい。植物学の用語では幼根と呼ばれるものだ。これこそが彼らのライフラインであり、それによってのみ新たな環境に適応していける。

幼根の具体的な役割は、宿主の皮膚下に侵入することだ。皮膚の最上層部は硬い角質からなり、これが最初の障害物となる。微細な幼根はゆっくりとしかし絶え間なく穿孔しつづけ、ついにはこの障害物を貫通して、よりやわらかな下層の皮膚に達する。だがこの過程でひとつの〈種子〉が貫通に失敗した。それのみ成長が止まり、すぐに死んだ。

残る〈種子〉は八つになった。

首尾よく表皮の角質を破った幼根はただちにさらなる深みをめざして穿ちつづけ、皮膚の繊維層をも貫通して、ついには皮下層の脂肪分の多い細胞のなかに侵入する。そしてさらに下方に待ち受ける頑丈な筋肉のすぐ上まできたところで、幼根は変化をはじめる。八つの〈種子〉それぞれがひとつずつ持つ幼根が、それぞれの新たな成長過程の中心となる。

発芽の第二段階のはじまりだ。

あまりの急速な成長により、〈種子〉が貯めこんでいた栄養素が不足してくる。もう栄養素の容れ物しか残っていない。それはもう滓でしかなく、すぐに剝がれ落ちてしまう。この不足を補うため、宿主の皮膚の下で第二段階の根が広がっていく。根といっても樹木のそれのような植物的なものではなくて、むしろごく微細な触手といったほうが近い。それが中心から枝分かれしてのび、酸素や蛋白質やアミノ酸や糖分などを新たな環境から摂取していく。それらはいわば、〈種子〉の新たな構造を造るための資材を運ぶベルトコンベヤーの役割を果たす。これにより細胞は爆発的な成長を遂げることができるようになる。

宿主の顔に寄生した〈種子〉がひとつあった。位置は左の眉のすぐ上だ。そんな場所だったため、この〈種子〉は第二段階での成長過程に必要なだけの栄養素を充分摂取することができなかった。それでたちまちのうちにエネルギーを使い果たしていった。宿主から自動吸収する栄養素によって部分的には成長を遂げ、資材の合成までは多少試みたものの——できた資材が実際に使用されることはなかった。意志と目的は持っていたにもかかわらず、この〈種子〉がそれ以上生きつづけることは不可能だった。

かくて残ったのは七つとなった。

彼ら生存に成功した〈種子〉たちは、いよいよ必要物の製造を開始した。まず最初に造ったのは、自動歩行する擬似生命体だ。もし電子顕微鏡で覗き見るなら、全体が毛におおわれたボールとでもいったものに見えるはずだが、ただしそのボールは鋸(のこぎり)状の鋭い歯が上下に生えた顎(あぎと)をそなえている。このボール状物体はその顎によって宿主の細胞につぎつぎに食らいつき、細胞膜を食い破って内部の細胞核を吸いだし、自分の体内に溜めこんでいく。そして細胞核が持つDNAを解読する。それはいわば人体の構造を写しとった青写真を読みとることであり、その個人の生物学的コードを特定する作業にほかならない。ボール状物体はこのDNA情報の読みとり作業を終えると、ただちにそれを〈種子〉本体に伝達する。

このデータにより、七つの〈種子〉はさらなる成長のためになにが必要であるかを知ることになる。といっても意識レベルの話ではなく、機械のように単にデータの入出力上のことであるにすぎない。感覚は必要としていない——ただ〈種子〉の組成がつぎの過程にそなえるため自動的に宿主のＤＮＡを読みとるというだけのことだ。〈種子〉は宿主の血液から各種糖分を採取し、それを手早く混ぜあわせこねあわせて化学変化させ、またも物資製造のための資材を調合する――丈夫で且つ柔軟な素材を。こうして蓄積された資材をもとにして、さらにまた新たな自動歩行装置を造る。ボール状の装置が材料を集める役割を持っていたとすれば、つぎなる装置はそれを使って自らなにかを造りだす役割を担うことになる。そのなにかとは、〈種子〉の外部をおおうことになる甲殻だ。この甲殻が速やかに造られなければ、新たな組成となった〈種子〉たちはつぎの五日間を生きのびることができない。

つまり第三段階に到達するまでにはそれだけの期間が必要とされているのだ。

4　あるブルー・マンデー

ペリー・ドーシーは重たい布団を撥ねあげた――それと不釣合いな柄の毛布も一緒に。とたんに冬の朝の寒さに体がさらされ、思わず身震いした。脳の一部はいつも、まだ寝ていろとうながす。あと十五分アラームをセットしなおせと。少しだけ一日酔い気味なのも始末が悪い。

そうじゃないか？――と頭のなかで声が響く。今朝の寒さはひどいぞ、また布団のなかにもぐれ、と。そうすれば温かくていい心地になれる。仕事なんか休んじまえばいい。

これがペリーの毎朝の儀式だ。いつも脳内の声が説き伏せにかかってくるが、なんとかそれを無視する。ようやく起きて床に立つと、早足で四歩踏みだし、寝室からわきの狭い浴室へと移った。リノリウムの床が心地よからぬ冷たさで足裏を迎え入れた。ドアをしめ、お湯のシャワーを浴びる。温かくて気持ちいい湯気が浴室内を満たす。すぐ隣の冷水のシャワーの下に移ると、頭のなかで響いていた毎朝の誘惑の声はたちまち消え失せた。それもまたいつものことだ。仕事をすっぽかしたことなど——それどころか遅刻したことすら——ここ三年のあいだ一度もない。今さらその慣わしを断ち切るわけにはいかない。

体じゅうを荒っぽくこすり洗いながら、ペリーはこんどこそはっきりと目覚めた。とくに左の前腕の一部が燃えるようにひどく痒いので、持ち前の分厚い爪でもって無意識のうちにガリガリと掻いていた。水を止めてシャワーの下から出ると、カーテン・ロッドに掛けておいたよれよれのタオルをとって体を拭いた。湯気が雲のようにあたりにただよい、彼の体の動きに合わせて湯気も動く。

浴室といっても、クローゼットに水道管をくっつけた程度の小さく狭い部屋だ。戸口から入るとすぐ右手に小さなフォーマイカのカウンターがあり、シンクがついている。かつては白かったが、しょっちゅう水を流すのと蛇口からポタポタ雫が垂れるのとですっかり黄色い水垢に汚れている。カウンターの上は歯ブラシとシェービング・クリームの缶と、磨り減って小さくなった石鹸を置けるだけの広さしかない。そのほかの小物は全部、シンクの上の鏡の裏側に据えつけられている薬品キャビネットのなかに仕舞ってある。

カウンターをすぎるとすぐ便器があり、それに接するようにしてバスタブがある。それほど狭い空間なので、便座に坐ったまま身を乗りださずに向かい側の壁に手を触れることができる。さまざまな色の使い古したタオルがタオル掛けに掛けてある。シャワー・カーテンとドアの裏表のふたつのノブにも引っかけてあって、それら全部のタオルの列が虹色をなしている——薄緑色の壁と、疵だらけの茶色いリノリウムの床を背景にして。

浴室で唯一の飾り物といえば、へこみと錆の目立つ小型のデジタル式体重計だ。ペリーはあきらめのため息をひとつつくと、その上に載った。数字のひと桁めの下線部分が以前から点灯しない。8の数字がAみたいに見える。だがそれが意味する体重は隠しようもない——百二十一・五キロ。

体重計からおりるのと同時に、別の痒みが走った。こんどは左足の腿で、蚊に食われたような感じの痒さだ。この不意の不快感にまたブルッと身震いして、そのあたりを強く掻いた。

髪を拭き終わったところで、不意に手を止めた。タオルを持つ手を思わず髪から離した。左の眉のすぐ上だ。そこに大きなにきびがひとつあって、それに手があたったせいでチクッとにぶい痛みが走ったのだ。

鏡が湯気で曇っているのをタオルで拭いた。鏡のなかの顔は赤みがかった無精髭におおわれている。明るい赤髭と直毛の金髪は、ペリーの記憶にあるだけでもドーシー家代々の奇妙なトレードマークになっている。彼は肩まで髪をのばしているが、カッコつけるためというよりはむしろ父親と似ているのを隠すためだ。年をとるほどに、いちばん忘れたい顔にどんどん似ていくのが自分でもわかる。

「ったく、デスクワークばっかやってるせいでますますデブってきやがる」

眉の上のにきびに目を凝らす。たしかににきびのようだが……少し変だ。ごく小さな赤い瘤(こぶ)状のふくらみがあるが、なにかの虫に刺されるか噛まれるかしたような妙な痛みを感じる。

なんだろう、これは？

肌がガラスに触れるほど顔を鏡に近づけ、チクチクするところを指でつついてみる。まわりの肌は普通に平らでしっかりしているが、その部分にだけちっぽけな出っぱりがある。色はというと……ほとんど黒といっていい。小さな黒い粒のような感じだ。爪の先でぐっと押すと、またもチクッと痛む。ひょっとすると、毛根が皮膚の下で太くなりすぎたのかもしれない。ほうっておいたほうがいいかも。時間が経って瘡蓋(かさぶた)にでもなってからなんとかすればいい。

シェービング・クリームの缶を手にとった。髭剃りと歯磨きの前には、いつも鏡をじっと覗きこむ。これまたカッコつけるためというよりは、自分の風采がどれだけ理想から遠ざかってしまったかをたしかめるためでしかない。

大学時代のペリーはビッグ・テン・カンファレンスのフットボール・チームのライ

ンバッカーで、一メートル九十五センチ、百八キロの肉体はそのステータスにふさわしい筋肉美を誇っていた。だが七年めに膝を怪我して、スポーツマンのキャリアは終わった。以後は徐々に体が変化し、使うのをやめた筋肉がしだいに減っていく代わりに脂肪分が増えていった。といっても世間一般の基準からすればまだ太りすぎとはいえないし、なにより女たちがいまだに彼の体に目を惹かれているのもたしかだ――がしかし、前と変わってしまったことは自分がいちばんよくわかっている。

髭を剃り、髪にムースを擦りこみ、歯を磨いて、いつもの朝の準備をととのえた。足早に浴室から部屋に戻ると、すばやくジーンズを穿き、AC／DCのライブTシャツと厚手のサンフランシスコ・フォーティーナイナーズのスエットシャツを着こんだ。寒さ対策ができたところで、流しに入った――そこを台所と呼ぶ気にはちょっとならない。以前台所付きの家に住んだことのある経験からして、幅一メートル八十センチ奥行き二メートル四十センチの狭い空間に電子レンジと戸棚と冷蔵庫をねじこんだだけの場所はやはり流しとでも呼ぶのがふさわしい。

戸棚のポップタルトに手をのばそうとしたとき、また急な激しいチクチク感が走って思わず背筋を反らせた。こんどは背中の肩甲骨の下あたりで、しかもかなりひどい痛痒だ。肩越しにシャツのなかに手をつっこみ、その部分に届かせようとした。

ボリボリ掻いて痒みを黙らせようとする。湿疹が出たのか、それとも冬の冷気のせいで乾燥肌になったためか。戸棚からポップタルトの箱とアルミホイル皿をとりだした。電子レンジのデジタル時計を見やると、8：46だ。チェリー味のポップタルトを口に詰めこみながら、二歩足を進めてパソコンの机へと移る。そこで鞄に書類を詰めこみはじめた——くたびれすぎてガムテープだらけになったブリーフケースに。週末に家でちょっとだけ仕事をかたづけようと思っていたのだが、土曜日からオークランド・レイダースvsカンサスシティ・チーフス戦をやるというので、日曜にかけてNFLのテレビ中継にかじりつき、『スポーツ・センターUSA』もチェックして、あげくに夜はいつもどおりスポーツ・バーに出かけてデトロイト・ライオンズがこてんぱんにのされるのを見物し、それで週末はすっかり終わってしまった。ブリーフケースをパチッとしめると、上着をサッと着て、車のキーをパッと引っつかみ、ダッと部屋から廊下へ飛びだした。

階段を三つ駆けおりてアパートメントの建物から外に出ると、ミシガンの十二月の冷気がナイフの刃先のように鋭く肌を刺した。無数の小さい針で顔や手をつっつかれる感じだ。吐く息がすぐに白い湯気になる。

二個めのポップタルトを口に入れながら、愛車フォードへ向かう。錆の目立つこの十二年めの恋人が今日も動いてくれますようにと、偉大なるクルマの神さまに祈りを捧げつつ。

運転席にすべりこみ（ドアをロックしたためしはない、こんなガタピシを盗んでいくやつなんているはずもないから）、ドアをしめる。霜の張ったフロント・ガフスが朝日を玉虫色にきらめかせている。

「一発でかかってくれよ、ベイビー」つぶやくと、白い息が顔のまわりを渦巻き昇る。エンジンはワン・トライで巧く息を吹き返した。勝利の雄たけびが小さく口をついて出た。アイス・スクレイパーを手にとり、ふたたび車外へと——その瞬間、またチクッとした。こんどは右の尻だ。紙やすりで撫でられたような痒みだ。反射的にそこへ手をやった——とたんにバランスを崩し、駐車場に尻餅をついた。ジーンズの内側に手をつっこみ、痒いところを荒っぽく掻く。尻の部分の布地が雪水で湿ってしまった。

「くそっ」ペリーは立ちあがりながら、体についた雪を払った。「ったくこれだからな、月曜日ってやつは」

5　新たなる創造

甲殻は大きさの面でも耐久性においても相当に成長してきた。まだ肉眼ですぐ見つけられるほどに大きくなったわけではないが、決して見逃しえないサイズになるのももう時間の問題だ。この甲殻を造る役割を負ったのは、やはり非常に小さな細胞状装置だが、この装置が手近な材料をもちいて、ふたたびあるものを造りはじめた。こんど造るものは甲殻の内容物となるもので、まずはその骨組みから組み立てていくことになる。それが〈種子〉から発展したより大きな新たな寄生体――いわば〈発芽体〉だ。

すなわち、飛躍的な成長の前段階にあるものだ。

この〈発芽体〉が第三の、且つ最後の自動歩行装置を造りだした。これまでは宿主のDNAを読みとる装置と、〈種子〉の甲殻およびその内容物を造りだす装置だったが、こんどのは運搬装置だ。

それはまず宿主の体内に侵入し、ある特定の細胞を抽出する――幹細胞を。DNA

を読みとった結果、その種の細胞が必要であることがわかったからだ。運搬装置は幹細胞を見つけるとただちに切除し、〈発芽体〉まで運んでいく。そして化学合成した接着剤によってそれを〈発芽体〉に接着する。するとそこでまたあのボール状装置の出番だ。

ボールについている例の鋸刃状の顎(あぎと)が幹細胞を食い破るのだ――ただしこのたびは丁重にそろそろとやる。そしてボールから吐きだされた微細な繊維質のものが幹細胞内部のＤＮＡに侵入する。すると〈変化〉がはじまる。

つまりボール状装置はＤＮＡを読みとるだけではなくて、新たな情報を〈書きこむ〉こともできるのだ。

もちろん幹細胞自身はそんなことには全然気づいていない。自分が何者かに隷属させられたことなどまったく知ってはいない。ただいつもどおりに、宿主のために新たな細胞を生育していくだけだ。しかしこのとき以後は、今まで自分たちで設計してきた細胞とは少し異なったものを生みだしていくことになる。それらの新たな細胞は、寄生している〈発芽体〉の内部にまで入ってきて、これまでの〈種子〉にはなかった組織や筋肉となってそこにつけ足されていく。

こうして〈発芽体〉は宿主の肉体をまんまと乗っとり、特殊な生化学的プロセスによってそれをまったく異質なものに変化させていく――いわゆるウイルス以上に悪質なやり方によって。

この〈発芽体〉に時間の観念はないが、それでも彼らはこの作業をほんの数日のうちに完遂させることができる。

6 ルーティン・ジョーク

九時七分前、ペリーはアメリカン・コンピュータ・ソリューションズ（業界ではACSと呼ばれている）に着いた。あちらこちらで「おはよう」を受けたり投げかけたりしながらオフィス内を小走りで通り抜け、自分のブースへ向かう。すべりこむように席につき、灰色の机の上にブリーフケースをポンと置く。さっそくコンピュータをスタートさせると、モニター画面はオフ状態がつづいた一夜の苦行から脱した幸せを喜ぶようにピコッと音を立て、RAMチェックと立ちあげ手続きを開始した。壁の時計を見あげ――オフィス内の総員が見られるように高いところに掛けられている――八時五十五分であることを確認する。どうにか九時にはもう仕事をはじめているという格好はつけられた。

「今日こそは迎えにいかなきゃならないかと思ってたわ」後ろから女の声が聞こえた。

ペリーはそちらへ振り向くこともせずにブリーフケースを開いて、バラバラのままつっこんできた書類の束をとりだした。「そりゃ無駄足をさせなくてよかったですよ、ボス」と返してニヤリとする。いつもの冗談のいいあいだ。「つぎは、ぜひ」

「プルマン社のサミル・カンシルから依頼があったわ」とボスがいう。「またネット・アクセスのトラブルですって。まずそこに電話してくれる？」

「了解」とペリーは答えた。

顧客サービス室長サンディー・ロドリゲスはそれだけで彼を放免してくれた。この部門のスタッフはほとんどが数分遅刻するのがつねで、毎朝ぎりぎりでも間に合わせて出社するのはペリー一人だった。しかし室長が部下の怠慢を叱責することはまずない。内部から苦情の声があがったり業務に支障が出たりしないかぎり、そんなことをいちいち問題視はしない主義なのだ。その代わりペリー独りが毎朝がんばっていることを特別視したりもしない。

だが彼が仕事にあぶれ面倒を見てくれる者もなかったとき、今の職場に採用してくれたのはロドリゲス室長だった。おまけに彼には暴行罪で捕まった前科があった。それもよりによって、前の職場で上司を殴ったのだ。その出来事以後、自分がふたたびホワイトカラーの職につけるとは思っていなかった。ところがそんなとき大学時代の親友ビル・ミラーがこのＡＣＳに口を利いてくれて、それを幸いにもこのロドリゲス女史が理解してくれたのだった。

そんないきさつで彼女を上司に持って以来、ペリーはこのボスを決して裏切るまいと心に誓ってきた。もちろん、こうして毎朝きちんと出社することもその誓いに含まれている。昔親父がよくいっていた、勤勉にまさる徳はないと。が、それを思いだした瞬間、歓迎すべからざる父親のほかの記憶までも蘇ってしまった――いやな気分で一日をはじめたくないのに。

きっかり二十五分後、隣のブースの同僚のビル・ミラーが入ってきた物音が聞こえた。いつもどおりの大遅刻だが、ペリーはいつもどおりなにもいいはしない。

「おはようさん」いつもの単調なビルの声が高さ一メートル五十センチのパーティションを通して挨拶した。「昨夜はよく眠れたかい？」

「いつもどおりさ。ちょっと飲みすぎたかな、ってところでやめといたからな。おまえもそろそろ大人の生活をはじめたほうがいいんじゃないか？」

「たしかにな」とビルが返す。「でもおれの場合は飲みだすとやっぱりやめらんないのさ」

ペリーはいい返そうとしたが、右の鎖骨のあたりにチクッとする痛みを感じて声を出しそびれ、思わずそこを軽く押さえつけた。スエットシャツのなかに手を入れ、内側の皮膚を掻いた。なにかのアレルギーか。それとも昨夜寝ているとき蜘蛛かなにかがベッドにもぐりこんできて、ここらへんに咬みついていったものか。

強く掻き、無理やり痒みを止めようとする。するとこんどは昨日の前腕の痒みのほうがぶり返してきて、そっちへ意識を移さざるをえなくなった。

「蚤か？」と、上からビルの声がした。布張りのパーティションの縁から覗き見ていた。そこから上半身を乗りだしているので、あと十センチくらいで頭が天井にくっつきそうだ。ときどき自分の机の上に立ってこうやるのが彼の癖だった。昨夜はペリーと同じ時間にバーを出たのに――つまり同じぐらいの時間しか寝ていないはずなのに――いつもながら妙な元気さを保っている。明るいブルーの瞳、完璧にセットした茶色い髪、無精髭のなごりもなくきれいに剃ったすべすべのベビーフェイス――すべてがまるでティーンエイジャー向けにきびクリームのCMモデルみたいだ。

「ちょっと虫に食われたらしい」とペリーは答えた。

ビルはまたパーティションの向こう側へ引っこんだ。

ペリーはとりあえず掻くのをやめた――まだチクチクしてはいるが。コンピュータにプルマン社の関係書類を映しだした。と同時に、インスタント・メッセンジャーのアプリケーション・ソフトを開いた。たとえ同じオフィス内のほんの二メートルほどしか離れていないところにいる相手とコミュニケーションをとるときでも、このツールは都合がいいと思えることがある。とくにすぐ隣のブースにいるビルとコミュニケートしたいときに便利だ――会話を同僚に立ち聞きされるのをことさらに嫌う男だから。たしかにくだらない冗談を心おきなくいいあえるメールを使うほうが、毎日のストレス発散にはいい。

そして今日もビルのここだけのハンドルネーム〈スティッキーフィンガーホワイティー〉を相手にいつもの儀式を開始した。

ブリードメイズンブルー：ところで今夜もフットボールを見るのかい？

スティッキーフィンガーホワイティー：それって、ローマ法王は女物の下着を着るのかいと訊くようなもんだぜ

ブリードメイズンブルー：それをいうなら、ローマ法王はまた変な帽子をかぶってるのか、だろ？

スティッキーフィンガーホワイティー：法王ならそもそも着てる服がでかすぎるぜ。それにやっぱ白は似合わないよな。この意味わかるか？

ペリーは笑いを噛み殺した。人が見たらバカみたいに見えるとはわかっているが、頭をかがめ大きな肩を震わせて、片手で口を押さえて笑いを隠そうとせずにはいられ

なかった。

ブリードメイズンブルー：いい加減にしろ。ここじゃおれはまだ新米なんだぞ。またこっそりユーチューブ見て笑ってると室長に思われたらたいへんだ。

スティッキーフィンガーホワイティー：それじゃ、うちに帰ってから法王ポルノを見るのはべつにかまわないとでも思ってるのかい、変態男さんよ？

ペリーは笑った、こんどは声に出して。ビルと知りあってから……そう、いつのまにか十年近くになる。大学に入った年はペリーにとってきびしい時期で、生来の荒くれな性質が暴力になって爆発することがよくあった。大学はミシガン大で、当初はアメリカン・フットボールの能力を買われて奨学金入学するという好待遇だった。だが寮でチームメイトと共同生活をしているとき、いつも競争意識に燃えていた彼は仲間と揉めることがよくあった――相手が同じポジションを争うライバルでないときでさえ。それでついに腕力での喧嘩沙汰を起こした。それが三度にまでおよんだとき、大学側は彼の奨学金を打ち切ることを決めた。

「こんなことはほかの低レベルな大学——たとえばオハイオ州立大とか——でなら許されるかもしれないが」と大学の幹部は彼にいった。「このミシガン大ではあってはならないことだ」

そうはいっても、大学もフットボール選手としてのペリーを失いたくはなかった。無駄に奨学金を払って入学させたつもりはなかったからだ。その激しい性格をフィールドでこそあらわにしてほしいというのが大学側の本音だった。そうした事情を耳にした友人のビルが、寮でのルームメイトになることを買って出てくれた。しかもビルは大学フットボール部のアシスタント・コーチの一人を伯父に持っていた。ビルとペリーが知りあったのは新入生のオリエンテーションのときで、以後すっかり意気投合した仲になっていた。ペリーにとって大学での最初の数ヶ月で笑った記憶といえば、ビルの印象的な冗談を耳にしたときにかぎられているほどだった。

だがだれもがビルはどうかしていると思った。一メートル七十八センチ六十八キロで英語専攻の普通の学生がどうして一メートル九十五センチ百八キロのラインバッカーと同室にならなければならないのか、と。しかもその男はこれまでのルームメイトを三人も——その全員がディビジョン・ワンのフットボール選手だ——ノックアウトしているというのに？　ところがみんなの心配をよそに、二人の共同生活はきわめて良好に進んだ。ビルには人を笑わせる格別の才能があって、それはこの荒っぽい豪傑に対しても非常に有効に作用した。かくてビルはペリーのアスリートとしてのキャリアを救い、のみならず学生生活をまっとうするための最大の助けともなった。ペリーはそのことをかたときも忘れたことはなかった。

そして十年の親友関係がつづいた。そのあいだ、ビルがペリーの判断を助けるためにいってくれた言葉で役に立たなかったものはひとつとしてなかった。

ビルのブースから歌が聴こえてきた。昔懐かしいソニー&シェールの曲だが、ビルはもとの歌詞を変えて「〈おれ、いんきんができちまったぜベイビー〉」と唄っていた。インスタント・メッセージがまた着信音を放った。

スティッキーフィンガーホワイティー:今夜のパッカーズvsナイナーズ戦はいいゲームになるかな?

ペリーはそれへの返信を打てなかった――いや、ビルからのメッセージ自体が目に入っていなかった。強く注意を逸らされることがあったせいで、人が見たら苦痛の現われとしか思えないにちがいないしかめつらをしてしまっていた。またも皮膚を掻きむしりたい気持ちをこらえねばならなかったが、こんどの痒さは今までよりずっとひどいうえに、場所も特別にまずいところだった。

手をキーボードの上で止めたまま、アスリートとしての節度を目いっぱい働かせて必死に耐えていた——左側の睾丸を激しく引っ掻きたい思いを。

7 非常事態

デュー・フィリップスは公衆電話のわきのプラスチック製の椅子に崩れるように坐りこんだ。これほどひどい目に遭ったあとでは、どれだけ若い男でも一週間経った犬の糞並みにぐたぐたに疲れ果てること請け合いだ。まして五十六歳のフィリップスには若さなど望むべくもない。着ているものはよれよれになり、汗臭さと焦げ臭さが染みついている。焦げ臭さは火災ででもなければ出遭えない濃くて黒い煙を浴びたせいだ。塵ひとつなさそうな病院の密閉された空間のなかでは、そんな臭いはとてもそぐわない。自分がトレド総合病院の待合室にいるのだとわかると、少しはほっとしていいぞという声が頭のなかのどこかで告げた。少なくともシンシナティの合衆国疾病管理センターの密閉された感染者隔離室にいるのよりはましだ。だがじつのところはその幸運を喜ぶほどのエネルギーすらも残っていない。

深く皺の刻まれた顔の左側に、煤混じりの脂汗が筋を引いている。禿げあがった頭のてっぺんにもだ。まるでそこで炎が激しいダンスを踊ったみたいに、頭頂部にまだら模様ができている。後頭部に耳から耳へかけて赤い髪が少しだけ生え残っているが、そこだけは煙の色に染まるのをなんとかまぬがれていた。体は疲れきって弱り、いつ椅子から転げ落ちてもおかしくない。

　デューはいつも携帯電話をふたつ持っている。ひとつは普通の薄型で、ほとんどの連絡はこちらでとる。もうひとつはメカニカルな感じのかさばるタイプで、全体が黒塗りだ。そちらには最先端の機能が満載されているらしいが、フィリップスはそのどれひとつも理解していないし興味も持っていない。今はとりあえずそのかさばるほうの携帯をとりだして、上官マレー・ロングワースの執務室の番号にかけた。

「こちらロングワースのオフィスです」快活そうな秘書嬢のてきぱきとした声が返事した。

「マレーにつないでくれ」

　カチリと音がして、つかのま待たされた。ローリング・ストーンズ「サティスファクション」のBGMが流れだした。近ごろはこんな機密優先の電話にまでミューザックとやらが使われているのか。ミック・ジャガーが息継ぎをしようとしたところで、マレー・ロングワースの貫禄のある声がとって代わった。

「デューか。どんな状況だ？」

「最悪のシチュエーションノーマル・オールファックアップ（SNAFU）だ」とフィリップスは答

えた。軍事上の隠語で非常事態をさす言葉だ。思わず額をパステル・ブルーの壁に寄りかからせた。視線を下に落として、初めて気づいた——靴底が熱で溶けていることに。溶けて変形したあと冷えて固まり、砂利やガラスの破片まで混じりこんでしまっていた。「マルコムが重傷を負った」

「どんなぐあいだ？」

「今が峠だと医者はいってる」

「危険なんだな？」

「そうだ」と低くつぶやく。「どうなるかわからん」

上官は一瞬間をとった。おそらくこう思わせたいがためだ——任務よりマルコムの命のほうが大切だと思っていると。「で、容疑者は確保したのか？」

「いや」とフィリップス。「火事で死んだ」

「死体はどうなった？」

「この病院に運んである。ドクター・モントーヤの検査を待ってる」

「どんな状態だ？」

「ミディアムとウェルダンの真ん中あたりだ。あの女医ならなにかさぐりだせるだろう——あんたが状態を訊く意味がそのことならな」

相手はいっとき黙りこんだ。その沈黙が妙に重い。「まだ自分でマルコムのそばについているつもりか？　なんなら、こっちからだれか遣って付添させようか？」

「キンタマを機関車で引っぱられてもここを動く気はないね」

「そうだと思ったよ」とロングワースがいう。「死体の周辺は殺菌処置してあるのか？」

「ばっちりやってあるさ」

「よし。モントーヤがすぐいく。彼女が協力してほしいといったら、手を貸してやれ。おれもできるかぎり早くそっちにいく。詳しい報告はそのとき聞こう」

「了解」フィリップスは電話を切り、椅子にどっと沈みこんだ。

七年間パートナーでやってきたマルコム・ジョンソンは今、危険な状態にある。全身の大半が第三度の火傷にやられている。おまけに腹部には斧による深傷が。重傷を負った人間を数多く見てきたフィリップスの目には、マルコムが助かる可能性はきわめて低いと映っている。

ひどい例をいくらもまのあたりにしてきた。最初はヴェトナムの戦場で、そのあとは三十年にもおよぶＦＢＩでの奉職のあいだに。だがそれらのどのときにも、マーティン・ブルーベイカーのようなとんでもないケースは見たことがなかった。あの男、狂気に目を泳がせ、その深みに精神を完全に溺れさせていた。両脚をすでに失っていたにもかかわらず、しかも全身火だるまになりながら――ハリウッド映画のスタントマンもかくやと——マルコムに向かって斧を叩きつけた。

フィリップスは思わず両手に顔を埋めた。あのときもし自分がもっと早く反応していたら、あとほんの一秒でも早く手をのばしていたら、マルコムがブルーベイカーの火を消そうとするのを止められたのに。どういう結果になるか察するべきだった。ブレイン・タナリヴ、シャーロット・ウィルソン、ゲイリー・リーランド……これまでの感染者の全員が凶悪な暴力を揮い、人身を殺傷した。ブルーベイカーも彼らと同様の行動をとるのは当然のことだった——仮に自分の家を全焼させることまでは予想がつかなかったとしてもだ。

もう一人、電話しなければならない先がある——マルコムの妻シャミカだ。だがシャミカがワシントンＤＣの自宅から飛行機に乗ってここに着くまでにマルコムが生きていられるだろうか？

それは疑わしい。本当に疑わしい。

8 出物腫れ物

昼休みになるとペリーは社内のトイレに駆けこんだ。便座に坐りこみ、ズボンは足首まで脱ぎおろしている。フォーティーナイナーズのスエットシャツは床に脱ぎ捨ててある。左前腕、左脚の腿、右脚の脛、それぞれに小さな赤い発疹のようなものができていた。どれも二号サイズの消しゴムぐらいの大きさだ。ほかにも三ヶ所、同じほどひどく痒いところがある。指を這わせると、右の鎖骨のところと、肩甲骨のすぐ下の背筋の真ん中あたりと、そして右の臀部にそれぞれひとつずつ、同様の腫れ物があった。さらにはもうひとつ――それこそ今まで考えないようにと努めてきたものだが――左の睾丸にも。

痒みはボリュームのツマミをゆっくりと操作するように強くなったり弱くなったり、かと思えばステレオをいきなり大音量で鳴らしたような急激な痛痒が襲うこともある。蜘蛛にでも咬まれたものか。あるいは百足かなにかの種類か――その手の虫にはひどい毒があると聞いたことがある。

　奇妙なのは、そんなものに咬まれたにしてはちっとも眠りから覚めなかったことだ。朝起きる直前ぐらいに咬まれたのかもしれない――そいつがどんな種類の虫かはともかく。仕事に出かける支度をしているとき咬み痕に全然気づかなかったのはそのせいかも――つまり、まだ体に毒が入ったばかりだったので、それがゆっくりとまわって発現するまでわからなかったというわけだ。

　しかしまあ、痒くて不快なのはまちがいないが、だからといってそれほどの大ごとというわけでもない。虫にあちらこちらをちょっと咬まれた程度ならば。あまりボリボリ掻かないように気をつけていれば、そのうち痒みも失せるのかもしれない。腫れも放っておいたほうが消えやすいかも。ただ問題は、いつまで放っておけばいいのかわからないことだ――腫れ物にせよにきびにせよ疥癬（かいせん）にせよあるいはほかのなにかであるにせよ。そのうちに待ちきれなくなって、こういうものと見ればすぐに掻きむしる悪い癖がいつ出ないともかぎらない。そのためにはつねに意識を集中させて、「痛みに耐え抜け」と自分にいい聞かせることが大事だ――ハイスクール生のときのフットボールのコーチがよくいっていたみたいに。

　ペリーはズボンを穿きなおし、スエットシャツを着こんだ。ひとつ深呼吸して、気持ちをととのえようと努める。これは耐久力の勝負だ――そうだ、それを思いださなきゃ。

トイレを出て、自分のブースに戻った。一生懸命働いて給料を稼ぐために。

9　ボスは犠牲を厭わない

マレー・ロングワースは人員リストを見ている。人物評価にパスし、機密性の高いこの〈トライアングル〉プロジェクトの構成員に選ばれた者たちの名簿だ。名前の数はごくかぎられている。マルコム・ジョンソンは評価がやや低く、このリストから洩れた。だからロングワースはもくろみどおり、デュー・フィリップスに関しては今回は単独行動させるつもりでいた。それなのにあの男はジョンソンを同行させるといいはって聞かなかった。今はもうかぶりを振るしかないが、あの主張に折れてくだした決定はやはりデューにとってマイナスの結果を招いてしまった――それも今後の彼の人生にとって致命的なほどに。

だが不幸にして、仕事に代償は付き物というしかない。葬式に花を贈るのも代償だ、そうやって昇進できるとしたら。マレー自身はそのことをよく理解している。だがデューはまったくわかろうとしない。あの男は我をつらぬく生き方しかしない。それこそが、ロングワースがＣＩＡのナンバー・ツーにまで昇り詰めているのにデューはいまだに下っ端の域を出られずにいる理由だ。もちろんいいスーツを着ていられる身分ではあるが、下っ端であることなのはまちがいない。

そうだからこそロングワースは五人もの合衆国大統領に呼ばれて重責を担う栄に浴してきた。秘密の仕事をまかされてきた。人のやらないことに首をつっこんできた。歴史の本に書かれることは決してないが、それでもだれかがやらねばならない任務を下命されてきた。そしてこのたび大統領がロングワースに与えた下命は、ごく普通の正常な市民が突然凶悪な殺戮犯に変わる奇怪な連続事件を解決することだった。肝心なのは、ロングワースがFBIの捜査官ではなくCIA所属だということだ――つまり本来なら連邦警察がやるべき国内事案を特別にまかされたのだ。じつはCIAがそうした問題に関与することは法的に認められていない。にもかかわらず大統領はロングワースにこの件を執り仕切るよう求めた。つまりこの事件は何者かによるテロ行為の可能性があり、だとしたら特殊な対抗戦術が必要とされるかもしれないからだ――すなわち、ほんの少しだけ法を逸れるような戦術が。

正体不明の伝染病らしきものによって現在までに五人の犠牲者が出ており、合衆国じゅうにパニックが飛び火しつつある。なのに事件そのものに関する情報がきわめて少ない。今のところロングワースはこの件に関し、自分の周辺に秘密が洩れないようどうにかこうにか努めている。すぐに動かせる部下は百人をくだらないが、こんどのことを知らせてあるのはそのうち十人にも満たない。局内の幹部にもこの件を知る者はほかにいないのだ。

こんどの計画のきっかけとなったのは、あのマーガレット・モントーヤが突然CIAに連絡をよこし、当時はまだ奇妙とも思えた話を持ちかけてきたことだった。最終的にロングワースがその話をモントーヤ女史から直接聞き、彼女が決して疑似科学的な終末論を唱える怪しげな伝道師などではなく、地球温暖化による世界の破滅におびえる妄想型の電話魔でもないことがわかった。女史は疾病予防管理センター(CDC)の研究員で、今般の連続事件がテロ組織による生物兵器攻撃である可能性を見いだしたのだった。電話は急速に局の上層部へとつなぎあげられていったが、つながれるたびに彼女の唱える説の高い信憑性と強い切迫感が局員たちに説得力をもって訴えかけ、ついにはロングワースを電話口に出させるにいたったのだった。

なぜCDCの正規のチャンネルを通じて連絡してこないのかと問うと、情報洩れを恐れてのことだとモントーヤは答えた。それは部分的な真実でしかないとロングワースは思った。理由の過半は彼女がこの事件の真相をつきとめた手柄を独り占めするためだろう、と。もし正規のルートで外部にコンタクトをとろうとするなら、上司のだれかが手柄を横どりし、彼女など最初からいなかったかのように扱われるかもしれない。

ともあれ、ロングワースはこのモントーヤ女史とじかに会った。そして彼女がさしだした調査ファイルの内容をひと目見ただけで――具体的にいえば、それに綴じこまれていたシャーロット・ウィルソンとゲイリー・リーランドの死体写真を見ただけで――この女のいうことにまちがいはないと確信するに充分だった。そこには、この社会を襲いつつある新たな脅威がまぎれもなく写し撮られていた。

ある意味幸いだったのは、マーガレット・モントーヤがほぼ無名に近い存在であることだ。病理学の世界的権威でもなければ、その道の業績でノーベル賞を獲っているわけでもなかった。それどころかアトランタのCDC本部の幹部学者ですらなく、そのシンシナティ支所に勤務する一介の疫学研究員というのが彼女の身分であるにすぎなかった。そこでマレーは、この女を独占的にCIAに協力させられると考えた。巧くすれば個人的に雇用することさえ可能だと――もしCDCから彼女がいなくなったとしても、だれもさして気にもとめないだろうから。

モントーヤがいうところの〈トライアングル〉なるものをはじめとする諸事項についての調査を徹底させるため、ロングワースは何人かの局員に命じて彼女に協力させた。その結果、同類と目される事件がつぎつぎに明るみに出てきた。たとえば一週間前にトレド・テレビの『WNWO』報道スタジオに電話をかけてきたブレイン・タナリヴという男の例だ。「〈トライアングル〉の陰謀だ！」といった謎めいたことをわめいたこの人物を、番組では精神を病んでいる可能性があると報じた。

その二日後、このタナリヴという男が自宅で家族全員とともに死体となっているのを隣家の住人が発見した。タナリヴ自身の死体については奇妙なほど腐敗が進んでいたことが報告されたが、ほかの家族――妻と二人の娘――の遺体に関しては、それほどの化学的変質が認められないとのことだった。また検死解剖の結果、妻子はいずれも鋏によって少なくとも二十回以上めった刺しにされていることが判明した。その後『WNWO』は続報として、タナリヴが電話で「〈トライアングル〉の陰謀」などという意味不明の言葉を発した原因について述べた。

すなわち、この事件は発狂のすえの無理心中だというのだ。タナリヴに凶悪事件を起こした犯歴はなく、また本人およびその家系に精神疾患の罹患歴はなかったが、しかし物証のすべてがタナリヴの単独犯行であることをさし示していた。したがってなにがしかの突発性異常が彼の精神に発生したためとしか考えられない、というのが捜査当局の結論だった。それでこの事件は収束するかに見えたが、しかしロングワースの指示ではじめられた極秘調査により、〈トライアングル〉という謎の言葉に新たな光があてられることになった。

マーガレット・モントーヤがもたらした新情報をこのタナリヴ事件に適用してみると、そこにある明らかな構図が浮かびあがってきた。マレーはそのことをＣＩＡ長官に報告した。長官はただちに大統領を交えての緊急の極秘会議を持った。だがその会議には大統領首席補佐官も国防長官も呼ばれず、CIA長官自身が同席したものの、ただつくねんと座して黙って耳を傾けているだけだった。ロングワースはモントーヤ女史をその場に同行させた。

そこで行なった彼女の報告はきわめて説得力のあるものだった。とくに死体写真が大統領の関心を強く惹いた。ゲイリー・リーランドの皮膚には三角形をした青い腫れ物が認められ、シャーロット・ウィルソンの体にもそれと似た形状の膿んだ隆起物ができていた。ブレイン・タナリヴの腐乱し骨さえ露出した死体はといえば、一面に奇怪な緑色の繊毛状のものでおおわれていた。

大統領はマレーに全権を与えた。あらゆる手を尽くして事件を究明するよう命じた。必要な人員をどこからでも即刻登用できる権限をも持たされたが、しかしマレー自身は大がかりな調査チームを編成する気はなかった――そのときはまだ。ことを荒立てず隠密裏に運ばねばならなかったからだ。もし世間に洩れでもしたら、どんなとんでもないパニックが起こるかわからない。下手をすれば社会全体が機能不全に陥る可能性さえある。市民は疫病に感染するのを恐れて家から外に出なくなり、出てしまった人々はどんな些細な症状でもすわ疫病かと恐れて――オムツかぶれから蚤に喰われた痕にいたるまで――病院を満杯にするだろう。しかもそうなることは早晩避けられない。今できるのは、パニックに発展するまでに可能なかぎり情報を多く集めることしかない。一旦恐慌状態が生じれば、あらゆる局面が混乱をきわめて、収拾困難になるにちがいないから。

これまでに五件の事件に関連性があることがわかっている——つまり、大統領の指示を仰いだあのとき以後、二件が追加された。その一人めの犠牲者はジュディー・ワシントンという六十二歳の女性だが、ゲイリー・リーランドと同じ老齢者コミュニティーの居住者で、リーランドが死亡した翌日に——ただし感染はリーランドより早いと思われる——死体となっているのが発見された。それを見つけたのがほかでもないデュー・フィリップスとその相棒マルコム・ジョンソンで、コミュニティーのすぐ外の空き地で見るも無残な腐乱状態を呈していたという。つまりこのジュディー・ワシントンの場合も感染が相当深く進行していたということだ。そして二人めの追加犠牲者が、今回問題となっているマーティン・ブルーベイカーだ。十六日間で五件が連続発生したことになる。しかもまだマレーらによって見つけられていない犠牲者がほかにも必ず出ているはずだ。

これから事態がますます悪化していくことはまちがいない。

10　死体検分、あえてやるべし

マーガレット・モントーヤは、そんなふうに感じる自分をおかしいと思いながらも、新しい死体を調べる機会にありつけたときの興奮を忘れられなかった。もちろん、彼女はなんであるよりもまず医師であり、すなわち人を癒やす者であり――それが真の意味での天職だとはいわないまでも――少なくとも人の命の聖性について最も高度な意識を持つ者の一人だという自覚はある。だから、新たな死を目の前にしたときにはまず悲しみを覚えるべきだということもよくわかっているつもりだ。しかしそれでもなお、ＣＩＡのマレー・ロングワースからトレドにくるようにと指示されたときに湧きあがった興奮は否定しようもなかった。

なにも人が死ぬのがうれしいなどと本当に思っているわけではない。ただ、これほどまでに急速に腐乱した死体ばかりが発見される異常さには驚きを覚えざるをえない。そんな不気味なことに強く関心をいだくのは自分ぐらいのものかもしれないが、しかしこれまでの経験も研究成果も無に帰するほどのこの異常性には目を瞠（みは）るしかない。

だからマーガレットにとって、この連続事件の死体はただの死体ではなく――これまでに五体見つかっているわけだが――エボラ出血熱やＡＩＤＳのような恐ろしい疾病すら顔色なからしむるような、驚異的な破壊力を持った新種の疫病の発見につながるものかもしれないのだ。

　それにしても、短時日のうちにこれほど大きく状況が変わってしまうとは。マーガレットはわずか十六日前まではＣＣＩＤこと総合伝染病研究所（コーディネート・センター・インフェクシャス・ディジーズ）シンシナティ支所の一研究員にすぎなかった。ＣＣＩＤはＣＤＣの下部機関で、彼女はそれなりに満足して働いていたものの、しかしキャリアを大きく躍進させられるような立場にはなかった。なんとか昇進したい、華やかな舞台に立ちたいと思ってはいたが、しかしそのうちに、役所が用意した競争の場で他人と戦うことは自分の好みではないと気づかされた。つまり他人を押しのけてでもという気概は彼女にはなかった。

　そんなとき、ミシガン州ロイヤルオークで発見されたある変死体を検死するようにという指示を受けた。未知の病原体に感染した可能性があるとのことだった。マーガレットはその死体――というよりほとんど人体の残骸というべきもの――をひと目見て、これこそ出世の道を拓いてくれるものかもしれないと直感した。そして検死を行なってから七日後には、ＣＩＡ副長官マレー・ロングワースに対してブリーフィングをやる立場になっていた。その場にはロングワースの部下であるデュー・フィリップスとマルコム・ジョンソンという二人の情報員に加えて——にわかには信じがたいことだが——合衆国大統領が同席していた。マーガレットはそこでついに大統領その人の政治的決断に寄与したのだった。

　そして今、ホワイトハウスで持たれたその極秘ミーティングから二十四時間と経っていないこの時点で、彼女はＣＩＡ局員の運転する車に乗りこんでトレドへと向かっている——さながら政府要人の一人でもあるかのように。ペイパーメイト・ボールペンの頭を無意識に噛みながら、助手席の窓から外を眺めやるうちに、彼女を乗せた黒塗りのレクサスはトレド総合病院のエントランスへと近づいていった。

　駐車場にはテレビ局の中継車が四台きていた。どれも正面エントランスか救急搬入口に近いところに駐(と)められている。

「困ったわね」とマーガレットはつぶやいた。緊張で胃がきりきりしはじめた。よりによってこんなとき、マスコミを相手にはしたくない。

　運転手が車を止め、彼女のほうへ振り向いた。「裏口から入るようにしようか？」

　運転手の男はハッとするほど男前なアフリカ系の若者で、名前をクラレンス・オットーという。マレー・ロングワースによりマーガレットの半専属運転手となるよう指示され、彼女がいくところにはどこへでも同行する。運転手といっても雑用をやる(グリース・ザ・ホイールズ)という意味であり、文字どおりなんでもやってくれる。おかげで彼女は自分の仕事のみに専心できた。

このオットーという男はじつはれっきとしたＣＩＡ情報員で、拳銃も常時携行している身分なのだが、それでいてマーガレットがどんな役目を担っているのかについてはなにも知らされていなかった。かたや彼女自身はＣＤＣ所属の一介の疫学研究員にすぎないが、にもかかわらずアメリカ全土を揺るがしかねない重大事に首まで浸かっているというのが、ある意味奇妙ではある。

オットーのルックスにはちょっとドキドキさせるものがあるので、話すときもつい顔を逸らすようになっていた。「そうね、お願いするわ……マスコミに絡まれずに、なるべく早く遺体安置室に入りたいから。一刻を争うのよ」

それは事実の概略にすぎない。マーガレットは二十年におよぶキャリアのなかで記憶もさだかならぬほど数多くの死体を調べてきたが、じつはさほど急がなくても大丈夫なケースがほとんどなのだ。大抵は医師が見るときにそなえ、氷などによって保存処置がなされているからだ。ところがこのたびの一連の変死体はわけがちがった――それこそがまさに異常な点だった。これまでに見つかった三体のうち、二体はすでに腐乱が進みすぎてほとんど調査不可能な状態で、しかも残る一体はといえば――じつはそれが最初に発見された死体なのだが――マーガレットの目の前でぐずぐずに崩れて溶けていくありさまだった。

　それこそが、これは絶対になにかがおかしいと感じさせた最初の徴候だった。救急搬送医（パラメディック）によって病院に運びこまれていた問題の死体は、ミシガン州ロイヤルオーク在住のシャーロット・ウィルソンという七十歳の女で、五十一歳になる自分の息子を肉切り包丁で殺害したあと、駆けつけた二人の警官に同じ凶器で襲いかかり——その際「兵隊に殺される」と意味不明なことをわめいたという——やむなく狙撃されたのだった。ほどなくしてパラメディックが診察したところ、老女の体には医師ですら見たことがないような異様な腫れ物が群発していた。その場で死亡が確認され、ただちに郡立病院に搬送された。

　その十時間後、解剖を担当した監察医も死体をおおう腫れ物の異常さに驚き、すぐにCDCシンシナティ支所に連絡した——そしてようやくマーガレットが助手数名を率いてその場に直行した、という経緯だった。だが彼女がロイヤルオーク郡立病院に到着したのは監察医による検分から約六時間後のことであり——つまり故人の死亡時からはすでに十六時間も経過していたわけで——死体はすでに腐敗をきわめていた。そのさらに二十時間後には、もはや骨だけが形をとどめ、肉は溶けて黒い汚液となり果て、しかもその全体を黴（かび）のような緑色の微細な繊毛がおおうという状態を呈した。冷蔵はおろか冷凍保存の試みすらも腐朽を止められなかった。死体に巣食っていた病原体は未知のものもしくはまったくの新種のものと見られ、抑制不可能な化学作用を生じる性質があるらしかった。それがいかなる医学的原理によるものなのか、マーガレットには見当もつかなかった。

シャーロット・ウィルソンの死体がこのような異常な崩壊に見舞われるさまを目撃したすぐあと、彼女は医事データベースにおいて〈三角形の腫瘍〉という言葉を検索してみた。するとゲイリー・リーランドという五十七歳の男性死亡者の例がヒットした。この男は体に三角形の腫れ物ができたと訴えて入院したが、それから半日と経たないうちに病室で自分もろともベッドに火を放ち、焼身自殺を遂げていた。このリーランドの死体写真を見たとき、ウィルソンの場合との驚くべき類似性に気づき、それがこうしてＣＩＡにコンタクトをとらねばと決意するきっかけになったのだった。

オットーの運転するレクサスはテレビ中継車をよけ、そのそばで待ちくたびれているようすのカメラ・クルーをやりすごしていった。黒塗りの覆面ＣＩＡ車はちらりと見られただけで、それ以上の注意を惹くことはない。裏口へと近づいていったが、そこでも記者とカメラマンのペアがひと組待ち受けていた。

「マスコミにはなんと発表されているの？」マーガレットはオットーに尋ねた。

「ＳＡＲＳ（サーズ）だといってある」運転手の男は答えた。「ジュディー・ワシントンのときと同じようにね」

四日前にデトロイトの某老齢者コミュニティーに隣接する空き地で、ＣＩＡ情報員

――デュー・フィリップスとマルコム・ジョンソン――が女性の変死体を発見した件については、マーガレットも報告を受けていた。女性はコミュニティーの居住者だったが、死体は汚液にまみれた骨があらわになり、肉はその下の地面にどろりと流れだして黒い溜りをなしているのみで、もはや骨格には一片も付着すらしていないというひどいありさまだった。

「わずか八日のあいだに二件の類似事件が起きているわけですものね」とマーガレットはコメントした。「新種のサーズが流行の兆しを見せはじめたんだとマスコミに思わせたとしても、決して不自然じゃないわ」

SARSすなわち重症急性呼吸器症候群（シビア・アキュート・レスピラトリ・シンドローム）はメディアによって過去に幾度か〈新たなる魔の疫病〉として喧伝されてきた。事実中国においては相当数の犠牲者を出し、きわめて致死性の高い伝染病と恐れられた。しかしアメリカのような医療整備の進んだ社会ではいまだ大きな脅威とはなっていないのだ。それに、サーズは空気感染するウイルスが原因と考えられることからして、防護服を着たり死亡者の遺体を隔離したりといったことの理由になる。つまりこんどの伝染病を新種のサーズだといいはってもさほどおかしくはないのだ。一般市民にとって注意を要する疾病であるにはちがいないものの、大流行する恐れがあるのは発展途上国においてのことで、アメリカで感染が心配されるのはおもに老齢者だけであり、したがって大きなパニックが起こることはないと説明できるわけだ。

マーガレットは思いきって車からおりた。するとたちどころに記者とカメラマンのペアが、跳びはねる蜘蛛みたいにすばやく近寄ってきた。照明が目を射、マイクが顔に突きつけられる。思わずしりごみしながらも、なにかいわなければと考える——が、急激に気分が悪くなって吐きそうになった。するとオットーがすばやく割りこんできて、片手でカメラのレンズをふさぎ、別の手でマイクを引っつかんだ。そして自分の体を楯代わりにして、マーガレットが病院裏口にたどりつくのを助けてくれた。その身のこなしのみごとさはまるでダンサー、動きの速さは襲いかかる蛇のようだ。

「すみません」とオットーはチャーミングな笑みを記者に投げかけた。「今は取材はご遠慮願います」

マーガレットは病院のなかへすべりこんですばやくドアをしめ、記者の憤懣の声をさえぎった。オットーという男、記者連中をあしらうのが巧そうだ。たぶんほかのいろんなことにも巧みなのだろう——そのうちの一部はマーガレットが想像したくもないものだろうし、別の一部は彼女がホテルのベッドで一人ですごすときに想像してみたくなることかもしれない。この男を誘惑するのはそうむずかしくないはずだ——四十二歳という年齢にもかかわらず、長い漆黒の髪と黒い瞳は今でもたくさんの男たちを振り向かせられる自信があるから。ヒスパニック系の女の魅力を十二分にそなえているつもりだから——世の男どもが〈エキゾチック〉と呼ぶところの魅力を。しかしそのじつはクリーヴランド生まれなのだから、妙なものではある。それに腰まわりに肉がつきすぎてもいるし（この年齢の女なら自然なことだが）、近ごろは小皺が目につきはじめてもいる。それでもなお、自信があることに変わりはない——欲しい男はきっと手に入れてみせるという自信が。そして今、このオットーという男が欲しくなっている。

マーガレットはあわててかぶりを振り、おかしな考えを払い除けようとした。ストレスを感じるときなぜか艶っぽい気分になってしまうのが彼女の癖だ。おそらくそれで緊張をほぐそうと体が本能的に努めるのだろう。だが今は死体を調べねばならないときだ。一時的にでも女性ホルモンの活動を抑えねばならない。深く呼吸をくりかえし、それでストレスを押さえこもうとした。だがくりかえすごとに逆に緊張が高まっていく。

病院に入るとすぐ、見知らぬ男がそばに寄ってきた。この男もまたCIAで、マーガレットをエスコートして人けのない廊下を進みだした。オットー同様にこんどの件についてはなにも知らされていないようすだった。もちろんロングワース副長官の方針だろう——事情を知る者をなるべく少なくしてリークを防ごうとしているのだ。

ほどなく遺体安置室に入った。そのなかに組み立てられたばかりの簡易殺菌室が収められている。そこでマーガレットを待っていたのは、今般の新種伝染病調査にただ一人随伴することを認められた助手エイマス・ブラウンだった。

「おはよう、マーガレット」

このエイマス・ブラウンという男の声はいつも蛙を思わせる——それもヒキガエルの声を。酔っ払ったヒキガエルがのろくさとうなっているといった感じの声で、口を半分しか動かしていないかのような響きだ。そのくせ体は痩せぎすでどこか男らしさに欠けていて、いつも服装に奇妙な気の使い方をしている——流行から十年は遅れているといったふうに。そのせいか、知りあったばかりの人はたいてい彼のことをゲイだと勘ちがいする。そうでないのは妻と二人の子供がいることで充分証明されているのだが。いつも睡眠時間がもう二、三時間足りないのではというようなぼんやり気味の顔をしているが、そのじつつねにエネルギーに満ちあふれている。

ロイヤルオークでジュディー・ワシントンの死体を検査したときもこのエイマスが助手を務め、以後ずっとその役目を果たしている。人材の選択としてはベストだと認めざるをえないが、しかし彼一人しか手伝いがいないところが問題だった。マーガレットはスタッフの数を増やしてくれるようロングワースに頼んだが、断られた——情報洩れをふせぐためには知る者の数を最低限に抑えるしかないと。

「びっくりだわ、エイマス、ここでもまたあなたただなんて」

「びっくりしてるのはこっちだよ、まさかきみが大統領にお目通りできる身分になろうとはね。どうだい、一気にセレブへの道をきわめちまった気分は？」

「余計なこといってないで、検査の準備にかかるわよ。時間がないんですからね、こんどの遺体もこれまでのと同じになる可能性が高いんだから」

二人はプラスチック製パーティションでへだてられたふたつの簡易更衣室にそれぞれ入った。そこにはオレンジ色の防護服が用意されていた――あらゆる種類の病原体を寄せつけないように作られているすぐれものだ。ただ、どこかしら焼死体を思わせるのがマーガレットにはいやだった。焼けただれてふくれあがったかのようにかさばるしろものだからだ。

私服を脱ぐと、まず外科手術衣を着こみ、その上から防護服をかぶる。フレキシブルな合成樹脂素材は通気性ゼロで、化学物質もウイルスなどの病原体も受けつけない。手首足首には精妙な金属製リングが嵌(は)められる。防護服を着終えると、特別仕様のブーツを履く。ブーツにもリングがついていて、これが防護服の脚部のブーツと合うようにできているので、両者をカチリとつなげ密封状態にする。さらに脚部の縫合部を茶色い粘着テープでおおい、遮断性に念を入れる。手にも足同様の分厚い合成樹脂製手袋をかぶせ、これまた粘着テープで手首をおおう。この粘着テープという方法は過剰防衛にも見える――とくに最先端技術の粋である防護服に貼りつけるというのは。

しかし新病原体の犠牲者たちの凄惨な死にざまを見るかぎり、予防策にどれだけ念を入れても入れすぎることはないだろう。そう考えながら、腕に粘着テープを何重にも巻きつけた——万一事故で防護服がほんの少し切れたりしただけでも、たちまちのうちに病原体が流入してくるかもしれないから。

この疾病がどのようにして感染するのかはまだなにもわかっていない。これまでの五例の類似する犠牲者たちは症状こそ共通しているものの、相互の関連はまったくないように見える。いまだ特定されていない保菌者に接触することによって拡大していくものなのか、それとも空気感染によるのか（ただし実際にはそれは考えにくい、五人ともほかの犠牲者の近くにいった形跡が認められないことからして）、あるいはなにがしかの媒体によって運ばれていくのか——すなわち食べ物や水や薬など除菌されているはずの物資がじつは感染経路になっているのか、あるいはまた蚊や蠅や鼠などの不潔な動物によって流通していくのか、可能性はいろいろある。だがマーガレット自身が今考えているのは、それらのどれよりも強く不安を誘う説だ——つまり、何者かが標的をさだめて故意に感染させているのではないか、ということだ。とはいえ、その説にこだわりすぎるのもよくない。たしかな証拠をつかめるまではどの可能性も排除すべきではない。

簡易更衣室のカーテンをあけてその外に出ると、すでに着替えを終えたエイマス・

ブラウンが待ち受けていた。かさばる防護服を着てそのヘルメットだけを頭からはずしている姿は、ことさらに奇妙に見える——ヘルメットを装着するための大きな金属製リングのなかから細い首が生えているさまは食欲不振で痩せすぎた者のようで、貧弱さがいや増している。

だがこのエイマスはマーガレットにとってどうしても必要な助手であり、事実彼女はそのことをマレー・ロングワースに談判した。ロングワースは彼女一人で充分だと考えているのだ——未知の病原体の正体をつきとめることがいかに困難かをわかっていないからだ。エキスパートを集めたチームが必要だと訴えたが、それでもあのCIA副長官は聞く耳を持たなかった。

生化学および細菌学におけるエイマスの専門知識は欠くべからざるものだ。とくに前者はこのたびの感染者たちが死ぬ前に異常行動をとっていることの原因をさぐるのに役立つはずだし、もちろん後者もこれからいよいよ重要になってくるとマーガレットは感じていた。エイマスは鼻持ちならないところがあるものの、研究員としてはきわめて有能で洞察力にもすぐれ、しかも不眠不休すらいとわない勤勉さもそなえている。どうしてもそばに置きたい人材と考えるのも当然なのだ。

マーガレットはエイマスに手伝ってもらって、防護服付属の大きなヘルメットを頭にかぶり、首まわりのリングをはめてしっかり装着した。ヘルメットのフロント・ガラスが瞬時に息で曇った。首のリングには例によって粘着テープを貼って念を入れ、それから防護服の腰にとりつけられている空気濾過機兼圧縮機を作動させた。シューッというかすかな空気音がして、防護服がわずかだけふくらんだ。内部の空気をある程度圧縮することにより、万一微細な隙間ができている場合にそなえるのだ——その隙間から外気が入らずに常時内部の空気が洩れでる状態にしておけば、浮遊する病原体の流入も防げるというわけだ。

こんどはマーガレットがエイマスのヘルメット装着に手を貸した。

「わたしの声が聞こえる?」と問いかけてみた。自分では奇妙にこもった声に聞こえるが、ヘルメットの内側にとりつけられているマイクロフォンに捕捉された音声は顎の先にあるスピーカーに伝達されて外へ発声される。すると相手のヘルメットの外部マイクロフォンがそれをとらえ、内側の小型スピーカーが比較的ノーマルな音声に変えて相手の耳へと伝える。

「よく聞こえるよ」エイマスの蛙めいた声が幾分金属的で人工的な音声に変わっているが、言葉は明快に理解できた。

この病院には気密室がないため、CIAのロングワースが搬送可能な簡易気密室を用意してくれたのだった——最高機密に属するバイオハザード・セーフティ・レベル4すなわちBSL4の検査室(ラボ)だ。マーガレットはそういうものが存在することすら知らなかったが、ロングワースはそれを合衆国陸軍医療研究所伝染病部門（USアーミー・メディカル・リサーチ・インスティチュート・インフェクシャス・ディジーズ）すなわちＵＳＡＭＲＩＩＤから調達してきたらしい。これまではその機関がブルーベイカーをはじめとするこの伝染病の犠牲者を調べていたのにちがいないが、マーガレットがこうしてかかわった以上は、今後は彼女がすべてを引き継がねばならない。同時に、ＢＳＬが１から最悪の４にレベルアップしていることを考慮しなければならない。

簡易気密室は既成の建築物の室内に収容できるサイズで設計されている。その白いプラスチック製の壁材が遺体安置室の内部で組み立てられて据え置かれているさまは、民家の地下室で子供が作った遊び用のテントを思わせる。その狭い空間になにが用意されているか、マーガレットは洩れなく予測できる――彼女自身がロングワースに必要な器具類を準備しておくよう依頼したのだから。まずステンレス製の遺体解剖台があるはずだ。それには充分な排液システムがそなわっている――死体の液化がいちじるしく進んでいる場合にそなえてのことだ。それから情報をやりとりするためのコンピュータ端末。そのネットワークは完璧な機密性が保持されたクローズドなものであることを要する。そして必要な検査器具がすべて並べられたテーブルがひとつ。それらの器具には殺菌溶剤に浸けることのできるタイプのサンプル容器セットも含まれる。死体から採取した検体はそれらの容器に入れて分析にまわす。

マーガレットはエイマス・ブラウンを引きつれ、気密扉を通り抜けてラボのなかに入った。

そこではCIA情報員デュー・フィリップスが待ち受けていた。防護服も着ないまま、ブルーベイカーの焼け焦げた死体が載せられたステンレス台のすぐわきに立っていた。燃焼による死体の損傷ははなはだしく、とくに左右の脚――のなごり――がひどかった。

マーガレットは卒然と怒りに駆られた。この男は彼女のラボを汚染しようとしている――こんどの死体にかぎってはまだ溶解が進んでいなくて充分な検査が可能だというのに、まるでそれを成し遂げることを邪魔しているかのようではないか。

「フィリップス情報員、防護服も着ないでこんなところに入って、いったいなんのつもり？」

フィリップスはじろりと見返したかと思うと、ポケットからトゥーツィー・ロール・キャンディをひとつとりだし、その包み紙をゆっくりと広げて、中身をぽいと口に放りこんだ。

「また会えて光栄だよ、先生（ドク）」

この男の濃い緑色の瞳はエメラルドの深い色を思わせる。肌は青白く、角張った感じの顔には無精髭が目立つ。着ているスーツはなおしようがないほどによれよれだ。

髪の少ない頭は気密室のまばゆい照明を受けて光っている。よれよれのスーツに隠された肉体はいかにもたくましそうで、寄る年波を感じさせない。

「質問に答えてちょうだい」マーガレットは重ねて問うた。声は防護服のスピーカーによって金属的な冷たさを増している。このフィリップスという男は最初から気に入らなかった。初めて会ったときから冷淡な態度を見せていた。そして今こんなことをされては、印象は悪くなるばかりだ。

フィリップスは一瞬唇を噛み、冷たいまなざしで見返した。「この男には体が触れるほど近づいてた。もしこいつが感染者なら、もうおれにも染(うつ)ってるだろう。だとしたら、そんなどでかいコンドームみたいなのを着せられる意味はないんじゃないか?」

マーガレットは黙って安置台に近づき、死体の検分をはじめた。火傷は頭部にもおよび、髪は残らず焼き払われて、禿頭に短い燃え残りが散らばるのみとなっていた。顔は苦悶にゆがみ、目を大きく見開いたままだ。思わず身震いをこらえずにはいられなかった――死体の凄惨なありさまもさることながら、その体にあやまたず弾丸を三つ撃ちこんでいるデュー・フィリップスの冷徹さを思うと。

腕と脚の焼けがいちばんひどく、ところどころ黒く炭化している箇所もある。かろうじて皮膚が残っているところさえ緑がかった黒色に変色し、第三度火傷をまぬがれてはいない。左手は炭化した肉片がわずかにくっついているだけで骨が大きく露出し、鉤爪のようなさまを呈している。しかし右手はほとんど火傷に侵されておらず、黒く焼けてしなびた右腕全体のなかでそこだけが奇妙に白い。脚はといえば、左右とも膝から下がなくなっていた。

　その真ん中に位置する性器の部分も燃えてひどい状態になっていた。さらにその上の腹部をはじめとする下半身の全体が第二度火傷におおわれている。胸板には大きな弾痕が三ヶ所。ふたつは心臓から数センチの範囲に、ひとつは心臓の真ん中に。血糊はとうに乾いてカラカラになり、ボロボロと剝がれ落ちる。すると焦げて黒ずんだ体表に白いまだらができる。

「脚はどうなったの？」とマーガレットは問い質した。

「こいつが自分でやった」とフィリップスが答えた。「手斧で」

「斧で切断したってこと？　自分の両脚を？」

「そのすぐあと、自分の体に火を点けた。ガソリンをかぶってな。おれの相棒が止めようとしたんだが、斧で腹を割かれちまった」

「なんてことだ」とエイマスがつぶやいた。「自分の脚を切り落としたうえに、焼身自殺を？」

「そうだ」とフィリップス。「だが仕留めたのはおれの銃弾だ。胸に三つ痕(あな)ができているだろう」

マーガレットは死体をじっと見てから、フィリップスへ顔を向けなおした。「それで……この男にも〈腫れ〉ができていたの？」

フィリップスは手をのばしたと思うと、死体をくるりとひっくり返した――さほどの雑作もなさそうに。マーティン・ブルーベイカーはもともと体の大きな男ではないし、激しい燃焼によって重さが減少したためもあるだろう。

背中はいちだんとひどい状態だった――四五口径の銃弾二発によって体表が大きく吹き飛ばされていた。だがマーガレットが関心を寄せたのはそこではない。思わず息を呑んだ――背骨の左わき、肩甲骨のすぐ下に、三角形の腫れ物が盛りあがっていた。シャーロット・ウィルソンの死体を調べて以降、写真ではなく実物の〈これ〉をまのあたりにしたのは初めてだった。腫れの一部は銃弾によって飛ばされ、燃焼によっても幾分そこなわれているが、検体を採取するには充分だ。

エイマスが身を乗りだしてきた。「ほかにはないのか？」

「前腕にも見たような気がする。たしかとはいえないが」とフィリップスがいった。

「たしかじゃないですって？」マーガレットは立ちあがった。「なにを呑気なことといってるの！　見たか見なかったかぐらいわかるでしょう？」

エイマスがヘルメットのガラスの奥で「やめとけ」という意味のけわしい表情をし

たのがかいま見えたが、ときすでに遅しだった。

フィリップスの死んだような目が急に怒りをあらわにして、にらみ返してきた。

「そいつは悪かったな。この男がおれの相棒の腹に斧を叩きつけたときだったんでね、そっちに気をとられちまったんだ」抑えたゆっくりとした口調ではあるが、威嚇はこめられている。「なにしろこの仕事に就いてまだたった三十年の新米なものでね。つぎからはもっと気をつけるよ」

マーガレットは急に気まずい思いに駆られた。死体にばかり気をとられていたせいで、フィリップス情報員の同僚が重傷を負ったという話が念頭からこぼれてしまっていたようだ。たとえこんなときでも、人の気持ちを汲めないだめな女にはなりたくない。

「そうだったわね、ごめんなさい……その……」同僚の名前すら頭に入っていなかった。

「マルコム・ジョンソンだ」とフィリップスが教えた。「妻も子もいる男だ」

マーガレットはうなずいた。「そうだわ、ジョンソン情報員だったわね。ほんとに……たいへんな目に遭ったのね」

「そういう決まり文句は医学雑誌にインタビューされたときにでもいうんだな」とフィリップス。「それより、おれのほうがあんたの質問に答えたほうがいいんだろうが、じつは今、急に気分が悪くなってきちまってね。どうやらこの小部屋にこもってる臭いにやられたらしい」

そういうときびすを返し、ドアへと向かっていく。

「待って」とマーガレットは止めようとした。「事件の経過を教えてちょうだい。できるかぎり多くの情報を集めなければならないの」

「報告書を書くから、それを読んでくれ」フィリップスは肩越しにそういうにとどまった。

「待って、情報員——」

ＣＩＡの男はすばやく気密扉を通り抜け、外へと消えていった。

エイマスが機材テーブルに寄っていった。用意された検査器具のなかにはデジタル・カメラも含まれていた。エイマスはそれをとりあげると、安置台をまわりこんでいって、死体を写真に撮りはじめた。

「きみらしくないな」撮りながらつぶやく。「あんなやつにいわれっぱなしとは」

マーガレットはキッと相棒をにらみすえた。憤慨で顔が熱くなってきた。「あなたこそ、黙って見てただけじゃない」

「ぼくは臆病者だからな」といってまたシャッターを切る。「それに、なにをいえる立場でもないし。責任者はきみだろ」

「もう黙ってて」正直なところ、あのフィリップスという男がいなくなってホッとしていた。なにやら危険な雰囲気をまとわりつかせた男だった――人を死へ追いやることもある仕事柄のせいだろうが、それだけでなく、彼自身死にどきを待っているのではと思えるところがあった。とにかく人の肝を冷やさせるタイプの男だ。

　マーガレットは死体に関心を向けなおし、念入りに検分をはじめた――いつもにも増した入念さで。三角形の腫れ物をそっとつついてみた。焼けた皮膚におおわれていながらも、液を含んだぶよつく感触が伝わってきた。三角をなす角（かど）のひとつから、泡含みの黒ずんだ膿がわずかにほとばしった。

　思わずため息をついた。「急ぎましょう。死体はとっくに腐敗しはじめてるわ。この腫瘍のサンプルを採って、早めに分析にまわすのよ」

　デュー・フィリップスが落としていったキャンディの包み紙が目にとまると、マーガレットはすばやくそれを拾いあげて廃棄物容れに捨てた。そしてかさばる手袋におおわれた指の間節をポキポキと鳴らし、検体採取の作業にかかった。

11　どなりあい　わめきあい

「あれが反則ってことはないだろ！」ペリーのどなる声が、バーにひしめく客たちの不平の合唱に重なる。「審判は試合を邪魔してるだけじゃないか！」

バーはわめきがなりたてる客でいっぱいになっているが、ペリーとビルのまわりだけは敬遠するようにスペースができている。ペリーはスタジアムでフットボールを見物しているときから無意識のうちにけわしい表情が顔に貼りついてしまっていたが、それがここにきてもまだとれていないのだ。ほかの客はときどき彼の大きな図体へ怪訝そうな視線を投げ、いつ襲いかかるかわからない猛獣でも見るような不安げな風情でいる。

ここ〈スコアキーパーズ・バー&グリル〉には百二十インチのテレビ・プロジェクターがあって、サンフランシスコ・フォーティーナイナーズの真紅のジャージと金色のヘルメットがグリーンベイ・パッカーズの緑色のジャージと黄色のヘルメットと入り乱れているさまが大映しにされている。ちょうど今スローモーションのリプレイが見せているのは、きれいなスパイラルのかかったボールがパッカーズのレシーバーに向かって落ちてくるところへフォーティーナイナーズのディフェンスがすばやく駆け寄り、間一髪でボールを蹴り去ったシーンだ。

ペリーは大画面に向かって雄たけびをあげた。「あれだ！　今のを見ただろ？」落ちつき払ったようすでバドワイザーのボトルを口に運んでいるビルに向かって、信じられないという怒りのまなざしを向けた。「今のが見えなかったか？」

「おれには自然な判定に見えたがね」とビルがいい返した。「とくにひどい判断ってわけじゃない。あんなふうに球をかっさらうのは、そりゃ嫌われるさ」

ペリーはまた抗議の声をあげた。怒りに震える手が持つジョッキからビールがこぼれる。「なにをバカな！　ディフェンスがボールをかっさらうのは当然だろ！　見ろよ、今パッカーズが十五フィート・ライン（約五メートル）でファースト・ダウン・テンをとっちまったじゃないか」

「どうでもいいけど、ビールをこぼしすぎないようにしろよ」とビルはいって、またボトルを口に運ぶ。

ペリーはこぼれたビールをナプキンでぬぐった。「わかってるって。けど頭にくるじゃないか。審判のやつ、どっちに勝たせるかを最初から決めてやがるんだぜ。だから片方のチームにゃまともなプレーもさせようとしないんだ」

「仕方ないさ、この世の中に偏りは付き物だ」とビルがなだめる。「どこかでァンフェアになっちまうのはどうしようもないんだよ、たとえスポーツの世界でもな」

ペリーは目をテレビ画面に据えたまま、ジョッキをテーブルに置いた。右手は無意識のうちに左の前腕を掻いていた。フォーティーナイナーズがオフェンス・エンドの左サイドラインのコーナーでブリッツを仕掛け、パッカーズのクォーターバックをつぶして七十メートルのロスに陥れた。

「これでもくらえ、だ！」とペリーは大画面に向かって拳を振った。「ああいうのはスカッとするね。クォーターバックってのはどうにも気に入らないんだ。スカしたやつばっかだからな。だからやつらがぶっつぶされるのを見るのは爽快だね」

ビルは顔をそむけると、「ったく、いい加減にしろよ」とでもいいたげに片手を振りあげた。ペリーはそれを見てニヤリとほくそ笑み、ビールの残りを一気に飲み干した。そしてこんどは腿を掻いた。

「ビールを飲むと蚤でもたかってくるのか？」とビルがいった。

「蚤？」

「またボリボリやってるからさ。それで五口めだが、ひと口飲むごとにそこらへんを掻いてるだろ」

「ああ、これか」とペリー。「大したこっちゃない。虫に食われただけだ」

「おまえと一緒に飲むのも考えものだな——ダニでも染されたらたまらんからな」

「おまえのギャグにはいつも参るよ」ペリーはウェイトレスに合図した。「バドをもう一本いくか？」

「いや、もういい」とビル。「酔いを醒ましたら自分で運転して帰るからな。おまえもペースを落としたほうがいいぞ——近ごろ興奮しやすくなってるようだし」

「そんなのどうってことはない」

「ならいいさ。でもとにかく飲みすぎは禁物だ。それで痛い目を見たのは憶えてるだろ。今夜はもうそろそろいいころあいだ」

その命令口調に、ペリーはムッときた。目を細めて相手を見やる。ビルめ、このおれにさしずとは、なにさまのつもりだ？

「なんだと？　もう一度いってみな」深い考えもなしに、ぐいと顔を突きだした。意識もしないのに口にあざけりの笑みが浮かんだ。

ビルは無表情のままだ。「おまえのそんな顔、どんなふうに見えてるか知ってるか？　親父さんにそっくりだぜ」

ペリーは平手打ちでも食らわされたようにビクッとした。どっと椅子に深く沈みこみ、それから急に顔をうつむけた。恥ずかしさで顔が熱くなってくるのを感じた。

「悪かったよ、ビル」とつぶやき、嘆願するような目で見あげた。「ほんとにすまなかった」

ビルはなだめるように笑みを浮かべる。「なにいってるんだ。だからどうだってことじゃない。気にするな」

「いや、よくないさ。今みたいな口の利き方はだめに決まってる——とくにおまえに対しては」

ビルは顔を近づけ、低くやさしい声でいった。「そんなのささいなことだ。酒で騒ぎを起こしたりしなきゃそれでいいんだよ、昔みたいにな」

ペリーはうつろな目であらぬ方を見やった。「でもよくないものはよくない。おれはそういうことをいいがちなんだ、わかるだろ？　よく考えもしないでむやみに人にくってかかったり」

「だから、近ごろはそんなことやってないじゃないか。もう何年もな。とにかく落ちつけよ。おまえがめめしくなってると、おれまで参っちまうじゃないか」ビルの笑みは深い理解を示している。

ペリーは親友のその力に心底から感謝を感じた。ビル・ミラーに対してそういう気持ちになったのは、今が初めてのはずもない。もしもこの男がいなければ、自分は今ごろどこかの監獄に入っていたとしてもまったくおかしくないのだから。

ビルの手がそっと腕に添えられた。「とにかく、今の自分に自信を持つことだよ。

今のおまえは、親父さんとは全然ちがってるんだからな。昔のことなんて忘れちまえばいい。ただちょっとだけ気をつけさえすればいいのさ——すぐカッとなる昔の癖を出さないようにな。さあ、辛気くさい話はもうこれぐらいにして、ゲームを観ようぜ。ちょうどタイムアウトが終わったところだ。パッカーズのやつら、これからどうくると思う？」

ペリーはテレビ画面を見あげた。そうだ、ささいなことは忘れてしまえばいい。いつも親父に殴られていた昔の記憶など、どこかへ捨てればいい。そしてアメリカン・フットボールに夢中になる——それがいつもいやなことを忘れるいちばんの策だった。

「やつら、こんどはオフタックルでくるさ」とペリーはいった。「ナイナーズの寝首を掻く気だ。けどこれまでインサイド・ラインバッカーをずっと止めていられたためしはないんだ。彼はまたすばやく駆けあがってくるだろうよ。ただ裏をかかれないようにすること、そうすればどうってことはない」

ビルが慰めようとあたりに軽く触れたせいか、腕の痒みがまたぶり返してきた。インサイド・ラインバッカーが駆けだす前にパッカーズが二メートルのオフタックルをかけるのを注視しながら、ペリーは無意識のうちに痒いところへ手をやっていた。

ビルはまたビールを呷り、そのあとペリーの腕に視線を集中させた。「なあペリー、おまえがそうやっていつもしかめつらをしてるのは生来の気質だからしようがないのかもしれないが、でももし体に気になるところがあるんだったら、いつまでもがまんしてないで医者に診てもらうってのも手だぞ」

「医者なんてみんなヤブだ。やつらはデタラメしかいわない」

「かもしれんさ。けどおまえだって酔っ払うとすぐ、昨夜プレスリーに会ったとか、近くのトレーラー・パークでどでかいエイリアンの売春婦を買ったとか、マユツバをいいだすじゃないか。しかもちゃんとした大学を出た身でありながら、それでもまだ、医者なんてものは病気を治すのに剃刀で血を流させてそれを蛭に吸わせて魔物を追っ払う怪しげなまじない師とおんなじだといいはるってのか？」

「おれは医者は嫌いだ」とペリーは譲らない。「やつらはペテン師だ。信用できん」

テレビ画面を見やると、パッカーズのクォーターバックが味方にボールをパスしようとしている――かに見せかけたところだった。ナイナーズのインサイド・ラインバッカーがそれに気をとられ、一歩前に踏みだした――その瞬間、中央にスペースができたことにペリーは気づいた。パッカーズのQBももちろんそれを目にしていた。すかさずそのスペースに跳びこみ、ナイナーズのラインバッカーのわずか数メートル後方のエンドゾーンにボールを投げこんだ。瞬時にレシーバーが駆けこんでボールをダイビング・キャッチし、たちどころにパッカーズが二十二対二十でリードする状況となった――試合終了まであとわずか十四秒を残すのみで。

「くそっ」とペリーは毒づいた。「だからクォーターバックは嫌いだってんだ」またあの嫉妬心が心を蝕んでいるのを感じた――自分のほうが巧くやれるに決まっているプレーをほかのだれかにやられたときに覚える、あのいつもの気分が。週に一度のこのＮＦＬの戦いを見ることがなんともつらくなっている。本当は自分がその場にいるはずだったのだから。しかもただいい選手と呼ばれるだけじゃない、だれにも負けない自信があったのだから。今は静かに呪うしかない、フットボーラーとしての自分のキャリアを終わりにしたあの致命的な怪我を。

「ライオンズのつぎはナイナーズか」とビルがいった。「そんなことばかりいってて、プルマン社からの依頼の件もまだかたづいていないんだろ？　いい加減仕事にも気合入れたほうがいいぞ」

「ああ、わかってる」とペリーは返し、無意識に腕を掻いた。彼の声はあきらめに沈んでいた。「よっくわかってるさ」

12 手がかり

マーガレットは背筋を大きくのばして、息をひとつ深くつき、神経を落ちつけようと努めた。防護服が体の動きをいちいち邪魔する。手がほんのかすかにぶれるだけでも、腹腔鏡を操作する妨げになる。腹腔鏡は文字どおり腹部内の空洞部を手術するときに使う外科用具で、光ファイバーを利用した高精度のカメラと、メス、ドリル、さまざまな探査のための探針などの部分からなる。カメラといっても細紐よりわずかに太い程度の細長い形状で、自前のライトがついている。映像は外部機の大きなモニター画面に映しだされる。外科医はこの器具により従来のような伝統的方法で患部を切ることなく繊細な手術を実行できる。

本来検死解剖に利用されることはまれだが、マーガレットは問題の腫れ物に触れないようにしつつその周辺を精密に調べたかったので、この器具を使った。作戦はどうやら奏効したようだった。

シャーロット・ウィルソンの遺体を検査したときも腫れ物はすでに黒い液状物へと

腐乱が進んでいたが、今回もそれに酷似している。腫れ物自体は調べることすらかなわない。周囲の組織も恐るべき速さで腐敗が進んでいくが、しかしこのたびはそれへのそなえがある。腹腔鏡をもちい、腫れ物の内部および周縁部の探査を決行した。腐って黒ずんだ肉の奥深くの、ほとんど骨に近いほどのところに、遺体がもともと持っていたとは思えないなにかがあるのをさぐりあてた。

マーガレットは思わず自分の指の骨の関節をひとつずつ鳴らしていた。防護服の内側でボキボキとくぐもった音を立てる。もう一度深呼吸してから、左手でカメラを操作しはじめた。腫れ物の黒く腐敗した内部が映しだされる。腐敗は遺体のほかの部位にまでたちまち広がっていくはずで、数時間後には全身が不定形の汚濁の堆積物と化してしまうだろう。今は一秒も無駄にできない。

両手が急速にしっかりしてきた。こんな微妙な作業ではそうあらねばならない。さぐりあてたなにかは直径三センチにも満たない大きさで、一見腫れ物自体の一部のようでもある。まわりを囲んでいる腐汁と同じ黒色をしてはいるが、その部分だけはまるでプラスチックの表面のように外光を反射している。それを目で見つけることができたのは、ひとえにその反射光による。

左手でカメラを持って、押しながらその黒い〈なにか〉へと近づけていく。右手は套管針（トロカール）を操る——細長い筒状物で、体表を切らずに体内をさぐりたいときもちいる器具だ。トロカールには微小なピンセット様のものがついていて、マーガレットはさながら高価なビデオゲームに挑む子供の気分でそれを操作し、黒いプラスチック風物体へと接近させた。指でそっとボタンを押し、ピンセットの先端で挟みつけた。

カメラをごくわずかずつ調整する。過度に拡大しているため映像はややぼやけているが、ピントは謎の小さな黒片に合っている。黒い汚液の海のなかにひとつだけ浮いているその物体に、ピンセットが金属製の怪物の口よろしく嚙みついた。

さらにボタンを押すと、ピンセットは物体をしっかりと押さえつけたまま、ドロドロの液の渦中から引きだした。

「巧いぞ」とエイマスがいった。「一発でつかむとはな。表彰ものだ」

マーガレットはにやりと返し、ピンセットを引きにかかった。物体はそれに応じようとしない。モニターを注視しながらピンセットを左右に振り、目標物を捻りとろうとする。すると抵抗の原因がわかってきた——物体は肋骨のひとつにしっかりと固着しているのだ。そこで引くのをいったんやめ、逆にゆっくりと押してみた。すると物体がかすかに傾き、と思うとつぎの瞬間ポロリととれていた。黒く汚れたピンセットを汚液のなかから引き抜くとき、ヌチャリというような音がかすかに耳に届いた。

エイマスがピンセットの下にペトリ皿をさしだした。マーガレットは押していたボタンから指を離した。が、小さな物体はピンセットの下のほうの一片にくっついたまま離れようとしない。そこでメスを手にとり、その先端を使って物体をそっとペトリ皿のなかに掻き落とした。

　ヘルメットのフロント・ガラスにペトリ皿を近づける。そうやってよく見ると、物体がどんな形をしているかがわかってきて、と同時になぜそれが骨にしっかりとくっついて離れなかったのかもわかった。それはいわば、黒い色をした薔薇のとげに似た形状をしたものだった。

　マーガレットは達成感がこみあげてくるのを感じた。この奇怪な謎を解く鍵を手に入れるまでにはまだ遠いかもしれないが、しかし少なくともシャーロット・ウィルソンのおかげで、犠牲者の遺体調査に際し、なにを探せばいいか、またそれにはどれくらいの時間がかかるかがわかった。この黒い物体こそがその新たな目標物であり、それは必ずや謎の答えに近づく一歩であるはずだ。

「これ、なんだと思う？」ブルーベイカーの遺体の腰のあたりに立っているエイマスがいった――その付近が火災での損傷のいちばん少ない部分だ。彼の指先はその部分にある小さな吹き出物のようなものをさし示している。

　その吹き出物からは、繊維に似たごく細い糸状物が突出していた。

「にきびかなにかじゃないの？」とマーガレットはいった。「気になることでも？」

「気にならないものなんてないさ。これも切除して検査にまわしたほうがいいな」

マーガレットは一瞬考えてから、「それはまだいいわ。腐敗が進んでいないようだし、それに、検査にまわすより自分で調べたいから。それより今肝心なのは腐敗が進んでるところなの。そういう部分は時間をかけていられないから先にすませて、その吹き出物はあとよ。いいわね？」

「ああ、それでいい」とエイマスは答え、用具台からカメラを手にとると、その吹き出物にぐっと近づけて一枚写真撮影し、すぐにカメラをもとに戻した。「これはあとまわしにしよう」

「腫れ物の組成分析の結果が出るまでにどのくらいかかる？」とマーガレットが訊く。

「明日には出るだろう。徹夜で分析してくれるはずだからな。ＤＮＡ配列、蛋白質組成、そのほかあらゆる結果が出るはずだ」

マーガレットは腕時計を見た——午後十時七分だ。彼女とエイマスも今夜は朝までかけてでも作業を終わらせねばならない。これまでの苦い経験からして、ブルーベイカーの遺体はわずか数日で腐り果ててしまうにちがいないから。

13　イラつく火曜日

「大丈夫か、ペリー」とビルがいった。「二日つづけてじゃないか。蚤にたかられた犬がそんなふうにあちこちボリボリ掻きまくるのは見たことあるが、人間は初めてだぞ」体じゅうを痒がっているペリーをパーティションの縁から見おろしながら、つけ加えた。「もちろん、おまえを人間と見なした場合の話だがな——その点についちゃ、科学者連中にはまだ議論の余地があるだろうからな」

ペリーは友人の冗談を無視して、左前腕を掻きむしるのに専心した。着古したデトロイト・ライオンズのスエットシャツの袖口を肘の上までめくりあげている。毛深い前腕を爪で掻く右手の速さは目にもとまらないほどだ。

「この時期の疥癬はたちが悪いと聞いたぜ」とまたビルがいう。

「ったくこの痒さは、ほかのことを全部忘れちまうよ」ペリーは掻くのをいっときやめ、その部分のミミズ腫れをじっと見た。その質感はなんとなく小さい苺の実を思わせる——ただし色が黄色くて、透明な汁をしじゅう滲みださせている苺だが。そのややコリッとした感じの硬さは、なぜかしら体のほかのどこかから軟骨のかけらを切りとってきて、左前腕のその部分に植えつけでもしたかのようだ――左前腕以外の六ヶ所も同様だが。

爪で激しく荒らすために、細長く赤い掻き傷がついている。それがミミズ腫れを囲んでいるさまは、固焼きにしすぎた目玉焼きの白身が黄身をとり巻いている図のようだ。

「ひえっ、そいつぁ眺めがよすぎるぜ」とビルは自分のブースに顔を引っこめた。

「どの道、大したことじゃないさ」とペリーはいって、コンピュータ画面に関心を戻した。そこにはネットワーク・ダイアグラムが表示されている。目にかかるブロンドの髪を無意識に掻きあげ、目を凝らした。

スティッキーフィンガーホワイティー：相棒よ、ほんとに……大丈夫なのか？

ブリードメイズンブルー：だから大したこっちゃないって。ほっとけ。

スティッキーフィンガーホワイティー：なんでさっさと手ごろな薬を買ってこないんだ？――痒み止めなんて言葉口にしたくもないんだろうがな。

　ビルの皮肉を、ペリーは無視しようと努めた。今とりかかっている仕事はプルマン社からのトラブル解決依頼だ。昨日からかたづけられずにいる案件で、今日ももう一時間もとりくんでいる。自分ではカスタマー・サポートのために精一杯がんばっているつもりなのだが、あの吹き出物の群れがそれをむずかしくしている。

「いい加減かっこつけるのはやめにして、痒み止めでも買ってくるんだな」聴き慣れない物音に気を惹かれて柵越しに顔を出している仔犬みたいに、またもビルがパーティションの上から顔を覗かせていた。「ペテン師の医者のところになんかいかなくたって、ちょっと薬を買ってきさえすればすむことじゃないか。消毒薬でもいいしな。最新医学の成果を享受するよりもただじっとがまんするほうを選ぶってのは、おれには理解できないね」

「医者どもはおれの膝を治せなかったんだぜ。そんなやつらを今になって信用しろってのか?」

「あの怪我は試合でのことじゃないか。おれもあのとき病院でおまえの膝を見たが、あれはもうキリストにだってもとどおりにゃできない状態だったね」

「どうせおれがクロマニヨン人かなにかだからだ、ってんだろ」いいつつペリーはまた掻きたいのをこらえた。こんどは右の尻の吹き出物が関心を惹きはじめている。

「今夜もバーにいくか？」

「おまえとはやめとくよ」とビル。「酒を飲むのは健康なやつと一緒のほうがいいからな。疥癬持ちとつきあうくらいなら、風疹だの疱瘡だのペストだのに罹ってるやつらと飲むほうがましってものだ」

「疥癬じゃない、ただの吹き出物だ」ペリーは頭の奥でゆっくりと怒りが湧いてくるのを感じていたが、すぐにそれを打ち消した。人をいらつかせるのはビル・ミラーの悪い癖で、一度はじめるともうやめられないらしい。今週はずっと疥癬疥癬と呼ばれつづけるだろう――まだ火曜日だというのに。だがビルの場合は人をからかっても言葉のうえだけのことで、決して本心からたちが悪いわけではない。そう思って気を落ちつかせた。今週はすでに一度癇癪を起こしてしまっているのだから、今またビルを気まずくさせてはよくないことになる。

そう考えつつペリーはネットワーク・ダイアグラムへとマウスを動かし、クリックしてその一部を拡大した。「今はちょっとほっといてくれ。早くこいつをかたづけないとボスにお目玉を喰らうからな。プルマン社の連中がじりじりして待ってるんだ」

ビルはまた自分のブースに引っこんだ。ペリーはモニター画面に気持ちを集中させ、千五百キロ以上も離れたワシントン州で起こっているトラブルを解決すべく努めた。電話回線に関係したコンピュータのトラブルの原因究明は簡単ではない。とくにインターネット接続のトラブルとなると、社内回線に問題があるのか、インターフェースに障害があるのか、あるいは百十二あるという社内端末のどれかに欠陥があるためなのか、さまざまな可能性がありうる。カスタマー・サポートではアガサ・クリスティーと刑事コロンボとシャーロック・ホームズが寄ってたかってとりくんでも解決できないような難問に出くわすこともまれではない。

ただ今回は解答が頭の隅でちらちらしているような気がするのだが、そこに精神を集中しきれない。またも椅子の背にどっともたれかかると、ちょうど背筋にある痒みのポイントに火が点いたような痒さがよみがえった。まるで千匹の蚊がいちどきに一ヶ所を刺してきたみたいだ。

椅子に背を激しくこすりつけるうちに、目の前の仕事のことなどすっかり頭から吹き飛んでしまった。ひたすら背中に力をこめ、椅子の背に張られている粗い生地がスエットシャツの上から背中を刺激してくれるように努めた。と、こんどは脚の腫れ物が突然燃えあがるように痒くなって、思わず顔をしかめた。そこはこれまた蜂に刺されたようなひどさだ。そこへ手をのばし、ジーンズのデニム地の上から爪で強く掻いた。まるでいくつも頭があるという怪物ヒドラと戦っているようだ。ひとつの頭が嚙みついてくるのを止めようとすると、別のふたつの頭が襲ってくるというぐあいだ。

隣のブースからビルがシェークスピア役者のへたな物まねをしている声が聞こえる。

「疥癬か、あるいは疥癬じゃないのか——」パーティションのせいで声はかすかにくぐもっている。「——それが感染(インフェクション)だ」

ペリーは怒りのひと言をいい返したい気持ちを、歯を食いしばってこらえた。腫れ物のせいで細かいことでもいらだちやすくなっているようだ。平素以上にキレやすくなっている。ビルは今も親友にはちがいないが、ときどきいやなことをいつまでもやめないのが気にくわない。

14 汚れた爪

マーガレットは顕微鏡を覗きこみ、拡大されたサンプルの像を注視しようと努めている。睡眠不足のせいで目が充血している。だが防護服とヘルメットのフロント・ガラスにさえぎられているので、目をこするわけにもいかない。せめて何度かまばたきして、視界をクリアにしようとする。ブルーベイカーの検死をはじめてからもう何時間経つだろう？　二十四時間以上つづけているのはたしかだが、まだ終わりが見えてこない。顔をかがめ、顕微鏡をさらに注視しつづける。

「これはいったいなんなのかしら？」サンプルの持つ意味は一見して明らかなようにも思えるが、遺体の皮膚の状態がひどいうえに、自分自身の疲労のせいで確信が持てずにいる。

「エイマス、こっちにきて見てちょうだい」

エイマスは自分が手にしていたサンプルを置き、顕微鏡のほうへ移ってきた。マーガレット同様、彼も一日以上寝ていない。だが睡眠不足と防護服による動きにくさにもかかわらず、彼の移動は歩くというより浮遊しているかのようになめらかだ。なにものにも手を触れることなく、ただ顕微鏡を覗きこんだ。

いっとき間を置いて、エイマスは問いかけた。「これのなにを見ればいいんだ？」

「あなたならなにが見えるかわかると思ってたけど」

「見えるものはたくさんあるさ。もうちょっと範囲を狭めてくれないとな。だいたいこれはどこの部分の皮膚だ？」

「腫れ物のすぐ外側の部分よ。そこにわずかな皮膚の傷のようなものが見えない？」

マーガレットはエイマスがいい返そうとするのをさえぎった。「揚げ足とりはいらないわよ。わずかな傷なんて見分けられないほど遺体が損傷してるのはわかったうえで訊いてるの」

エイマスは顕微鏡に目を戻し、数秒間見つづけた。気密状態の簡易ラボの内部を静寂が満たす。「ああ、見えるよ。瘡蓋状の傷があるし、皮下層に下にまで達してるなにかの損傷がある。そっちは細長い溝のようだ――これは爪で引っ掻いた痕じゃないかな」

マーガレットはうなずいた。「爪の隙間に挟まってた皮膚片のサンプルも調べてみないといけないわね」

エイマスは立ちあがり、彼女を見返した。「この傷はこの男が自分でつけたものだといいたいわけか？　筋肉に達するほど深く引っ掻いてるんだぞ。しかもくりかえしやってる。どれだけ痛いと思ってるんだ？」

「そうするだけの理由があるんじゃないかしら」マーガレットは両手を高くあげて背筋をのばし、つぎに左右へストレッチした。ラボの窮屈さと睡眠時間の少なさのせいで気分がよくない。寝るにしても簡易寝台じゃなく本物のベッドが欲しい。寝酒も本物のワインがいい。そしてせめて夢のなかででも、シルクのパンツを穿いただけの姿のＣＩＡ情報員クラレンス・オットーに抱かれて眠りたい。

だが思いなおしてため息をつく。クラレンス・オットーはまたの機会まで待とう。今はほかに考えねばならないことがある――このブルーベイカーという男はなぜこれほど激しく自分の体を引っ掻いたのか、といったことを。

コンピュータがビーッという長い通知音を鳴らした。メールが届いたのだ。エイマスがモニターに駆け寄り、メールを開いた。

「こいつは奇妙だ」

「クリフはなんていってきたの？」

「腫れ物のサンプルの検査結果だが、検査時にはほとんど液化しきった状態だったらしい。それでもなんとか調べたところ――組織は腫瘍化していたそうだ」

「腫瘍化、ってどういうこと？　わたしたち現物をちゃんと見たわよね？　あれは抑制の利かなくなった細胞という感じじゃなかったわ。少なくとも一定の構造を持っていた」

「それはそうだが、結果はこう出ている——組織は腫瘍化している、とな。それから、多量の繊維素分解酵素と、微量の繊維素が含まれていた、とある」

マーガレットはすばやく考えをめぐらせた。繊維素とは植物細胞の主要構成素のことではないか。地球上で最も大量にある生物素でもある。だが問題はそれが植物性のものであることだ——動物は繊維素を生産しない。

「ただ、その繊維素は長持ちしなかったそうだ」とエイマスはつけ加えた。「数時間で解体が進み、大半が分解酵素に同化された。あらゆる方法でくい止めようとしたが無理だったらしい。冷凍保存しようとしても、サンプルが凍ることはなかった」

「まさに消化酵素と一緒ね、生物質のものを溶解させるというのは。ある種の……自己破壊機能ともいえるわ」

「細胞の自死を誘う腫瘍、か？　たしかならすごい発見だぞ、マーガレット」

たしかにこれは発見だ——しかも大きな。だがその先にはもっとすごいことがありそうな気がする——科学の許容範囲を超えるほどのなにかが。

15　独り暮らしは……

　ウィンディウッド・アパートメントB棟の二〇三号室に帰ってくると、ペリーはいつも少しだけ混乱した気分になる。アパートメントといっても大した建物ではなく、そっくりな形の棟がたくさん寄り集まっているなかのひとつにすぎない。よくある無味乾燥な同じ形の建物の集合体で、どれほど正しく道順を教えられても結局は自分で目当ての棟を探すしかなくなる。棟の数が多いため道路は細かい格子状となり、ひとつひとつの通りに鼻につく名前がつけられている——常緑大路（エバーグリーン・ドライブ）とか木陰小路（シェイディー・レーン）とかポプラ通り（ストリート）とか。そういった通りの角をひとつかふたつまちがって折れただけでも、十二室入り三階建ての同形の建物のどれがどれだか見分けがつかなくなる。

　ペリーの住む棟は団地の敷地出入口から二棟めにあたる。通りを挟んで〈ワシュテノー・パーティー・ストア〉の真向かいなのがなにかと便利だ。スーパーマーケット〈メイジャー〉がほんの五キロ先にあるので大量に買い溜めするときはそちらにいくが、それ以外のときは〈パーティー・ストア〉でほとんど間に合う。このあたりは市内でも地価や賃貸料があまり高くない地域で、〈パーティー・ストア〉も高級志向の商売はしていない——そのせいか店の出入口のすぐ外にある公衆電話ではいつもいわゆる福祉不適格者が電話していて、取引にいそしんでいたり、あるいは意味ありげなご同類と大声で口論していたりする。

ペリーは家に帰っても食べるものがなにもなかった。〈パーティー・ストア〉には惣菜が山のようにあるのでそこに立ち寄り、ハムサンドのテキサス・マスタード添えとニューキャッスル・ビールの六本パックを買った。例の公衆電話ではいつものようにどこかの貧乏人めいた女がなにかをがなりたてていた。片手に受話器を持ち片手にはしっかりくるんだ赤ん坊をかかえている。ペリーは店に入るときも出るときも無視を決めこんだが、女の声はとにかくうるさい。とても同情心など湧きはしない——ペリー自身が生い立ちに不相応なほど出世できていれば別だが。人はだれも相応の生き方を変えられないものらしい。

車を駆ってマンションの敷地に着くと、自分のガレージに乗り入れた。敷地のエントランスから二百メートルと離れていない。あの女のことがまだ気になっている——もしNFLで成功していたら、おれだってどこかに豪邸を買えただろうと思う、こんな一般庶民のゴミ溜めで這いつくばってなんかいないで。自分が落伍者だという思いをまだぬぐえない。こんなはずじゃなかったという思いを。このアパートだってそれほど悪いわけじゃない。なのにそれに満足できずにいるのがいやになる。こんなところは安宿にすぎないとしか思えない自分が。

七年前にはペリー・ドーシーといえばきっと豪邸に住むやつだとだれもが思っていた。〈恐怖王（スケリー）〉と呼ばれた彼はミシガン大二年のときビッグ・テン・カンファレンスのオールスター・ラインバッカーの一人に選ばれた。同じくその一人だったコリー・クリペウィッツはドラフト一巡めでシカゴ・ベアーズに買われ、即座に二百十万ドルの年俸プラス千二百万ドルのボーナスを手にする身分になった。今のペリーのカスタマー・サポートの安月給とは比べるのもばかばかしい。

しかもペリーのほうがクリペウィッツよりまさっていたことは全米フットボール界が知るところだったというのにだ。ディフェンシヴなプレーヤーであるにもかかわらず持ち前の凶暴さでつねにゲームを支配し、モンスターとさえ呼ばれて恐れられたペリーだった。スポーツ・マスコミはほかにも〈ザ・ビースト〉〈クロマニヨン〉〈牙（ファング）〉などともあだ名をつけた。だがアスリートのニックネームの最終命名権はつねにスポーツ専門チャンネルESPNのクリス・バーマンが持っていて、バーマンが初めて〈スケリー〉と呼んだときからそれがペリーの正式のあだ名になった。

ところがほんのちょっとした運の悪さで、人生は大きく変わってしまった。

膝に重傷を負い、その部分にある四つの靭帯――前後の十字靭帯と内外の側副靭帯

——が全部断裂してしまったのだ。傷は骨にまで達し、腓骨を折り膝蓋骨を砕いていた。一年をかけて再起のための手術とリハビリをこなしたが、フルスピードで走ることはできないままだった——というより、もう走ること自体が無理になっていた。かつてはものすごい勢いでフィールドを駆けまわり、ゆく手をさえぎる者をことごとく薙ぎ倒してきたのに、今はもう足を引きずって歩くよりは少しはましというだけの状態だ。走っている者を追いかけても追いつけたためしがないし、ゆく手をふさぐ者をよけて走ることもできなくなっている。

しかもフットボールの激しいプレーで肉体的に発散することがかなわなくなったせいで、生来の暴力的な気質が内側から人格を蝕みはじめた。それをなんとか抑えられてきたのもひとえに親友のビルのおかげだ。挫折後の二年のあいだそばにいて、ペリーの人格のよい面を掘り起こすように努めてくれた。そして終生消えない短気な性格を抑制しなければならないことを教えてくれた。

今ペリーは愛車フォードのサイドブレーキを引き、ようやく車外に出た。ミシガンで生まれ育ったおかげで寒い季節は嫌いではないが、冬になるとこのウィンディウッド・アパートが荒れ果てたみすぼらしいところでもあるかのように見えてしまって仕方がなくなる。すべてが灰色に染まって無人の地のように見える。まるでなにかの不思議な力が風景からすべての色を消し去ったみたいに。

ポケットに手をつっこむ。そこには〈ウォルグリーン〉の白いレジ袋がまだ入っていて、カサカサ音を立てている。痒みはますますひどい。それで数ブロック先のドラッグストアに寄り、痒み止めの薬コートエイドのチューブ入りをひとつ買ってきた。そんなものを買っただけでなにかに負けたような、弱い人間になったような気がする。ばかげたことだが、そう感じてしまうのはどうしようもない。

親父からの教訓はやはりどれだけ大切だったか知れないと今あらためて思う。薬というものをめぐって父がいったせりふは、たしかこんなふうだ——「吹き出物ぐらいでぶつくさいってどうする？　まったくしようがないやつだ。根性を叩きなおしてやる」そういって革の腰ベルトか裏拳か正拳で教訓を叩きこんでくれた。

やはり親父は大した男だった。強くてたくましいうえに愛情に満ちていた。だがそんな思いは振り払わねばならない。父はとうに死んだ、当然のごとく癌で。自分のことであの男に救いを求めるのはとっくにやめたはずなのだ。

駐車場をおおう雪の上をすべるように歩く。薄い膜のように積もっているだけの雪はシャベルで除けるほどもない。アパートの棟にたどりつき、凹みのある緑色のエントランス・ドアを鍵であけてなかに入る。自分の郵便受けの中身をとりだし——ほとんどはジャンク・メールかクーポン類だ——踊り場をひとつ挟んだ階段をあがる。一歩あがるごとにジーンズが脚の腫れ物にこすれ、痒みが増す。まるで燃えている石炭を皮膚に押しあてられているようにひどい痛痒だ。それでもどうにか無視を決めこんで——教訓のなごりなりとも父に見せるため——ようやく部屋のドアの鍵をあけた。

住居の構造は単純だ。玄関に入ると廊下があり、左が台所で右が居間だ。台所の奥が食事の場所だ。といっても食事のためには少し狭すぎる。というのはマックのパソコンを載せた机が置いてあるからだ。ほかに小さい丸テーブルと椅子が四つあって、人がかろうじて移動できる程度だ。

居間はちょうどいい広さで居心地もいいが、家具がごく少ない。大きめの古いソファと安物のコーヒーテーブル。ソファのわきには電気スタンドを載せた小卓。小さめのリクライニング・チェアはペリーの体には合わないので、日曜のアメフト観戦のたびに来訪するビルのくつろぎの場となっている。ソファの真向かい、ドアの右側はいわば娯楽コーナーで、三十二インチの液晶テレビとパナソニックのコンポが置いてある。持ち物のなかで数少ない高価といえるものだ。引込線の電話は必要ない。連絡用には勤務先が携帯電話を支給してくれたし、インターネットはケーブル付きのモデムで利用できる。

部屋に飾りは少なく、室内植物などは置いていない。ただし娯楽コーナーの上の一角にはフットボール選手だったころの賞のたぐいをあれこれ飾っている。壁の棚にはハイスクール時代のMVPトロフィーがいくつもあり、大学一年のときのゲイター・

ボウルでのMVPトロフィーもある。壁に掛けられているのはビッグ・テン・カンファレンスの年間ベスト・ディフェンシヴ・プレーヤー賞やハイスクール三年時の『デトロイト・フリー・プレス』のミスター・フットボール賞をはじめとする多くの額や盾だ。

それらの賞のたぐいのなかで、特別に名誉ある位置に並べられているものがふたつある。ひとつは彼の人生のターニング・ポイントになったもので、初めて目にしたときには——いやそれをもらえると知ったときには——心底から驚きを覚えずにはいられなかったもの、すなわちミシガン大学からの入学許可証だ。もうひとつは大切であると同時に苦い記憶でもあるもの、すなわち『スポーツ・イラストレイテッド』誌の表紙になったヘルメット姿の写真だ。写真のなかの彼は汗みずくで大口をあけ、オハイオ州立大のジャーヴィス・マクラッチー選手にタックルをかませているところで、芝と土に汚れた太い両腕で相手を完全に捻じ伏せている。雑誌のキャプションは「これぞ〈恐怖王(スケリー)〉！　ペリー・ドーシー率いるウォルヴァリンズのディフェンス陣がミシガン大をローズ・ボウルへ導く！」だ。

この写真を大切に思う理由は明らかだが——『スポーツ・イラストレイテッド』の表紙を飾る日を夢見ないアスリートなどいないから——苦い記憶のほうはといえば、多くのフットボール選手の例に洩れず、ペリーもまたジンクスを気にするたちだからだ。つまりこの雑誌の表紙になると呪われるという都市伝説が一部にあるのだ。もしチームが連勝中のとき表紙になると、つぎの試合は負けるという。また、過去十年で最高のラインバッカーといわれたとき表紙になると、フットボール選手としてのキャリアが終わりに近づくともいう。今でも心のどこかでは、あのとき表紙を飾らなければまだフットボールをつづけていたかもしれないというバカな考えを捨てきれずにいる。

ここはたしかに住居としては狭いし、少し貧乏くさいかもしれないが、それでも子供のころ住んでいた家に比べれば立派なマンションだといえる。ペリーはここでの独り暮らしを満喫していた。たまに孤独を感じることはあるが、なんでも好きなことを好きなときにやれるのはなにものにも代えがたい。だれにも行動を知られることはなく、飲み屋で知りあった女をつれこんでもだれにも文句をいわれない。汚れた靴下を台所のテーブルの上に脱ぎ捨ててもかまわないし、同居人にわけもなくどなり立てられる心配もない。そう、ここはいつか持つつもりでいた豪邸ではないし、ＮＦＬのスター選手にふさわしい住まいでもないが、少なくとも自分の城ではある。

それに母校のあるアナーバーで職を得られたのも幸いだった。なにしろ大学時代にこの町に恋をしてしまったのだから。チェボイガンという小さな田舎町で生まれたペリーは生来都会に不信感を持っていて、シカゴやニューヨークといったとんでもない大都市は居心地が悪くて仕方なかった。なのにその一方で、生来の田舎育ちは妙なもので一度大都会の明るい光を見てしまうともう田舎暮らしには戻れなくなる。なによりも田舎町には文化や娯楽が欠けすぎている。その点アナーバーは大学もある人口十一万人の中都市だが、おだやかなスモールタウンらしいぬくもりも残していて、つまり都会と田舎の両方のいいところを享受できる場所なのだ。

キーホルダーと携帯電話を台所のテーブルに置き、ブリーフケースと重いコートを古ぼけたソファの上に投げると、ポケットから〈ウォルグリーン〉のレジ袋をとりだして浴室へと急いだ。腫れ物は体じゅうの皮膚の七ヶ所に固着された電極のようで、一万ワットの電流を流されたような痒みが走っている。

だから腫れ物をなんとかしなければならないのは当然だが、その前にやることがある——眉の上のにきびめいたものを消すことだ。レジ袋を置き、化粧戸棚をあけてピンセットをとりだした。いつもの癖でピンセットを指ではじくと、音叉に似たピーンという音を立てた。鏡を覗きこむ。奇妙なにきびめいたものはもちろんまだそこにあって、まだチクチクと痛む。前にビルがにきびをつぶすところを見たことがある。つぶし終えるのに二十分ほどもかけていた。ビルは念を入れるたちのうえに少しばかり弱虫なので、そうするしかなかったのだろう。だがペリーは痛みに対してもっと耐性があるし、逆に気長にやる辛抱強さには欠ける。ひとつ大きく息を吸ってから、赤く盛りあがったにきび様のものをピンセットで挟みつけ、強く引っぱった。にきびは皮膚からとれ、熱くきつい痛みが走った。血の筋が顔をつたう。もう一度深く息を吸いこみ、トイレットペーパーを少し破りとって新たな傷口にあてた。別の手でピンセットを目の前にかざし、とれたものを見た。ごく小さな肉片にすぎないが、真ん中から生えているものは毛か？　だが毛にしては黒くなくて、青色をしている。青黒い玉虫色といったほうがいいだろうか。

「ぞっとしないな」蛇口から湯を出してピンセットをあて、奇妙な肉片を洗い流した。化粧戸棚に手をつっこんでバンドエイドを探した。四枚だけ残っていた。一枚とって裏紙を剝がし、ついさっきまでにきびがあった血のにじんでいる箇所に貼った。ここまでは簡単だ——どんなへなちょこでもこの程度の痛みぐらいは耐えられるはずだから。だが痒みとなると話が別だ。

ズボンをおろしてトイレに坐り、レジ袋からコートエイドをとりだす。チューブから充分な量を掌に搾りだして、左腿にできている黄色い腫れ物に塗りつけた。

即座に後悔した。

直接患部に触れたことで痒さが爆発的に増した。溶接バーナーで火をあてられて皮膚が溶けだしていくような熱さだ。便座の上でビクッとして、もう少しで叫びだしそうになった。だが一、二秒後にはもう落ちつき、ゆっくりと息をついた。

痛痒は燃えあがったあと、ほどなく薄らいでいった。そして完全に消えたようだった。ペリーは思わず勝利の笑みを洩らし、さらなる軟膏を腫れ物およびその周辺にゆっくりと塗っていった。

安堵のあまり笑いだしそうだった。そこで、ほかの部分の腫れ物にもコートエイドを使っていった――最初のときをはるかにうわまわる慎重さで。七ヶ所すべてに塗り終えると、すべての痒みがやんだ。

「荒野の七人さんよ」とペリーはつぶやいた。「あんたらはもう偉大なガンマンじゃなくなったようだな」

七つの腫れ物は戦いのすえに降伏した。笑いたい気分だ。喜びを爆発させたい。だがそれらの願望をもうわまわって疲労感が大きい。気も狂わんばかりの痒さがずっとストレスになっていた。それが不意に消え去ってみると、なんだか帆に受けていた風が急にやんでしまったヨットのような気分でもある。

着ているものを脱いで下着だけの姿になり、脱いだものは浴室に残したままにして寝室に入った。寝室はほとんどクイーン・サイズのベッドで占められ、スペースには衣装箪笥ひとつとスタンド灯を置いてあるだけだ。ベッドと左右の壁の隙間は五十センチもない。

寝慣れた古く心地いいベッドに、文字どおり倒れこんだ。よれよれの上掛けを体にかけると、冷えた綿生地が鳥肌を立たせ、思わず身震いした。だがほどなく上掛けもぬくまり、午後五時半には気持ちいい眠りに落ちていた――かすかな勝利の笑みを顔に貼りつけたままで。

16　血管

　マーガレットはBSL4ラボのなかであちこちの筋肉をのばしながら歩きまわった。だが狭いテントのなかでは悠々とストレッチできる余裕もない。高性能顕微鏡にセットしたスライドに視線を集中させているエイマスのほうへ近づいていった。

「例の棘ね？　なにかわかった？」

「まだ観察の段階だ」とエイマスが答える。「ただ、もうひとつ別の物体が見つかった。きみも見てみろ。ただし急いで見ろよ。こうして話してるうちにも変化してるようだからな」席を立ち、マーガレットに顕微鏡を譲った。

　拡大されたサンプルの像は、収縮した血管らしかった。おおよそは普通の血管だが、普通ではない箇所もある——一部が損傷しているようだ。その箇所から黒灰色の毛細血管が一本のび、今般の犠牲者たちに共通する腐乱のある部分へと通じていた。急いで見ろとエイマスがいったのは正しかった——腐乱しかけているその部分は見る間に溶解していった。ふたたび黒灰色の毛細血管に目を戻した。

「これはなんなの？」

「きみはよく専門用語をわかりやすくいい換えるが、ぼくもまねてみようか――それはいわば、ある種のサイフォンみたいなものだと思うね」

「サイフォンって、蚊がやるようにして血管から血を吸いあげてるってこと？」

「いや、蚊とはまったくちがう。蚊は口吻を人の皮膚に刺しこんで一時的に血を吸うだけだが、きみが今見ているものはそれよりも進化している。そこにあるサイフォン式のものは、半永久的に血管に寄生することができるらしい。しかもそのサイフォンには開閉装置がないために、患者の血を腫れ物のほうへ流入させたあとふたたび血管へ循環させられる。つまり腫れ物は血をいくら吸いあげても破裂しないですむというわけだ」

「つまり、血をふたたび患者の体に戻してるってこと？　だとしたら、腫れ物は血液自体を栄養源としているんじゃないってことになるわね」

「そういえるな。患者の循環系を巧く利用して、酸素などの必要な養分だけを血液から採取していると考えられる。それによって腫れ物はどんどん成長するだろうが、しかし成長後もずっと宿主への寄生によって生きつづけるのかとなると、どうもそうじゃない気がする。つまりどこかに消化と排泄の機能を持っているんじゃないか。この患者の場合はすでに溶解が進んでいるのでそうしたものは確認できないが、しかしこれまで調べたことからすると、どこかにきっとあったはずだと思えてならない。ただ、本来なら必要ないはずのそんな機能を本当に持つことがあるだろうかという疑問も残る。血液さえ搾取していれば成長するには充分なはずだからな」

「とにかく、単に組織が癌化しただけといったものではなくて、この腫れ物自体が一種の完全な寄生生物だということね？」

「まあ、普通の意味での生物といえるかどうかはわからないがね」とエイマスは返した。「普通腫れ物というのはそれこそ単に腫れ物にすぎないわけだが、寄生生物となるとそれ自体の生体構造を持っていることになる。憶えているだろうが、検査結果によれば、腫れ物を構成していたのはブルーベイカー自身の組織だけで、あとは例の大量の消化酵素があるのみだった。だがこいつの場合は、宿主の体の機能を利用して生きているように見える。だとすればきみが今いったように、一種の寄生生物だといえるかもしれない」

エイマスの声の調子に、マーガレットは内心かすかにぎょっとするものを感じていた。なんだかこの奇妙な寄生体を礼賛しはじめているように聞こえたからだ。彼女は席を立った。

代わってまたエイマスが顕微鏡を覗いた。「これは進化の革命的な形といえるかもしれないな――そう思わないか？　あの下等生物サナダムシを考えてみろ。サナダムシが消化機能を持っていないのは、必要ないからだ。なぜなら宿主の胃腸を利用して生きているから。宿主が食べ物を消化してくれるので、サナダムシは自分じゃ消化しなくてもいい。ただ消化された食べ物の栄養素だけ吸いあげていればいいんだ。じゃ、もしサナダムシが横どりしなかったらその栄養素はどこにいくか？　当然血液に流入するよな。血液はそれらの栄養素を酸素と一緒に体の各組織に運んで、そのあとには排泄物とガスが残るわけだ」

「それでこの寄生体は血管に管を挿しこみ、栄養素と酸素を搾取しているというわけ？　だから自分では食べ物を摂取する必要も呼吸をする必要もないと？」

「見たかぎりではそう推測できる。なかなかすごいことじゃないか？」

「大した寄生生物学者ね」とマーガレットは皮肉った。「その説がたしかなら、あなたが責任者になればいいわ。わたしは助手をやるから」

エイマスは笑った。その瞬間、マーガレットは彼にかすかな嫌悪を感じた。もう三十六時間以上も検査をつづけているが――途中で二十分をいくらもうわまわらない仮眠をとっただけで――この男は依然まるで疲れていないように見える。

「バカいえ」とエイマスはいった。「ぼくは根っからの怖がりだ、知ってるだろ。ちょっとでも危険を感じたら――肉体的なものでも精神的なものでも――たちまち山のなかへ逃げこむね。なにしろ睾丸を家内が横どりして、家で瓶のなかに仕舞いこんでるからな。家内のほうが背が高くて、ぼくの手の届かない棚の上にその瓶を置いてるんだ」

マーガレットは苦笑した。よく知られていることだが、エイマスは妻の尻の下に敷かれていることをあからさまに話す癖がある。

「けど今の自分に満足さ。助手でいるほうが責任者になんかなるよりはずっとましだ。そんなのになったら、フィリップスとかロングワースとかいうCIAの連中とつきあわなきゃならなくなるからな。でもまあ、もし万々が一立場が逆転しちまったら、きみにはぼくのコーヒーはブラックでってことだけ憶えといてもらえばいいよ」

二人ともそれぞれ椅子にかけたまましいっとき黙りこんだ。答えの得られない謎めいた検査結果について考えることに頭が疲れたのだ。

「とにかく、こういうことはいつまでも人に隠してはおけない」エイマスが口を開いた。「ぼくの頭のなかでは、今すぐここに呼ぶべき三人のエキスパートの名前が挙がってる。CIAの秘密主義なんてくそくらえだ」

「でもロングワースのいうことにも一理あるわ」とマーガレット。「少なくとも公表はまだすべきじゃないのよ。そんなことしたら、皮膚に異変があるというだけで――虫刺されとか乾燥肌とかいうだけで――人々が病院に駆けこむようになるわ。そうなったら、だれが本当にこの病原体に感染してるのか判別困難になるでしょ。感染の初期症状がどんなものかさえわかっていないんですからね。つまりもし今、情報が外に洩れたら、とても診されないほどの数の人々を診察しなきゃならなくなるってことよ。だから今は秘密にしておいて、ひそかに試験をやって予防策なりを講じるほうが先決よ」

「今の状況が不安定で危険なものだってことはぼくも理解してるさ」とエイマス。「ただ、度のすぎた秘密主義はもっとまずいってことだ。隠さなきゃならないこともあるのはたしかだろうが、そのせいで対処不能になるほど人手不足になるのは問題だ。もし多数の罹患が急に同時発生したとき、なにも準備ができていなかったらどうする？　それでも人々に警告すらできないってのか？　世の中にとって危険なのは爆弾テロだけじゃないんだぞ。国民がたがいに殺しあうような事態のほうがもっとひどいといえるだろう。要するに、秘密にしているあいだに手遅れになったらどうするのかってことさ」

エイマスはようやく自分の持ち場に戻っていった。残されたマーガレットは、半ば溶けかけた遺体をじっと見ていた。絶えざる腐乱のせいで、鉤爪のように指が曲がったまま固まっていた遺体の手がほぐれてきた。垂直に宙にあげられたままだった両の手は今四十五度にまで傾き、あと少しで検査台の表面に触れようとしている。黒ずみ液化が進む体に、もうあまり時間は残されていない。

エイマスの意見について考えをめぐらせた――もしこの病原体が何者かの悪意によって人間の精神に影響をおよぼすよう人為的に創られたものだとしたら、どの道もう手遅れなんじゃないかしら？

17 猫掻病

ペリーは叫び声をあげて跳ね起きた。鎖骨にひどい痛みを感じたのだ。まるで出っぱった骨の上の薄い皮膚を剃刀で切られ、チーズおろし器でチェダー・チーズをこすったみたいに肉ごとめくれあがったんじゃないかというような痛みだった。右手の指に冷たい湿り気と粘り気を感じた。朝の光が半開きのカーテンを透かして入り、窓ガラスに張る霜の結晶を照らしだしている。冬の朝の薄い靄が室内を満たしている。淡い光のなかで両手を見ると、それはチョコレート・シロップのようなもので汚れているように見えた――ねっとりとした茶色っぽいなにかによって。わきのスタンド灯のスイッチをまさぐる。電灯の光が部屋のなかを明るくする。手についているのはチョコレート・シロップではなかった。

血だ。

ぞっとして、ベッドに目を凝らす。白いシーツに細い血の筋が散っている。いまだ眠気に固まっている目をしばたたきながら、浴室に駆けこんで鏡を見た。

流れでた血と指からついた血が左胸のあたりに付着してすでに乾き、ブロンドに薄い胸毛まで固めてしまっていた。寝ているあいだに知らずに皮膚を引っ掻き、傷をつけてしまったようだ。爪を見ると、血と皮膚片が固着していた。体のほかの部分にまで血が散っていた。あるものはまだ湿っていてねばつき、左腿についているのは完全に乾いていた。

しかも下着にまで血がついているのを見て、さらにぞっとした。あわてて腰ベルトをはずし、股間を見やる。その部分から出血したわけではないとわかって、安堵の息をついた。

とにかく、夜中に体を掻きむしってしまったのはたしかだ。起きているあいだ利いていた抑えがなくなったせいで、痒いところをめちゃくちゃに攻めたのだ。こんなに長い時間目が覚めないとは！〈死んだように眠る〉とはよくいったものだ。もう十三時間以上も眠りつづけたことになるのに、まだ疲れがとれないままだ——疲れと、そして空腹感が。

鏡のなかの自分をもう一度見る。青白い、というよりも真っ白に近い肌の上に、自分の乾いた血が赤黒い筋をなしている。子供に指で絵の具を塗りたくられた画用紙みたいだ。あるいはどこかの野蛮な呪術師が儀式のために体にほどこした彩色にも似ているだろうか。

腫れ物は夜中に成長を遂げていた。小さめのパンケーキ並みのサイズになり、色も茶色くなってきた。鏡に背を向けて首をひねり、背中と尻につけた傷を見ようと努めた。幸いにもそれほどひどくはないようだ、生傷が残るほど激しく引っ掻いたというわけではないらしく。といってもそれほどではないというだけで、かなりの傷であるのもたしかなのだが。

ほかに手立てもないので、とりあえずさっとシャワーを浴びて乾いた血を洗い落とした。なんともやりきれないが、今は対処のしようがない。それにあと何時間かで仕事にいかなければ。仕事が跳ねたらすぐ医者にいって、こんどこそ本格的に治療しよう。

体を拭いたあと、コートエイドの残りを全部使い切った。腿と鎖骨のとくに掻き傷のひどいところには充分用心しつつ塗った。それら二ヶ所にはバンドエイドも貼りつけ、それから服を着て朝食を作った――思いきって大量に。

空腹感がすごくて、胃がゴロゴロと鳴るほどだ。いつもの朝にはない激しい食欲だ。卵五つをスクランブル・エッグにして、トーストを八枚焼き、大きめのカップ二杯分のミルクと一緒に腹のなかに流しこんだ。

するとなんだか腫れ物もやっと落ちついたような気がした。もちろんこれまでにないひどさには変わりないのだが、今いっときは痒みが治まったし、それにこれ以上はもう悪くならないのではないかという気がした。今日丸一日がすぎるころには、腫れも退いてくるんじゃないか——少なくともおとなしくなってくれるんじゃないか？

そう思うと、それまではまたなんとかやりすごせそうだった。くたびれたブリーフケースをかかえ、ペリーはまた仕事に出かけた。

18　神経

マーガレットはモニターに算出された分析結果に信じられない思いで目を瞠（みは）った。

「エイマス、ちょっときて」と、防護服の超小型マイクロフォンを通じて呼びかけた。

「これを見てちょうだい」

エイマスは依然として疲れも見せない動きで、すべるように移動してきて彼女のわきに立った。「なにかわかったか？」

「体じゅうからとったサンプルの分析を終えたところなんだけど、そしたら異常に多量の神経伝達物質があることがわかったの――それもとくに脳に多いのよ」

エイマスは顔を突きだし、モニターに見入った。「ドーパミン、ノルエピネフリン、セロトニン……どれも増加量が異常だな。代謝の抑制が効かなくなっていたってことか。これほどになると、人体にどう影響するんだ？」

「わたしには専門外だから、たしかなところは調べてみないといけないけど、ただ知ってるかぎりでいえば、ノルエピネフリンの過剰産出は精神状態に分裂型の混乱を起こす可能性があるはずよ。さらには異常行動を誘発する惧れもね。といっても、これほど高レベルの数値を記録した症例があるかどうかはわからないけど」

「つまり、この病原体は天然のドラッグを利用して患者を自由に操ってるということか。となるとなおさら生きている感染者を手に入れないといけないな、そうしないと生体としての腫れ物を調べられないから。これで検査は二体めになるが、どちらの腫れ物も完全に腐り果ててしまってた。ひょっとするとこの病原体を創ったなにものかは、われわれの調査を困難にするためにわざと腐乱の過程を速めているのかもしれないな」

マーガレットはその発想を頭のなかで反芻してみたが、確信にいたる答えにつながりそうにはなかった。だがこの病原体が信じがたいほどの完璧な性能を有しているらしいことには彼女もうすうす気づきはじめていて、そこからある別の説が形をなそうとしているところだった。

エイマスがモニターを指さしながらいった。「この病巣が自分で作っているのか、あるいは作るように仕向けているのかはともかく、なんらかの原因で神経伝達物質が過剰生産され、その過程がさらに自動反復される仕組みになってる。すばらしい。まったく完璧だ」

「異常な点はほかにもあるわ」とマーガレットは返した。「腫れ物周辺の組織で、エンケファリンが通常レベルの約七十五倍も増加しているのよ。エンケファリンはいわば天然の鎮痛薬よね」

エイマスは一瞬考える顔になった。その表情にはこの寄生病原体への賞賛がますます濃く表われている。「それなら辻褄が合う。腐乱の進行に関してはまだなにもよくわかっていないが、少なくともこの病原体が病巣周辺の組織を高速度で損壊させようとしているのはたしかだ。とすれば、病原体を操っているなにものかは、その損壊をなるべく患者に感じさせたくないはずだからな。そこまで周到に計算されているとなると、これはますますすごいことだな」

「エイマス、あなたがこの病原体を賛美する必要はないのよ」とマーガレットは声を低めてたしなめた。「むしろそれをくい止めるためにわたしたちはここにいるんですからね。わかってるわね？」

エイマスはにやりとした。「驚くなといわれても無理ってものさ。ここにきてちょっと見てみろ。この紫外線顕微鏡で見つけたものだ」

マーガレットはその機械に近寄っていった。エイマスがここ三十分ほど覗きこんでいた高性能顕微鏡だ。一歩進むごとに防護服の足裏が子供用の靴下付きパジャマのようにシュッシュッと音を立てる。

蛍光色に光っている顕微鏡に目をあてる。サンプルは一見普通の神経細胞のようだった。エイマスはそれをみごとな技術で切除し、採取していた。放射状にのびた樹状突起が紫外線の下でメタリック・ブルーに光りながら蔓のようにのび、それより太い軸索へとつながっている。地球上のすべての動物が持つ神経細胞の情報伝達機能と同じ構造だ。

「これは切除された神経細胞群のようね」とマーガレットはいった。「どこの部位からとったの？」

「第八脳神経の近くだ。腐敗はそこまで侵食しはじめていたが、それでもなんとかきれいな部分を見つけることができた」

着心地のよくない防護服のなかで、マーガレットは眉根を寄せた。第八脳神経は内耳神経ともいい、耳からの情報信号を脳に伝達するための経路だ。

「かなり損傷してるわね。溶解も進んでるみたい。でもまだたしかに神経組織であることに変わりはないわ」

エイマスは黙っている。マーガレットは顕微鏡から顔をあげて見返した。

「感想はそれだけかい？」とエイマスは顔を突きだしていった。

マーガレットは遊んでいたい気分ではなかったが、こらえてとりあえずもう一度サンプルを見た。やはり大きな異常は認められない。「なにかわかったのならはっきりと教えて」

「その神経細胞は、マーティン・ブルーベイカーのものじゃないんだ」

マーガレットは一瞬意味を解せず、ただ大きく目を見開いていた。「ブルーベイカーのものじゃないって……ほかのだれかのだってこと？　いったいだれの……？」声が消え入り、ようやく意味がわかってきた。「この腫れ物自体の神経細胞だってこと？」

「例の黒い棘とサイフォン式血管の蛋白質配列も解析してみたんだが、その結果未知の蛋白質によってできているものであることがわかった——少なくとも人間のものじゃない。そこで遺体のほかの各部から蛋白質を採取して、同じ解析にかけた。とくに脳に集中して探索していたら、偶然この脳神経細胞群を見つけた。蛋白質はほかの部位からも採取できたが、しかし神経はもうこの脳細胞神経しかなかった。あの奇妙な腐乱した肉の残滓が残っているだけだ。大脳皮質、視床、扁桃、尾状核、視床下部、隔膜なども丹念に調べたんだがね」

マーガレットは途方にくれる思いだった。そもそも人間の脳自体、これほど急速な科学進歩の時代にあってもその高度な複雑性に関してはいまだ解けない謎に満ちているのだ。そんな人間の脳のなかの辺縁系という部分をもしもこの病原体が侵したとしたら、記憶や感情などの精神作用までも操られてしまうのではないか？

ではこのブルーベイカーという男の脳はいったいどう変えられてしまったのか？

彼も神経伝達物質の過剰生産によって操られていたのか？

エイマスが先をつづけた。「今きみが見ているサンプルは、溶解しきらずに残っていた唯一の脳神経群だ。それを構成している蛋白質もまた、あんのじょう、かつて見たことのないものだった。つまりこの脳神経は、いわば人工的なもの――少なくともなにものかによって創られたものである可能性が高い。天然のものにしてはあまりにも在来のものと異なっている。生化学のデータベースをくまなくあたってみたが、似た例は見つからなかった。つまりこれはやはり人工的なものであって、それを創っただれかは調査されることを恐れてデータを秘密にしているのかもしれない。これだけ先端科学が進んだ時代であることを考えれば、さほど驚くにはあたらないだろうよ」

だがマーガレットは恐怖を覚えていた。そのなにものかは新種の病原体をごく初期の成長段階から――ひょっとするとまだ分裂前の細胞のときから――培養して、人間に寄生するものに仕立てあげたことになるわけで、とてもたやすく信じられることではない。しかもその新生物がさながら宿主を工場のように利用して神経伝達物質を生産し、血液のなかに注ぎこんでいるとは。さらには人間の体の天然の神経に寸分たがわず匹敵する人工神経を創りだすなど――まさに恐るべき天才的頭脳の持ち主というしかない。

「サイフォン式血管というのは、たしかに意味がわからないでもないわ」と彼女はいった。「病原体が栄養素を吸収するための方法だと考えればね。でも人間の神経にまで擬態するというのは、彼らにとってどんな得があるというの？」

「たしかにね。しかし、それだってちょっと考えればすぐ腑に落ちることとさ。つまり、血管に寄生したのと同じような意味合いで神経にも寄生したのだ、と考えるならばね」

「腑に落ちるかしら？」マーガレットは訊き返すというより自分に問い質している気分だった。「神経伝達物質の過剰な産出がどういう結果を招くかは予測がつくことでしょう？　そうなった人間は精神に異常をきたすしかないのよ。そんなふうに仕向けたうえで宿主の神経まで操ることになんの意味があるの？　目的はなに？」

エイマスは肩をすくめた。その肩をぐるりとまわしたと思うとつぎは腰もまわし、体の凝りをほぐすようなそぶりを見せた。

マーガレットは自分の持ち場に戻った。頭のなかでは新たな疑問が駆けめぐっていた。病原体の奇怪な構造にさらに恐ろしい側面が加わったようだ。

つまりその側面こそが――にわかには信じがたいことだが――人々を凶暴にしたり制御不能に陥らせたりする原因なのではないか。だがその推測にわずかな疑問が残っていることも否めない。その疑問がなにかすらまだ整理がつかないが、とにかくこのハイテク・テロともいうべき新生物には依然としてなにか腑に落ちないところがある。

「マーガレット、ちょっとカメラをとってくれ」

振り向くと、エイマスはブルーベイカーの遺体の腰のあたりに立っていた。遺体はすでに全身が黒ずんだ腐乱に呑み尽くされようとしているが、ほんのいくつかだけ変化が進行しきっていない箇所もある。腰もそのひとつだ。マーガレットは作業台の上のカメラをとりあげ、エイマスに手わたした。

エイマスは腰部にある小さな病変を指さした——すでに一度調べた箇所だった。

「ここを見てみろ」といってひざまずくと、その部分に向けてシャッターを切った。

「わかってるわ。あなたが前にいってたところでしょ」

「ああ、だが前とちがってきているんだ、わからないか?」

マーガレットはため息をついた。「エイマス、もったいぶるのはいい加減にして。新しい発見があったのなら自分からいってちょうだい」

エイマスは答えず、黙って立っている。と思ったら不意に体を寄せてきて、デジタル・カメラの小さなモニター画面を見せた。そこには病変部の拡大画像が映しだされ、真ん中から細長く青い繊維のようなものがのびているのが見えた。

「だからなに?」とマーガレットはせかした。「遺体が腐りきる前にやらなきゃならないことがまだたくさんあるんですからね」

「今のはこの部分を初めて調べたときの写真だ」とエイマスはいい、カメラの切り替えスイッチを押した。写真が切り替わると、「そしてこれが今撮ったやつだ」

マーガレットは目を凝らして見た。二枚の写真はほとんど同じに見えるが、一点だけちがっていた。例の繊維が一本から三本に増えていた——小さな赤い繊維と青い繊維とがひとつずつ加わり、さらに最初からあったもうひとつの青い繊維は三倍はどの長さにのびていた。

遺体は死後長時間経過しているにもかかわらず、その繊維は依然成長しつづけているのだ。

19　不快な日

昼も近いころ、またあのいやな部分が痒くなりはじめた。やはり医者に診てもらったほうがいいだろうか。だがたかが腫れ物程度で医者にかかるというのも癪な話だ。大の男がこんなことで臆病風に吹かれてどうする？　そもそも自分の体ぐらい自分で管理できなくてどうするんだ？

ペリーはこれまでつねに人一倍健康な男だった。アルコールの飲みすぎで吐いたことはあるものの、それ以外の理由での嘔吐の経験は小学校六年生以来一度もない。身近で風邪が流行(はや)っても彼だけは鼻がぐずったり胃が少しもたれたりするだけですむ。同僚たちはささいなことですぐ病欠するが、彼だけは三年間一度も仕事を休んだことがない。そんな抵抗力の強さは体の大きさ同様に父親から受け継いだものだ。

シカゴ・ベアーズの名ラインバッカー、ブライアン・アーラッカーもかくやという巨漢だった父ジェイコブ・ドーシーは、ペリーが二十五歳のとき、癌のために死んだ。二度と退院することなく終わった最後の入院の以前には、仕事を休んだ日がたった一日しかなかった父だった。その一日というのは、息子ペリーによって顎を砕かれた日だった。

その日ペリーがシーズン終盤に入ったフットボールの練習から帰宅すると、ちょうど父が母を殴っているところに出くわした。雪が一週間ほど降ったりやんだりをくりかえして、まばらに草が生えているだけの玄関前の未舗装の小道に厚くはないながらもあちこちに白いまだらを作り、冷たい雪融け水が一面にぬめり光っていた。

見ると、父が母を玄関先の水の溜まる小道に投げだして、腰ベルトを鞭のように使って打擲しているところだった。

「だれがこの家を仕切ってると思ってるんだ?」と父はわめきながらまた一発バシッと叩きつけた。「女ってのはちょっと甘やかすとすぐつけあがりやがる。自分がなにさまだと思っていやがるんだ?」生まれてこの方北ミシガンから一歩も出ない父には、「いやがる」が「いあがる」と聞こえる程度のかすかな訛りがあった。

当時ペリーはハイスクール二年生で、一メートル八十八センチ九十キロだったが、一メートル九十五センチ百二十キロの父に比べればまだひょろ長い草の葉っぱみたいなものだった。ところがそんな体格差にもかまわず彼は父にフライング・タックルをかませ、もろともに玄関ポーチに激突してぶっ壊した。古びた木の手摺りが折れて飛び散った。

先に立ちあがったペリーはうなり声をあげるや左フックを見舞った。その一撃が父の顎を砕いたが、ペリーがそれを知ったのはあとになってからだった。ジェイコブ・ドーシーは息子を重たい生ゴミさながらに投げ返した。投げ返されたペリーは跳ねあがって応戦した。父はシャベルを引っつかむと、かつてなく容赦ない攻撃に転じた。

ペリーはそれまで経験したことのない激しい戦いを強いられた——このままでは殺されると思えるほどの。そこで父の顎にもう二発パンチをお見舞いした。だが父は体をかわすこともなく、ただひたすらシャベルの平らな面で殴りつづけた。

翌日さすがのジェイコブ・ドーシーも痛みを訴えた。病院に駆けこみ、顎を針金で固めてもらってきた。帰宅した父は息子を台所に呼びつけた。シャベルで殴られてあちらこちら青黒い痣だらけになったペリーは歩くのもままならなかったが、どうにか台所の椅子にどっかと腰をおろした。父は紙になにかを殴り書き、テーブルに突きだした。教育を受けておらず読み書きのつたない父だったが、それでもなんとか文意を見てとれた。

「あごをやられてしゃべれないが——」と父は書いていた。「——おまえはよくやった、父さんはうれしい。だが生きのこるためにもっと腕を鍛えろ。いつかそのわけがわかるはずだから」

いちばん参ったのは、殴られたことじゃない、なによりそのときの父の目の表情だった。そこには嘆きと愛とそして誇りとがあった。その目はこういっていた、「おまえよりおれのほうが痛いんだぞ」と。もちろんそれは顎を割られた痛みのことじゃない。あの親父だって世間の普通の親と同じように、子供をシャベルで殴るなんてまともなやつのやることじゃないとは重々わかっていたのだ。ただ人の親にはいやなことでもやらなければならないときがあるということだ。だから父は悪いことをしたつもりなどまったくなかった——むしろ正しいと思っていた。ただ親としての責任ゆえにやったのであり、独り息子を傷つけるのがどれほど心苦しかろうと、よき父親としてしなければならないことはすべきだと考えていたのだ。

ありがとうよ、親父——とペリーは頭のなかで皮肉をつぶやいた——ほんとにありがとう。あんたは最高の父親だったよ。

だがそれほど父を憎んでいたにもかかわらず、自分がこんなに強くなれたのは父のおかげだということを否定できはしなかった。あの男は息子をたくましく育てるために突き放し、その作戦に成功したのだ。おかげでペリーはフットボールのフィールドでもだれよりも強くなれた。奨学金をもらえたし、大学にも入れた。どうしようもなくクレージーなやつではあったが、今のペリーが持つ仕事への強い責任感は、父に教えこまれたやらねばならないことへの道徳観によるものだといわざるをえない。だからこそ今、彼は一生懸命働くことを好む。あいつなら仕事を必ずやり遂げると人に信頼されることをなによりも好む。

　だから腫れ物などあろうがなかろうが、勤めには必ず出なければならない。だがただ仕事をやるということと能率をあげてやれるというのとは別だ。今はそれだけの集中力が出せない。同じ問題にいつまでもかかりきりになっていて、解決策を見いだせずにいる。頭がぼんやりして、目の前のことが手につかない。

「ペリー、ちょっと話したいんだけど、いい?」

　振り向くと、ボスのサンディー女史がブースのなかにまで入ってきていた。顔には不機嫌な色が貼りついている。

「なんでしょう?」

「さっきプルマン社のサミルさんから電話があったの。ネットにつなげなくなってもう三日になるがどうなってるんだといってきたのよ」

「今とりくんでるところです。昨日には解決できるつもりでいたんですが。少し長引いてしまって、申し訳ありません」

「とりくんでるのはわかってるわ。でも集中してやれてるの? サミルさんがいってたけど、あなた昨日ネットワーク・ルータをリブートするようにいったんですってね。それも二度も。なのにつながらないままだから、今朝になってもう一度やってみてといったんですって?」

ペリーは答える言葉を探したが、見つからなかった。

「そうしているあいだにもクライアントは損失を出しているのよ」ボスの声には明らかに怒りがにじんでいる。「トラブルの解決策が見つからない場合があるのも仕方ないとは思うわ。でもなにかが邪魔をしてそのことをはっきりいえずにいるようでは困るの」

ペリーも逆に怒りを覚えてきた。これだけ必死でやってるというのに、なんだっていうんだ！　実際彼ほど懸命に働く社員はほかにいない。これほどやっても問題が解決しないのは、きっとなにか特別な障害があるためだ。

「なにがどうだめなのか、わたしに話してちょうだい」とサンディーがいった。怒ったときの彼女は目がとても大きく見開かれるのと鼻の穴が広がることに、ペリーは初めて気づいた。その表情はいかにもせっかちで子供っぽくすら見える。人はなんでも自分のいうことを聞くものだと思っている生意気盛りの小娘を思わせる。

「わかりません」

サンディーはさらに大きく目を見開き、両手を腰にあてた。そのいかにも威張りくさっているポーズに、ペリーはさらに腹が立ってきた。

「わからないってどういうこと？」とボスはさらにどなる。「もう三日もやってるんでしょ？　わからないままやってて、どうしてだれにもサポートを頼まなかったの？」
「だから、今とりくんでるといったでしょう！」ペリーはつい大声を出していた。自分にも奇妙な声に聞こえた――怒りに耐えきれなくなった声だ。見おろすサンディー女史の目に驚きの色が光った。ペリーの顔を見ているまなざしから憤慨が消え、代わって不審さが、あるいはかすかなおののきの気配が表われた。ペリーはボスの視線の先にある彼自身の手を見やった。両の手が拳に握られ、力をこめるあまり、赤みがかった体のなかでそこだけ白んでいた。全身が激しい緊迫感にギリギリと縛られているのを感じた――フットボールの試合の直前と同じ感じだ。あるいはだれかと喧嘩するときと同じ興奮だ。オフィス内が突然シーンと静まり返った。この状況がサンディー女史にとってどれほど怖いものかが感じとれる。怒りに燃える自分の巨体が、小さくか弱い彼女の体に向かって肉食獣のように恐ろしく迫っている。さながら猛り狂った熊が傷ついた仔鹿に躍りかかろうとするときのように。
ペリーは拳を開こうと努めた。狼狽と恥ずかしさとで顔が熱くなっていた。上司であるサンディー女史を怖がらせてしまった。殴りかかるんじゃないかと思ったにちがいない。（これじゃ前の職場と同じじゃないか）――頭の奥の良心がそうさげすんだ――（前のボスにやったことと同じじゃないか）
「すみません」低い声で詫びた。サンディーの目から恐怖が薄らぎ、一転して心配する感じになった。だが変わったのはそれだけで、たじろいでブースから出ていく足を止めようとはしなかった。

「近ごろストレスが溜まってきてるみたいね」女ボスはおごそかにいった。「少し休みをとって静養なさい」

早退しろというのか――そう思うと顔から血の気が退くのを覚えた。「大丈夫です。プルマン社の件はきっと解決できますから」

「そんなことはいいのよ」とサンディー。「だれかにさせるから。家に帰りなさい、今すぐに」背を向け、ブースを出ていった。

ペリーは失格者になった気分で、床を見おろしていた。忠誠を尽くすべき人を裏切った気分だった。一瞬だけ忘れてしまっていた、自分が今怖がらせた相手がチャンスをくれた恩人であることを。サンディーのおかげで彼は人生を立てなおすことができたのだ。そのために彼女はあらゆる努力をしてくれた。だからこうやって誠心誠意働いて恩返しするつもりだった。そう思った瞬間、体じゅうに散らばった七ヶ所の痒みが申しあわせたように一斉にぶり返した。図体がでかいだけの子供みたいにうろたえあわてふためいて、ガムテープの修繕跡が目立つブリーフケースに荷物をつっこみ、コートを着こんだ。

メール受信のチャイムが鳴った。

スティッキーフィンガーホワイティー：大丈夫か相棒？　手を貸そうか？

一瞬その文面に見入った。おれは助力や同情に値するような男じゃない。そう思いさだめると、立ったままで返信を打ちこんだ。

ブリードメイズンブルー：心配要らない。元気でビンビンだ。

スティッキーフィンガーホワイティー：んなわけないだろ。冷静になれよ。今日は帰れ。あとはおれがやっとく。

ブリードメイズンブルー：いいって。もうほっといてくれ。

スティッキーフィンガーホワイティー：わかったわかった。サンディーにゃなにもいわないよ。適当にごまかしとく。おまえの代わりにプルマンをやるなんて口が裂けてもいわない。

スティッキーフィンガーホワイティー：早く帰って法王ポルノでも見てな。あとはまかせろ。絶対悪いようにはしないから。

ビルなら本当にやってくれるだろう。だがそれがなおさら悪い気がする。かまうなとどれだけいっても、必ず助けの手をさしのべてくれるやつなのだ。

ペリーはオフィスをあとにした、同僚たちの視線が一斉に背中に突き刺さるのを感じながら。恥辱と狼狽をかかえたまま、駐車場の車に乗りこんで自宅へと急いだ。

20　人手不足

マレー・ロングワース副長官の指示で捜査に乗りだしてからまだ一週間しか経っていないことが、デュー・フィリップスには信じられないほどだった。一週間前にはマーガレット・モントーヤやマーティン・ブルーベイカーといった人名はもちろん、〈トライアングル〉という時事用語すらまったく耳にしたことがなかったのだ。一週間前には相棒マルコム・ジョンソンはまだ病院のベッドに寝てなどいなかったし、フィリップス自身のせいでそんなことになろうなどとは思ってもいなかった。

一週間前、フィリップスはロングワースから直接電話連絡を受けた。かつてヴェトナムでともに戦った間柄だが、以後は個人的に連絡をとりあうようなことはまったくなかった。ＣＩＡ副長官が部下の情報員に直接電話をよこすことの意味はただひとつ──なにごとか確実にやり遂げねばならない難事が持ちあがったのだ。なにごとか……だれもやりたがらないことが。少なくとも仕立てのいいスーツを着て爪にマニキュアを塗ったロングワースが自ら手を染めたいとは決して思わないことが。

かつて二人は一緒に地獄をくぐり抜けてきた。その後ロングワースはヴェトナムでクソを踏み歩いていただけの少尉という身分から這いあがるために、その手を汚してあらゆることをやり、おかげでＣＩＡでの昇進の道を切り拓いていくことができた。そんな上官であろうとも、フィリップスは指令さえ受ければその期待に応えねばならない。

それはたった一週間前のことだ……

……そのときフィリップスは副長官室へと通じる控室で二十代らしい赤毛の秘書嬢を前にして、この女はロングワースの夜の相手をすることがあるのだろうかなどとふと思ったりしていた。

秘書嬢はきらめくような緑色の瞳で見返し、訓練のゆきとどいた笑顔でいった。

「恐れ入ります、ご用件をうかがいますが？」

アイルランド訛りだ――とフィリップスは察した。こんないい女に相手をさせていないとしたら――そういうアプローチすらしないようなやつは――インポだと考えるしかない。

「デュー・フィリップスだ。副長官に呼ばれた」

「フィリップスさん、お待ちしていましたわ」と赤毛の女はいい、挑発するようにつけ加えた。「五分ほどご遅刻ですのでどうかご注意を。副長官は時間にきびしい方ですので」

「そうなのか？　そいつは困ったな。つぎからはちゃんとやるよ」

だだっ広くて簡素な内装の副長官室に入った。銃弾の跡のある星条旗が一方の壁に飾られていた。その向かい側の壁に掛けられているのは、ここ最近の五代におよぶ合衆国大統領がそれぞれロングワースと並んで収まっている写真だ。それらを端から見ていくと、ロングワースがしだいに年とっていく過程をストップ・モーション映像でとらえたもののように見えてくる。体つきからして精悍な若かりしころから、かなりメタボリック・シンドローム気味の冷たい目をした胡麻塩頭の初老男にいたるまでの。

部屋じゅうの写真を見ても、陸軍の制服姿のロングワースが写っているものは——士官服であると兵服であるとを問わず——一枚もない。あの時代のことは忘れたいのにちがいない——当時の自分がどんなだったかも、どんなことをしてきたかも。だがフィリップスにとっては忘れることのできない時代だ——もう忘れたいとも思わない。あれは人生の一部にすぎず、今はさま変わりしてしまったのだから——少なくとも生活の大半は。

壁に掛かるあの星条旗をめぐる出来事ははっきりと記憶している。重砲基地をゲリラに奇襲され、救援のヘリがくるまでにフィリップスとロングワースとほかに六人しか生存者が残らなかった戦闘の遺品だ。それはさながら第一次世界大戦末期を思わせる肉弾戦で、深夜二時に砂嚢(すなぶくろ)の積まれた泥だらけの塹壕(ざんごう)のなかで文字どおり素手で敵ととっくみあった。星を隠す雲から豪雨が降りしきり、基地周辺の一帯を一面の泥の海に変えていた……

　マレー・ロングワースは大きな樫材製の机の席に座していた。机にはコンピュータ端末が置かれているだけで、ほかに飾り気はない。まっさらな机の表面は塗りこめられたニスで照り光っている。

「久しぶりだな、少尉」とフィリップスはいった。

「デュー、その呼び方はもうやめてくれるとうれしいんだがね――前にもいったと思うが」

「そうだったな。近ごろ物忘れがひどい」

「まあ坐れ」

「いい部屋だ。ここに居据わってもう四年めか？　やっと眺められてうれしいね」

　ロングワースはそれには応えない。

「前に口を利いたときからもう七年が経つな、少尉。あのときもおれの力を必要としてくれたが、こんどもまたきみのキャリアが危なくなりそうな事態でも持ちあがったのか？　また古友だちのデューを呼んで、ケツに点いた火を消させようって魂胆か？

なんとか自分の格好をとりつくろうためにな」
「このたびはそんな生やさしいものじゃない」
「なるほどな。おれももう若くないし、この焼きのまわった体じゃ、きみの汚れ仕事はたやすくはこなせないってわけか」

フィリップスは星条旗の前に立った。旗の左上の隅が焦げ茶色に汚れている。ヴェトナムのデルタの泥だと、その汚れについて訊かれたときロングワースは必ず答える。だが真相は別で、それが泥ではないことをフィリップスはだれよりも知っている。かつてこの旗が結びつけられていた旗竿を使って、フィリップス自身があるヴェトコン兵を殺したのだ。真鍮製の竿の鋭い先端を敵兵の腹に突き刺したのだ、さながら蛮族の槍兵のように。旗の右下隅にも同じ汚れがついているが、そちらは十八歳の伍長クイント・ウォルマンの喉に敵のＡＫ四七弾が命中して首を吹き飛ばしたとき、血しぶきが顔にかからないようにととっさにこの旗を楯代わりに使ったときの跡だ。

彼らは士気を高めるために星条旗を使っていたわけではなかった。そもそも当時はそれほど愛国心に燃えてはいなかった。この旗はたまたま彼らが最後の砦(とりで)とした基地に立っていたというだけだ。そこでなんとかゲリラの攻撃を持ちこたえ、ようやく味方のヘリに救助された。ロングワースは負傷したほかの同志たちを――フィリップスもその一人だ――全員ヘリに乗せたあと、自分は最後に乗りこんだ。そのとき基地を出がてらに、血に汚れ銃弾を受けて焼け焦げたこの旗を持ってヘリに乗った。そんなときになぜそんなことをしたのか、だれにもわからなかった――おそらくロングワース自身わかっていなかっただろう。だがすべてが終わったんだとみんなが思ったとき――敵味方の死体の山をあとに残してようやく死の淵から逃れられたと悟ったとき――旗はより大きな意味を持ってきた。

擦り切れ汚れた旗の布地を見ているうちに、フィリップスのなかにそのときのさまがよみがえってきた。そのあいだ、ロングワースが小声で呼びかける声がつい耳に入っていなかった。

「デュー、どうしたんだ?」

振り返って目をしばたたき、あわてて意識を目の前の現実に戻した。ロングワースが自分の机の前にある客用の椅子を勧めていた。フィリップスは目の前にいるこの上官への敵愾心をもう一度自分に思いださせてから、やっと椅子に近寄っていって腰をおろした。

上着のポケットからトゥーツィー・ロールをひとつとりだし、包み紙を解いて茶色いキャンディを口に放りこんだ。包み紙は床に捨てた。クチャクチャと少し噛んでから、ロングワースの顔を見やり、問いかけた。「ジミー・ティラモクのことは聞いているか?」

ロングワースはかぶりを振った。

「ピストル自殺した。古い四五口径を口につっこんで――頭のほとんどが吹き飛んだそうだ」

ロングワースは顔をがくっとうつむけ、全身で長いため息をついた。「本当か？わたしはまだ聞いていなかった」

「最近もここ四年ほどのあいだに五、六度も社会復帰支援施設の世話になっていた。心の後遺症がまだ治っていなかったってことだ。こんなときこそ友だちがそばにいてほしかっただろうがな」

「なんでそのとき知らせてくれなかった？」とロングワース。

「知らせたら、いってやってたか？」

その問いには沈黙が答えとなった。うつむけていた顔をあげた旧友を、フィリップスは冷たいまなざしで見すえた。

「それじゃ、生き残りはとうとうわたしたち二人だけになったのか？」

「そういうことだ」とフィリップス。「おれときみだけだ。おれたちだけがこうやって何十年もおたがいの近くにいられたってのは、ラッキーなことだったかもしれんな。それこそ頼れる友だちが身近にいるんだから。で、今日の話ってのはなんだい少尉？こんどはおれになにをしてほしい？」

ロングワースはマニラ封筒をとりだして、さしだした。〈トライアングル・プロジェクト〉というラベルが貼られていた。「大問題といっていい事案だ」

「マレー、きみの出世のためにおれが撃たれなきゃならんような話なら、ごめんこうむるぞ」

「いっただろう、このたびはそんなものじゃない。重大事だ」

「なるほど、それをかたづければ大手柄か？　こんどはだれがその厄介ごとを持ちあがらせたんだ？」

「それはまだいえん」

フィリップスは相手の顔をじっと見た。これまで関係者の名前を明かすのを拒んだことのないロングワースが、このたびにかぎってだれに絡んだ事案かいえないという。それで察しがついた。だれのためにやらなければならないことかいえないからこそ、リスクをいとわず任務をやり遂げる部下を呼び寄せたのだ。

「わかったぞ。こんどのは〈ザ・ビッグマン〉からのじきじきの指令だな？　つまりホワイトハウスに絡む極秘任務だ。ちがうか？」

ロングワースはひとつ咳払いした。「まだいえないといったはずだ」

古典的な、否定ならざる否定法だ。なにもいわないことによって相手の推測を肯定したのだ。

フィリップスはマニラ封筒をあけ、内容物に目を走らせた。そこには四つのファイルが入っていて、うち三つは三件の事件に関する各報告書、もうひとつはそれらすべてについての包括説明書だった。そのうちの包括説明書にまず目を通し、もう一度読んだとき、思わず顔をあげて上官を見ていた。自分の顔から血の気が退いていくのを感じていた。信じられない思いで書面に目を戻し、ときおり出てくる耳慣れない用語を口に出した。

「〈人為的生物災害（バイオロジカル・ビヘイビア・マニピュレーション）〉、〈人工微生物（バイオエンジニアド・オーガニズム）〉、〈無差別型生物兵器（インフェクシャス・テロリスト・ウエポン）〉……マレー、こんなごたくの羅列でおれをけむに巻こうってのか?」

ロングワースはかぶりを振った。

「たわごとだ」とフィリップスはたたみかけた。「どこかのテロ組織が人の気を狂わせるバイオエンジニアド・オーガニズムとやらを創りだして、ばら撒こうとしてるなんてな」

「それはあくまで包括的な説明だ。じつのところこれまでに三件報告されているんだが、健康なごく普通の市民が突然奇妙な皮膚炎を発症し、その後まもなく精神状態に変調をきたすという事例が連続発生している。それらが本当にテロリストの生物兵器によって起こってることなのかどうかはまだわからんが、われわれとしてはその可能性を視野に入れて対処することになった。少なくともこのままつくねんとなりゆきを眺めてはいられないということだ」

フィリップスは三件の報告書を読んだ。シャーロット・ウィルソンという老婦人の事例に添付されたポラロイド・カメラによる写真には、肩にできている青みがかった三角形の腫れ物が撮影されていた。ゲイリー・リーランドの事例には当該男性の顔写真が付され、皺と無精髭の目立つ初老の男の顔に異常なほどに強い憎悪と敵意が貼りついているのが見てとれた。これまた首に不気味な青い三角形があって、その表情を強調している。

「彼らが人を殺したのは、すべてこの腫れ物のせいだというのか？」

「シャーロット・ウィルソンは孫もいる七十歳の女性だが、大型の台所ナイフで自分の息子を刺殺した。ブレイン・タナリヴという男性は鋏で妻と幼い娘二人を殺害した。ゲイリー・リーランド五十七歳は入院中に自分のベッドに火を点け、ほかの患者三人を巻き添えにして焼身自殺を遂げた」

「腫れ物は偶然ってこともあるだろう」とフィリップス。「それぞれになにかおかしくなる原因があったんじゃないか？　精神面での問題とか？」

「もちろんその点は二人とも調べた。そのうえでなければおまえを呼んだりはしないさ、デュー。三人とも過去に暴力事件を起こしたとか、精神疾患の病歴があるとかいった形跡はなかった。全員揃って知人隣人には善良な普通の市民と評価されていた。

唯一共通している要素といえば、突然異常行動を起こしがちになった時期と三角形の腫れ物の発症期とが一致していることだ」

「外国ではどうなんだ？」とフィリップス。「似たようなケースは起こっていないのか？」

ロングワースはきびしい表情のままたかぶりを振った。「それについても広範囲で調査したが、類似の事例はどこにも見つからなかった。われわれの知るかぎり、こういうことが起こっているのはわが国だけだ」

フィリップスはゆっくりとうなずいた。なぜこれらの事件にテロ組織による陰謀の臭いを嗅ぎつけたのかがようやく理解できはじめていた。「しかし、テロリストどもにそんなものを創る力があるのか？」

「彼らが自分で開発したものだとはかぎらんさ」とロングワース。「核兵器にしろサリン・ガスにしろ自爆のためのジェット機にしろ、やつらはおおむね既製のものを使う。だからむしろ、そういうものを開発した何者かがいること自体が問題なんだ」

フィリップスはファイルを再読した。仮にテロ組織が使った兵器だとしたら、一級品といっていい。自動車爆弾とか旅客機ハイジャックとかいった手段が無意味に思えるほど高度な方法だ。友人や隣人や同僚がだれ彼なく突然発狂して市民を無差別に殺傷するかもしれない社会を想像してみるがいい。人々は職場にいくのすら恐れるようになり、家を一歩出るのにも銃を持ち歩くだろう。だれもが殺人鬼かもしれないと疑いあい、親が子供を皆殺しにすることすらまれではないとなれば、世の中の安全は崩壊する。そんな兵器があるとしたら、このアメリカを自滅させることも可能だろう。

フィリップスはまたトゥーツィー・ロールに手をのばした。「これがなにかの生物兵器だとして――わが国の軍自身のものだという可能性はないのか？　たとえば、何者かがそれをわざと空気中に流出させたとか？」

その問いが終わるよりも前に、ロングワースは否定のかぶりを振っていた。「それはない。あらゆる面から確認したが、アメリカ軍にこういうものはなかった。断定できることだ」

フィリップスはキャンディの包みを解き、またも塵ひとつない絨毯の上に捨てた。

「で、その生物兵器がどう作用してこういうことになるんだ？」

「まだはっきりとはわからん。状況から推測すれば、炎症の患部からある種の麻薬に類する物質が分泌され、血液中に混入するんじゃないかと思われる。要するに、微生物が毒素を皮下注射するってことだろう」

「どれだけの人間がこのことを知ってる？」

「部分的に知っている者を含めればもう少し増えるが――全容を承知しているのはわたしと長官とそして大統領と、あとはその報告書に記してあるＣＤＣの医師一名だけだ」

フィリップスは犠牲者の写真をあらためて見た。それらは強い不安を呼び起こさずにはいられない光景だ——人間の本能的な感覚にかかわる深いところで。

「軍曹、この件にはおまえが必要だ」ロングワースがいった。

フィリップスを軍曹と呼ぶのはロングワースを少尉と呼ぶのと同様に、ヴェトナム戦争従軍時のたがいの階級を今もからかい半分のあだ名として使っているのだ。当時フィリップスはまわりの者たちだれもから敬意とともに軍曹と呼ばれていた、それのみが彼の唯一の名前であるかのように——だが今は、彼の本名とそのあだ名とをともに知る者はロングワース一人になってしまった。そのロングワースもヴェトナム戦争などなかったことのように思おうとしている。なんとも皮肉なことだが、そこには一抹の可笑しみもない。

「どれだけ年を食っていようが関係ない」とロングワースはつづけた。「わたしが知るかぎり、今でもいちばん頼りになる部下だ。必要なのは、どんなリスクも辞さずに任務を成し遂げられる人材だ。それに、このファイルに書かれてることがどれだけ信じがたかろうと、少なくとも一刻も早く事態の真相をつきとめねばならないってことは、おまえなら理解できるはずだ」

フィリップスは上官の顔を見すえた。三十年以上前から見知っている顔だ。それだけの歳月を経た今でも、この男が嘘をいっているかどうかは顔を見ればわかる。これまでもこの男は彼に助力を頼んできたが、いずれの場合も自分のキャリアのために利用しようとしているのが見えみえだった。それでもかまわずいつも、指示に従ってきた。それはひとえに、これまでの人生でいちばん悪夢に満ちていた時期にともに戦った同志の頼みだったからだ。ところが今は少し事情がちがう——あの〈少尉〉ロングワースが、今は自分の利益のみを追ってはいない。ただ恐怖に駆られているだけだ——助けを求めずにはいられないほどに。

「わかった、やろう」とフィリップスは答えた。「ただしおれの専属パートナーも加えさせてもらうぞ」

「それはだめだ」ロングワースは即答した。「援護が要るなら、わたしが知っているだれかをつけてやる。マルコム・ジョンソンには充分な人物評価がない」

フィリップスはあきれ返った。と同時に彼のパートナーの名前を知っていることに驚いた。「人物評価だと？　このおれの評価といったら、引金を引かなきゃならんときに引けるやつだってだけのことじゃないのか？　だからこそきみに必要とされてるこのおれが、マルコムをパートナーとして七年もやってきたんだ。このとんでもない事態の調査にかかるには、あいつ抜きではやれない。おれを信じろ——やつは信頼できる男だ」

マレー・ロングワースは自分のやり方を押し通す男だ。他人は自分の命令に従えばいいと考えている男だ。しかし同時に、彼がある種の政略家であることもフィリップスは心得ている。政略家はときとして、願望を達成するためには多少の譲歩をいとわない場合がある。そういうゲームの妙味というのはフィリップスなどには理解しがたいことだが、ロングワースという男はつねにゲームの名手なのだ。

「いいだろう」とCIA副長官はいった。「おまえの判断にまかせる」

フィリップスは肩をすくめた。「で、まずはなにをすればいい？」

ロングワースは窓へ目を逸らせた。「まずは待つことだよ、軍曹——つぎの犠牲者が出るときをな」……

……だからフィリップスは待った——そして今も待っている。一週間前には、たしかになにかが起こるのを待っていた——この〈トライアングル・ハザード〉なるものが本当のことなのかそれともなにかのまちがいなのか、あるいはまたもロングワースが出世するための方便にすぎないのかがわかるようなことが起こるときを。それに今は、いちばん信頼を置いてきた同僚の死のときを待たねばならなくなってしまった。

しかもそれは、フィリップス自身がマルコムを無理に巻きこむようなまねをしなければ起こらずにすんだことなのだ。

今はホテルの部屋に独りでいて、少しばかり休息はとれたものの疲れは依然残っていた——自分への怒りがつのってあまり眠れなかったせいだ。ベッドに坐り、携帯電話を肩で挟んでロングワースと話しているところだ。

「マルコムはまだ危ない状態か？」と副長官が問う。

「ああ、予断を許さん。やつめ、持ち前の果敢さが祟った」目の前のベッドの上には黄色い防護服が投げだされ、その上に解体された軍仕様コルト四五オートマチックが置かれている。ホテルの部屋のまばゆい照明の下で、青黒くなめらかな金属がにぶくきらめいている。

「医者はちゃんと診てるんだろうな？」とロングワース。

「昼夜を問わずだ。ＣＤＣの例の女医者までがマルコムのようすを見にきた。あの女、検死を早くしたくて死ぬのすら待てないらしいな」

「モントーヤに病院にいくよう指示したのはわたしだ。彼女には集められるかぎりの情報を集めてもらわねばならんからな。われわれは今、藁をも摑む状況にあるんだ」

「それで、モントーヤはどんな情報を集めたんだ？」

「わたしも明日そっちへ飛ぶ予定だから、そこであらましの報告を受けてから、おまえにも伝えよう。それまでじっとして待ってろ」

「ほかではどうなってる？　新しい患者は出ていないのか？」フィリップスは拳銃の

パーツに油を注して組み立てなおす作業を終えた。それをわきに置くと、代わりにふたつの箱を引き寄せた。ひとつの箱には空の弾倉（マガジン）が、もうひとつにはバラの四五口径弾が入っている。

「まだわからん」とロングワースの答えが返った。「西のほうからはまだ情報が入ってきていない。だがデュー、仮に患者が出たとしてもおまえは心配しなくていい。今は休め。とりあえず代わりの人員を手配してるところだ」

フィリップスは慣れた手捌きでひとつめのマガジンにすばやく銃弾を詰めこんだ。それを終えてふたつめにとりかかったところで、ため息をついた。自分がつぎにいわねばならない言葉がマルコムの寿命を縮めるような気がしたからだ。

「マルコムのそばにいてやれという意味なら、やつはもう時間の問題だ。認めたくはないが、それが現実だ」

「だれか代わりの応援をつけてやる」とロングワース。「指示はわたしがしておく」

「応援は要らない」

「だめだ」物静かだった上官の口調が急にいらだちを帯びてきた。感情を抑制するのに長けた男だが、今ばかりはそうもいかなくなったようだ。「わたしへの口答えは許さん。独りで動きたいのはわかるが、もはや危険になりすぎた。単独行動は認められん。援護は必ず必要になる」

「要らないといったら要らない」とフィリップス。

「命令には従ってもらう」

「応援を送りたいなら送るがいい。そいつの両膝を撃ち抜いてやる。わかってるだろうが、これは脅しじゃないぞ」

ロングワースはそれには返事しない。

先をつづけるフィリップスの声は、感情の高まりでいつになく少しだけつっかえがちになった。

「おれの相棒のマルコムは、文字どおり命を投げだしちまった。おれたちがまのあたりにしたのは、とんでもない光景だったよ、マレー。この病気に感染したやつは、もう人間じゃなくなってた。そのさまをこの目で見た。だから少なくとも今起こってることの異常さは実感できた。あの女医が早急に情報を求めてるというのもわかる。だからその情報をおれが見つけてやる。今は新しい応援に調子を合わせてるひまはない。これから独りで飛び立つ」

「デュー、バカなまねはするな！　今は個人的な感情で動いていいときじゃない」

フィリップスはふたつめのマガジンにも給弾し終えた。それを左手に持ち、まじまじと見た——一発だけ露出している弾丸の光沢のある先端部を。

「べつに仕返ししようなんてつもりじゃないさ」そういい返した。「バカをいってるのはきみだ。マルコムをやったやつはもう死んでるんだ、仕返しなんてどうやればできるというんだ？　おれはただ独りで仕事がやりたいといってるだけだ」

ロングワースはいっとき黙りこんでしまった。だがフィリップスは承諾されようがされまいがどうでもよかった。とにかく自分が思ったとおりにやるまでだ。

「わかった、好きにしろ」とロングワースが抑えた口調でいった。「だがひとつだけいっておく――われわれが今必要としてるのは死体じゃない、生きたままの感染者だ」

「こっちに着いたら連絡してくれ」といってフィリップスは電話を切った。彼がいったことはむろん嘘だった――これからやろうとしていることは個人的な感情のためだ。考えてみれば、この世のあらゆることがなんらかの意味で個人的だろう。あの細菌を創りだしたやつは必ず自分の手で見つけだしてやる。マルコムが助かりそうにない今、その原因を創った者にはきっと責任をとらせねばならない。

マガジンをコルト四五の銃把に挿しこみ、弾丸の一発を薬室に送りこんだ。拳銃を持って浴室に入り、右手人差し指を引金にかけて鏡の前に立った。なにもこの姿のまま外界に飛びだそうとしているわけではない――マーティン・ブルーベイカーとはちがう。皮膚にまだ感染の痕はない――はずだが、鏡のなかの顔には細かな赤い点々が現われたり消えたりしているような気がする。脳がでっちあげた幻であることはわかっている。だがもし本当に感染したとしたら、発症に気づけるほど長く正気を保っていられるだろうか？　いや、そう長く正気でいる必要もない——自分に向けて引金を引くときまでで充分だ。

ベッドに戻り、予備のマガジンをわきの小卓に置き拳銃を枕の下につっこんだ。横たわるとすぐに浅い眠りに落ちた。

夢に現われたのは、燃えあがる家と、腐り果てた死体と、フランク・シナトラの唄う声だ——あなたはしっかり（アイヴガットユー）……わたしのもの（アンダーマイスキン）……

21　命の湧きたて

　やっと防護服を脱ぐことができて、マーガレットは生き返った気分だった。一刻も早くシャワーを浴びたい、全身腐った卵みたいな臭いにおおわれていたから。身ぎれいにしておきたいのは、ＣＩＡ副長官マレー・ロングワースが状況視察のため病院にくることになっているからでもある。なのに今すぐにはシャワーも浴びられない。マーティン・ブルーベイカーの遺体から見つかった奇妙な繊維についての検査報告書に目を通しておかねばならないからだ。

「繊維は数時間で溶解し消滅した」とエイマスが説明する。「なぜそうなったかはまだ謎だ。遺体から採取したときには腐敗しないものと見られたのに、なにかの原因で性質が変化してしまったようだ」

「でも、この報告書はそうなる前に書かれたものよね？　つまりまだ繊維のまま残ってる状態を調べた結果であって、溶解したものを検査したわけじゃないでしょ？」

　エイマスはうなずいた。彼も防護服から出られたのがずいぶんとうれしそうだ。やっと童貞を捨てられて喜んでいる十代の少年みたいだ。「そりゃそうさ。検査員が調べたときはまだ腐りはじめる前だったからな。サンプルは純粋な繊維素だった」

「それは、あの三角形の腫れ物を構成しているのと同じ物質なのね？」

「そうだ——いや、およそそうだというべきかな。腫れ物のなかの繊維素はいわば構造を形成する要素になっているんだ——外殻や骨格とでもいうべき、あの形の根幹をなす部分の元素になってる。そのほかの部分は大半がある種の癌細胞のようなものでできている」

　二人が防護服を脱いだのは、むろんもはや検死をつづける必要がなくなったからだ。マーティン・ブルーベイカーの遺体は検死台の上で黒い液状物となり果て、それを今は奇妙な緑色の黴状のものがおおっている。検査員たちはできるかぎりの速さでできるかぎり綿密に分析したが、その結果に理にかなったものは見いだせず、むしろ疑問がふくらむばかりだった。そうした疑問のなかのとくにあるひとつが、今マーガレットを悩ませている——この繊維素のことだ。

「腫れ物の構造をなすものと同じだというその青色の繊維だけど、どちらも当然同じ繊維素からできているわけよね。でもそんなもの、人間の体内で作られるわけじゃないでしょ。だからそれも寄生する病原体によって産出されているんでしょうね。この繊維、あなたはなんだと考えているの？」

「これは、いわば生命の湧きたてだな」とエイマスは答えた。

「湧きたて？」

「つまりだ、あの青い繊維はごく初期段階の病原体の一部で、幼生の段階にすらいたっていないものなんじゃないか」

「病原体の成長の段階がどんなふうなものか、もうわかってるというの？」

「あの三角形の腫れ物が幼生段階だとすれば——ほかに巧い呼び方がないからそう呼んでおくが——そのさらに前段階もあるはずだってことさ。腫れ物の大半が繊維素でできていて、あの青い繊維も同じだとすれば、そう考えるのが妥当だろう」

たしかにありえそうな話だ。生物の細胞はときとして利用されることのない素材を産出する場合があるものだから。たとえば、病原体の突然変異種から産出された繊維素が——まさにエイマスがいったように——幼生の段階にまでいたらずに終わったものかもしれない。

だがその〈幼生〉という言葉がまたマーガレットを不安に誘う。

「とにかく、腫れ物の正体が幼生段階だというのは、たしかにありうることね。けどそれは、成体の段階になると別の形のものに変わるってことでもあるわね？」

エイマスは舌打ちした。「野暮なことを訊くなよ。そりゃ当然あるさ。でもそれがどんなものかなんてまだわかりっこないだろ。今はそこまで考えてる余裕もないしな

――マレー・ロングワースと対面するまでにシャワーを浴びとかなきゃならないんでね」

エイマスは好奇心を巧く抑えこんでいるようだ。だがマーガレットはそうはいかなかった。彼女が抑えこめていないのは好奇心というよりも、むしろ恐怖心というほうが近いかもしれないが。

もし現在の状態が幼生段階だとしたら、やがてくる成体段階では、いったいどんな事態が待ち受けているのか？

22　もう待てない、引っ剝がせ

ペリーはソファにぐったりと坐りこんでいた。片手にニューキャッスル・ブラウン・エールのボトルを持ち、片手にはテレビのリモコンを持っている。テレビを本気で見るわけでもなく、ただ漫然とチャンネルをつぎつぎに切り替えていった。

坐っている青と緑の格子地のカウチは、ペリーが子供のころから実家にあったものだ。父が母を喜ばせようと救世軍で見つけてきたもので、古物にしては文字どおりかなりの拾い物だった。それからもう十五年が経ち、母が死んだあとペリーが家から持ちだしたものはこのカウチだけだった——ナイフやフォークや皿などは独り暮らしにはとても合いそうにないものばかりだったから。実家は今もチェボイガンの舗装もされていない道のわきに建っているはずだ——いつ崩れ去ってもおかしくないような状態で。ペリーが子供のころには、大工仕事好きの父がしょっちゅう修繕をしていたおかげでどうにか持ちこたえていたものだが。今はもうあんなボロ家を欲しがる者がいるはずもなく、あるいはとっくの昔にブルドーザーの餌食になっているかもしれない。

ペリーがこのカウチを独りで使いはじめてもう何年にもなる。初めは大学で、そのあとはこのアパートで。使ううちに自分の大きい体によく合うことがわかってきた、まるでオーダーメイド品みたいに。しかしこのカウチとビールとテレビのリモコンを以ってしても、職場から自宅までつきまといつづけている憂鬱を払うことはできなかった。今日は早く帰されたというのに。そう、帰されてしまったのだ、仕事のできない邪魔っけな社員であるかのように。それだけでも気がふさぐのに充分だというのに、おまけに例の七つの腫れ物がいまだに痒みを鎮めるのを拒んでいる。

いや、もうただの痒みじゃない、痛みといっていいほどのつらさだ。

これまでは絶えずチクチクする盛りあがった瘡蓋という感じだったが、今はなんだかそれ以上のものになってきている。もっと深いところまでうがたれているなにかがありそうな気がする。もう手に負えないところまで追いこまれているぞと、自分の体が訴えているような気がしてならない。

いつも思ってきたことだが、癌に侵された者はなにかがおかしいと自分で気づくものじゃないのか。癌患者は医者に「余命何ヶ月です」と告げられてショックを受けるとよくいわれるが、それは当然驚く人々も一部にはいるにしても、多くの場合は体の痛みがどこか不自然だとすでに自分で感じとっているんじゃないか――ペリーの父がまさにそうだったように。

父は癌だと知っていた。だれにもなにもいわなかったが、口数が少なくなり気むずかしくなって、ついにはひどく怒りっぽくなっていった。息子のペリーは父親が病院に担ぎこまれるまでなにも知らずにいたが、本人はすでに悟っていたのだ。

そして今、ペリーも自分の病気がなにかを悟った。そもそも胃になにかいやな感じがあった。本能とか直感とかで察したというようなものじゃなく、現実にむかむかするようなぞくぞくするような感覚があったのだ。月曜の朝に最初の腫れ物を見つけたとき以来、それが命にかかわるものじゃないかと思ったのは今が初めてだ。

立ちあがり、浴室に入った。シャツを脱ぎ、かつては褐色でたくましかった体を鏡に映す。体調の悪さによる睡眠不足が祟ってきているのはたしかだ（今はもう〈体調〉というべき段階だ、ただの皮膚炎でないことは明らかなのだから）。自分がみすぼらしく見える。心配がつのると頭を掻きむしる癖があるため、髪が八方へボサボサに突き立っている。肌は健康なときに比べて青白い――いくら寒い冬のミシガンで震えてすごすドイツ系移民だとしても、これは青白すぎる。おまけに目の下の隈がどうにもみっともない。

どう見ても病人だ。

また新たなあることが目についた。あるいは思いすごしかもしれないが――筋肉が今まで以上にくっきり浮きでるようになった気がする。片方の腕をゆっくりとまわし、二の腕のたるんだ皮膚に現われている三角形のふくらみを見すえた。前より体が全体的に痩せただろうか？

急いでズボンを脱いで隅へ投げやり、化粧戸棚をあけてピンセットをとりだした。トイレに坐ると、冷たい便座が鳥肌を立たせた。

ピンセットをまた指ではじく。いつもどおり音叉のような音が響く。

左腿の腫れ物はいちばん手をのばしやすい。これまでさんざん引っ掻いて傷つけた――意識して掻いたこともあるし、昨夜などは眠っているあいだにも無意識に掻いた。時間が経って瘡蓋状に固まった部分もあれば、新たに皮膚が割れて直径八センチほど血糊が広がった部分もある。さらにどんどんひどくなっていきそうだ。

瘡蓋におおわれた腫れ物を右手の親指と人差し指でつまみ、ほんの少しだけ持ちあげるようにした。瘡蓋の端っこが自然と剝げてきた。ピンセットの先端で瘡蓋を挟み、ゆっくりと上へ引っぱった。瘡蓋はわずかに持ちあがったが、根もとが皮膚にしっかりとくっついたままで離れようとはしない。

ペリーは顔を近づけ、目を細めて集中力を高めようとした。ひどく痛むだろうが、この腫れ物をなんとしても自分の体から引き離したい。ピンセットに力をこめ、思いきり引いた。分厚い瘡蓋もようやく負けた。鋭い痛みが走った。かすかなプチッという音とともに瘡蓋は離れた。

ピンセットをカウンターに置き、トイレットペーパーを少し破りとった。それを使って、あらわになった傷口の血を拭きとった。出血はまもなく止まった。しかし瘡蓋がとれたあとの皮膚はどこかおかしかった。普通なら生乾きの状態でぬめぬめと湿り気を帯びているはずだが、これはちがった。

あまりにも予想とちがう。

その部分の皮膚はオレンジの皮を思わせるものだった――色だけでなく質感も。濡れた木の葉のような臭いがかすかにした。細かな罅割れから薄く血がにじみでている。

ぞっとする怖さが体をつらぬいた。腿の腫れ物の正体がこんなふうになってるということは、あそこも……？

股間へ手をおろし、睾丸をそっともたげて、よく見えるようにした――異状がないようにと祈りながら。

だが神はその祈りに応えてはくれなかった。

それはかつて見たことのない気味悪い景色だった。左側の睾丸の皮膚が一面淡いオレンジ色を呈していたのだ。しかもその部分には陰毛がほとんど残っておらず、禿げあがったような状態になっている。

これまでも死ぬほどの不安に襲われつづけてきたが、今ばかりはそれをもうわまわる恐怖が襲った。よりによってこんなところが――キンタマがやられるとは！　ますます冷たくなる便座の上で、文字どおり凍ったように動けなくなった。手洗いシンクの蛇口からしたたる水の音が急にひどくうるさいものに聴こえはじめた、こんな狭いアパートであんな音を聴きながら今まで毎晩よく寝られたものだと思えるほどに。

口のなかがカラカラに渇いている。自分の息遣いが聴こえる――こんどはまわりが突然の静寂に満たされたかのようだ。必死にパニックにあらがう。懸命に頭をめぐらせて、今の状況を理性的に理解しようと努めた。

なんだかんだといっても、こんなものはただの一風変わった腫れ物にすぎない。医者に診てもらってそれなりの手当てをすればいいだけのことだ。注射のひとつやふたつは打たなければならないだろうが、大学時代に受けたことのある淋病や梅毒の検査以上にひどいことはしなくてもいいはずだ。

勇気を奮い起こして、問題の場所を指先でまさぐってみた。不自然に硬い。これはペニシリンかなにかを打てば治るというようなものじゃなさそうだ。皮膚の表面だけでなく、睾丸の内部になにかがあるように感じる。この分厚く張ったオレンジ色の表皮のすぐ下に、なにか本来あるべきではないものが入っているような気がする。

ひょっとしておれはこのまま死に向かっていくんじゃないか――そんな思いがこれまでになく急激に強く頭をもたげてきて、冷たい悪寒が走った。このなにかが――それがなんであるにせよ――睾丸の内部で成長し、やがてはペニスのなかにまでのびていって、ゆっくりと宿主の命を奪っていくんじゃないか。そんな恐怖が今や頭のなかにどっかと居坐ってしまった。しかもそれがより大きくふくらんでいく——七つの腫れ物がさらにふくらみ、暗い恐怖で魂を震わせていくのとときを同じくして。

深呼吸しろ——そう自分にいい聞かせる——まずは呼吸を整えることだ。そうやって気持ちを落ちつけ、冷静になること。不気味にふくらみつづける分厚く硬いオレンジ色の塊からそっと指を離した。なんともいやなおぞ気がまたも体に走る。思わず呆然として壁を凝視した。

ほとんど無意識に近い状態でピンセットを持つ手に力をこめ、太腿の付け根のあたりを強くつついた。ピンセットの鋭い先端がたやすく皮膚を破り、瘡蓋状の腫れ物の表皮をつらぬいてふたたび外に突出した。激痛が走り、ペリーは悲鳴をあげた。とたんに意識が覚醒した。自分がなにをしているかに気づいた——このうえはそれをやり遂げるしかないことにも。

ピンセットを思いきって引き抜いた。真っ赤な血が四方へほとばしり、リノリウムの床に細い赤糸のように散った。のみならず、もっと赤黒い色の液も……いやむしろ紫に近い色の液だ。

赤と紫の筋が足をつたう。ピンセットをカウンターに置いてまたもトイレットペーパーを破りとり、傷口に強く押しあてた。紙はたちまち赤く染まる。出血は急速に収まった。

血の染みこんだ紙をそっと引き離す。ピンセットによって破られたオレンジ色の表皮のかけらが紙の真ん中にくっついていた。

こいつは絶対になんとかしなければならない。絶対にとり除かなきゃならない、今すぐに。

痛みなんてクソ食らえだ。

ピンセットでオレンジ色の表皮の端を押さえつけると、きつくひねった。それから思いきり引っぱる。引き裂かれるような痛みが足に走ったが、ペリーは勝利の笑みを浮かべていた。オレンジ色の皮膚片がとれたからだ。また血が床に散った。

とれた皮膚片を明かりにかざしてみた。それは大きめのサンキスト・オレンジの皮みたいに——グレープフルーツ並みのでかいやつだ——分厚かった。わきから細くて白い糸のようなものがたくさん出ていた、クラゲの細かな肢（あし）のように。それらがそれぞれに肉に固着していたのが、とれるときはひと塊になって引き剥がされたのだ。

それをわきに置いて、傷口をまたトイレットペーパーで拭いた。痛みはあるが、気分は驚くほどよかった。ようやく自分の手でなんとかできた気がした。新たにあらわになった傷口はひどく敏感で、ほんのかすかに触れただけでも痛む。細かな血の雫が傷の端からゆっくりと流れでている。

なにかがおかしい。血に濡れた腿をまじまじと見なおした。なんとかできたという達成感はたちまち消え失せた——まだ終わってはいなかったのだ！　傷口の真ん中に、二十五セント硬貨ほどの大きさの白っぽい丸いものが鎮座していた。

それは本当に真ん丸い形をしていて、周縁部には低く盛りあがったまわりの肉がほんの少しだけかぶさっているようだ。ペリーはまたもピンセットの先端を使って、その白いものをつつきはじめた——硬いように見えたそれは意外と柔軟だった。

そのとき、冷たい恐怖が襲った。ピンセットでつついた感触がないのだ。それはどうやら、その白いなにかが自分の体の一部ではないからしかった。

それをピンセットでつまむと、まわりを囲む肉がたやすくめくれあがった。つまりその白いなにかは、やはりまったく別物なのだ。白く丸いプラスチック製のボタンかなにかのようだが、そんなものが腿の分厚い筋肉の内側で自然発生的に成長してきたとでもいうのか？

白いものを囲むまわりの肉をさらに押してめくりあげ、よりよく見えるようにした。白く艶やかな物体の表面は陶器かなにかのようにすら見える。

癌がこんなふうに見えるだろうか？　少なくとも癌の患部が完璧な円形をしてるなんてことはないだろう。それにわずか数日のうちにこんなにはっきりと体の表面に浮きでてくることもない。

癌であるにせよないにせよ、この白いものには本当に心底からの恐怖を覚えずにはいられない。まるで錆びた熊挟みで心臓をつかまれて、血の流れを止められたような冷えびえとする恐怖だ。それにもあらがい、なんとか呼吸を整え、気持ちを静めようと努めた。

そしてピンセットの先端を白い物体の下に注意深く挿しこんだ。金属が生身の筋肉にこすれて痛むが、どうにか無視した。挿しこんだ先端をぐいと持ちあげると、物体の基部は肉のなかでわずかにのびたようだったが、しかし腿にくっついたままで引き離されはしなかった。動かすたびに血がにじむ。そこで指先を使ってまわりの肉をできるだけ押し広げ、物体の下側をピンセットでより自由にまさぐれるようにした。いってみればポケットに手をつっこんで広げ、なかになにが入っているかを見きわめようとするようなものだ。すると、そこに茎――のようなもの――が腿肉の奥深くにまでのびているのが感じとれた。それが白い物体をその場所にしっかりとつなぎとめているのだ。

医者にかかるべき時期だ。

ここから先はもう医者でなければわからない。

だがその前にまず、この物体なりとも自力で体からもぎとってしまいたい――今すぐに。そうせずにはいられない。こんなものを自分の肉に食いこませたままにしておくことには、もう一秒たりとも耐えられない。

見えないところにある〈茎〉をピンセットで挟み、ゆっくりと持ちあげた。白い物体が持ちあがるにつれ、〈茎〉の長さが感じとれた――内腿の筋肉の感触と、ピンセットへの抵抗感からそれが計り知れた。白い塊がプチッとかすかな音を立ててペリーの体から離された。開いた傷口から細い血の筋が弧を描いて飛び、腿を濡らしたり床の赤紫の液に混ざったりした。ところが、なんと〈茎〉の部分だけは依然として腿の肉の深みに固着したままなのだった。ひどい痛みが脚を駆けめぐるが、それは必死に意識から遠ざけようと努めた。

ここはなんとしても完全に切り離さねばならない。七つの腫れ物を六つに減らせるまたとないチャンスなのだから。

奇っ怪な〈茎〉をピンセットでしっかりと押さえつけておいて、力のかぎりに引っぱった――死に瀕した男が余命のすべてを賭けるがごとくに。

ピンセットに引っぱられた強情な〈茎〉はのびにのびにのびにのびて、腿の表皮から五、六十センチはある長さにまでのびきった。うっすらとした血と透明な粘液とを白い表面にまとわりつかせて柔軟にどこまでものびつづけるそれは、まるで飴細工のようだ。

のび方が遅くなったと思うと、不意に止まった。

ペリーはうなり声をあげながら、引く手にさらに力をこめた。〈茎〉は根もとのあたりでついにぷっつりと切れた。ゴム紐のように反動で手もとのほうへと撥ね返り、ぴしゃりと手首を打った。

腿を見やった。そこには鉛筆がやっと入る程度の小さな黒い穴があいていて、すでに腿の筋肉によって閉じられようとしているところだった。そこから血がひと筋、練り歯磨きを搾りだすように湧きだしてきたかと思うと、穴はたちまち肉のなかへ埋没してしまった。

ペリーの顔に笑みが浮かんだ。荒々しい勝利の喜びが体を駆け抜けた。かすかな希望の可能性が絶望に勝ったのだ——そう思いつつ、もぎとった白い物体のほうにようやく関心を向けた。白い丸いものがピンセットにしっかりと挟まれているが、その下の〈茎〉——あるいは〈尾〉というべきか、正体がなんなのかはわからないが——は、血の混じった粘液をぬめらせて、ペリーの手首に巻きついていた。

その手を明かりのほうへかざして、物体をつぶさに見た。驚きの目を瞠りながら手首をゆっくりとまわしていくと、ほとんどわからないほどにかすかなチクリとするものを感じた——ごく小さな蚊が皮膚にとまったときのような。

恐怖に思わず目を大きく見開いた。体のなかでアドレナリンが渦巻き、胃にむかつきが湧き……

白い物体からのびる〈尾〉は獣に噛みつかれた蛇のようにのたくりうごめいた。ペリーはうわっと嫌悪の悲鳴をあげ、持っていたピンセットをバスタブのなかに投げ捨てた。白い陶製の底に落ちたピンセットは排水口のあたりにぶつかってカランと音を立てた。ぬらつきのたうつ白いものはいまだ手首に〈尾〉を巻きつけたままだ。手を動かすのにつれて白い〈頭部〉が激しくブラブラと揺れ、そのたびに〈尾〉が手首の皮膚をぞわぞわとさせる。

パニックが襲い、ギャッと叫んだ。痙攣したように手首を振った、指についた泥を振り払うときのように。白い物体は鏡にぶつかり、ペチャッといった。そのさまは生きたスパゲッティがガラスにへばりついてうごめいているような感じだ。そいつはなおも必死に〈尾〉をバタつかせ、鏡の表面にじとつく粘液を塗りたくっていく。そのうちにゆっくりとすべり落ちはじめた。

あいつは生きてる！　あんなものがおれのなかに入っていたのか？　あんなやつが生きたまま体のなかに！

そう思うと、われ知らず両手で激しく鏡を叩いていた。広い掌がガラスを打ち、バンッ！　と大きな音を放った。うごめく白いものははじけ割れた。半熟の茹で卵を叩き割ったときのように、紫色のゲル状物が飛びだし、鏡の面に飛び散った。手を引き離すと、割れて動きが止まった白いもののかけらが掌にこびりついていた――紫の粘液と一緒に。ペリーは嫌悪感に唇をゆがめながら、シャワー・カーテンに掛けておいたタオルをすばやくとろうとした——その瞬間、あまりに突然に動いたせいで、足首のあたりに引っかかったままだったパンツに絡めとられ、バランスを崩した。体は前のめりに倒れていった。

倒れるのを防ごうと両手を前に突きだしたが、なにかにつかまるよりも前にトイレの便座に額を強烈に打ちつけた。鋭いガツンという音が狭い浴室の壁に反響した。だがペリーはその音を聞く前にすでに失神していた。

23 寄生生物学

マーティン・ブルーベイカーの生前のなごりはもう一片もない。狙撃により死亡してから三日と経たない今、残っているのは黒い汚液のこびりついた骨格のみとなり果てた――もちろん両脚の膝から下の骨は切断されたため欠如している。また骨およびそれを載せている検死台には蜘蛛の巣めいた微細な黴があちらこちらにはびこり、のみならず簡易ラボ内のいたるところにも点々と散っている。鉤爪のような形に曲げたまま固まっていた遺体の両手はようやくほぐれたが、それからまもなくバラバラに崩れてしまった。ラボ内には動画および静止画像のカメラがそれぞれ据えつけられ、遺体の最終的崩壊の模様を逐一伝えている。

マーガレットは子供のころ以降、かつて憶えがないほどの暗澹(あんたん)たる不安感にさいなまれていた。アメリカとソ連のあいだで危機状況をつのらせつづけたいわゆる冷戦の時代にも、こんな恐怖は感じたことがなかった。少しでも火種がくすぶればたちまちのうちに核戦争へと発展し、世界が破滅と死に見舞われるというのが東西両陣営の共通理解とされた時代だったにもかかわらずだ。

当時彼女はまだ幼い女の子だったが、それでもたいへんな危機を孕（はら）んだ世の中だと自覚できるだけの思考力はあった。今思えば奇妙なことだが、それを両親は彼女が人一倍高度な知性を持っている子供だからだと考えていた。つまり核戦争の脅威などということを理解できるのは天才児だけだというわけだ。しかしいつの時代でも変わらないことながら、大人は子供の無邪気さと無知とを混同しているだけなのだった。

世界がどんな状況にあるかを知っていたのはマーガレットだけではなく、彼女のクラスメートの大半も同じだった。共産主義というのが怖いものなのだとはだれもが思っていたし、昔から人人が子供に教えてきたベッドの下のお化けなんていうものよりはるかに現実感のある恐怖の対象だった。モントーヤ一家が住んでいたマンハッタンは核戦争になれば真っ先に攻撃されるところだともよく承知していた。

世界の破滅などというものは子供には理解しがたいことなのだと、なぜ世の大人たちは勝手に思いこんでいたのだろう？　子供たちは長年におよんでそういう未知の恐怖におびえつづけていたというのに。忍び寄る幽霊や闇にひそむ怪物への恐怖に負けず劣らず、長い苦痛に満ちた恐ろしい核の死がそこまで迫っていることを子供たちはだれもが実感しつづけていたというのに。彼らにとって核戦争は夜に徘徊する人攫（さら）いブギーマンほどにも現実味のある脅威のひとつだった。子供はみんなバッグス・バニーに夢中になるのと同じ程度に、核の恐怖に心を囚われていたのだ。

相手が怪物やブギーマンなら逃げることもできるだろう。だが核戦争ははるか遠くで起こることで自分たちには防ぎようがない。しかもいつ起こるかもわからない。学校の休み時間にグラウンドで遊んでいるときに起こるかもしれないし、あるいは家で夕食の席についているときかもしれないし、夜中に寝ているときかもしれない。

「神さま、わたしはこれから眠りますが、そのあいだどうかこの魂をお守りください。もし目覚める前に死ぬときには、どうか魂を天国へおつれください」

子供のころ寝る前に捧げたこの祈りは、ただの抽象的な文句ではなかった。それはお日さまがいずれ沈むのと同じほど確実に起こりうることへの恐れの表われだった。マーガレットといえども普通に学校にいき友だちと遊び笑いふざけあう普通の少女だったが、核の脅威はつねに身近に感じていた。空に細く白い飛行機雲が筋を引いただけでも、すわ世界の終わりの日がきたかと恐れおののいた。

しかもつぎの戦争は自分たちがどう対処することもできないでいるうちに終わってしまうだろう——勝つにせよ負けるにせよ。

当時のそんな核の恐怖に、今のこの事態が匹敵するということは決してない——マーガレットは今自分にそういい聞かせている。大殺戮の可能性を秘めたこの新たな疫病への対策の最前線に、彼女は立っているのだから。この脅威を未然に防げるか否かが、まさに彼女に懸かっているのだ。今のこの状況は、彼女の手に余るというところまではいたっていない――むしろ彼女の手中にあるといっていい。にもかかわらず、やがてくる破滅的な事態を自分は防ぎようがないのではないかという、少女のころと同じあの恐怖を完全にぬぐい去ることができずにいた――大人の冷静な思考力と判断力を以ってしても。

一方のエイマスがそんな恐怖感を早くも克服しているように見えるのが、マーガレットにはなんともいぶかしかった――いやそれどころか最初から怖さなど感じていないかのようだ。エイマスは往年の刑事ドラマ『ハワイ5－0』のテーマソングを数えきれないほど何度もくりかえし鼻歌で唄っていたが、マーガレットは疲労のあまりうるさいと文句をいう気にもなれずにいた。彼女はずっとコーヒーを飲みつづけている。もうポット何杯分飲んだかわからないほどだ。中毒にならなければいいがと思えるほどだが、それすら今のこの倦怠感を断ち切れるほどの効き目を出せてはいなかった。こうして普通に呼吸ができるというのはいいものだ――防護服のなかに供給される酸素だけを吸っているよりははるかに。いっそこのまま眠ってしまいたいが――それが無理ならせめてしばらく横になって休みたいところだが、しかしそんな時間さえも今はまだない。この調査作業を早く完了させねばならない――崩壊し果てた遺体を焼却処分に付し、この病院からさっさと退散しなければならない。

「それにしても、こいつはほんとにすごいやつだな」とエイマスがいきなりいった。「考えても見ろよ、人間に寄生する病原体でこれほどに複雑でみごとな構造を持ったものがほかにあるか？　人間を宿主として生きるための完璧な機能をそなえた生物であることは疑う余地がないね」

マーガレットはぼんやりと壁を見ながらつぶやき返した——ほとんど聞きとれないほどの小声で。「こんなよくあるいいかたを使いたくはないけど——ある意味、あまりにも完璧すぎるわね」

「どういう意味だ？」

「あなたがいうように、たしかに人間を宿主とするには理想的な構造だわ。でもまるで手にぴったり合う手袋みたいによくできすぎてるのよ。つまり、現在の人類のテクノロジーのレベルからすると、あまりにその上をいきすぎてるの。いってみれば、ライト兄弟がいまだキティ・ホーク艦上で世界初の飛行機を飛ばすのに苦闘してるときに、ロシアがいきなり宇宙ロケットで月への着陸を成功させてしまったみたいな感じがあるの」

「そりゃたしかにすごすぎる技術かもしれないさ」とエイマスがいい返す。「けどそういうものがぼくたちの目の前にたしかにあるという厳然たる事実は無視できないだろ？　今はもう大国アメリカのエゴですべてを判断できる時代じゃない。ぼくたちの理解すら届かないようなはるかに頭の進んだ天才的バイオテクノロジストがどこかにいるってことだ」

「もしそんな天才なんてどこにもいなかったとしたら?」マーガレットは依然として小声で自問するように問い返す。

「なにをいってるんだ? いなきゃおかしいだろう——そうでなければこれほどの新種生物を開発培養できるはずがない」

マーガレットはエイマスへ顔を向けた——顔に疲れが薄布のように貼りついているのが自分でもわかった。「人が創ったものじゃないとしたらどう? まったくの天然の生き物かもしれないわよ」

「バカな! マーガレット、きみは疲れすぎててまともに考えられなくなってるようだな。もしこれが自然の生物だというなら、どうして今までぼくらの目にまったくとまったことがないんだ? これほどの大きさと有害性とをそなえた寄生生物がこれまでにもいたんだとしたら、症例の記録が全然残っていないというのはおかしいじゃないか。ありえないよ。こんなにも人間を宿主とすることによく適応した病原体が自然発生したものだとすれば、何十万年何百万年という共進化の過程を経なければこうはなりえないはずだが、これと同種のものはどんな哺乳動物からもいまだかつて発見されたことがないんだぜ。霊長類や人間からもいわずもがなだ」

「人類が発見してないものなんて、自然界にはまだまだたくさんあるわよ」とマーガレットは反論した。「少なくとも、これが人間のだれかによって創られたものだという考え方には到底賛成しかねるわね。この生物はあまりに複雑な構造を持っていて、あまりにも進化しすぎているわ。煽り好きなマスコミがどれだけわたしたちを焦らせようと喧伝しようが、アメリカの科学こそが世界の最先端をいってるのはまちがいないことよ。ほかのどこの国の科学者ならこんなものを創れるというの？　中国？　日本？　シンガポール？　そりゃたしかにどこかの国がアメリカの背後を脅かしつつあるかもしれないわ。でも背後を脅かすことと追いつくこととのあいだには大きな開きがあるのよ。わが国のバイオテクノロジーを以ってしてもこの生物に近いものすら創りだすことができないとしたら、ほかのどこかの国ならできるなどとはとても思えないわね。これは大国のエゴなんかじゃなく、歴然たる事実よ」

マーガレットの執拗な反論にエイマスは辟易しているようだった。「たとえそうでも、これだけの疫病が実在していながらその記録がまったくないなんてことはどうにも不自然だね。もちろん人類が発見していない生物ならたくさんあるだろうさ、その点は認める。だがこの病原体はほかのいかなる微生物と比してもあまりに差がありすぎる。そう、こんなやつは自然界にいるはずがないんだ。こいつに似たような存在を扱った神話や伝説のたぐいさえ、ぼくは寡聞にして知らないね。これがどうしても自然のものだといいはるなら、いったいどこからやってきたものだというんだ？」

マーガレットは肩をすくめた。「いいところをついてるわね。ある種の冬眠状態にあった、という可能性も考えられるんじゃないかしら。たとえば、古代には大量に生存していたが、なにかの原因で絶滅に瀕した。でも最後の一匹まで死に絶えたわけではなかった。わずかに残存した彼らはその後の数十万年数百万年を休眠しつづけていたのよ、つぎなる覚醒のときが訪れるまでね。たとえばある種の蘭の種子は二千五百年も眠りつづけたのちにもちゃんと生きていたそうよ」

「きみの説はネス湖の怪獣実在説と同じくらい強引だな」とエイマスがこきおろした。

「じゃシーラカンスはどうなるの？」とマーガレットはくいさがる。「一九三八年に漁師に捕獲されるまでは七千万年前に絶滅したと信じられてきたのよ。人の目に触れないからといって、存在していないとはいいきれないってことよ」

「ほう、なるほどね。それじゃこの生物は、何十万年という歳月のすえにたまたまこんな人口の密集した土地で覚醒したってわけか？　コンゴ奥地のジャングルで発見されたというのならまだ信憑性はあるが、よりによってアメリカのデトロイトで見つかったなんてどうにもおかしいじゃないか。これはわけがわからないうちに感染者がみんな死んでしまうといったような不明確なものじゃない、三角形の腫瘍を発症させるという歴然とした特徴をそなえてるものなんだぜ。これだけ通信網の発達した時代に、同種の生物が見つかったという報告が世界じゅうのどこからも入ってきていないというのはあまりに不自然だ。こういっちゃ悪いが、別の説を考えたほうがいいんじゃないかな」

マーガレットは思わずうなずいていた。たしかにエイマスのいうとおりかもしれない。人体に寄生する病原体が冬眠していたという説の不備は否めない。その正体がなんであるにせよ、彼らが新種の生物であるという一点は認めざるをえないようだ。

するとエイマスのほうから話題を変えてくれた。「ところであのCIA副長官、こんどの犠牲者たちのあいだになんらかのつながりがないか調べるといってたそうだが、そっちはどうなったんだ？」

「まだあまり大きな成果はないみたいよ。犠牲者たちの足どりと接触した人々を可能なかぎり洗いだしたらしいけど、相互の関連性がありそうなものといえば、ジュディー・ワシントンとゲイリー・リーランドとともにデトロイトの老人ホームで発生したふたつのケースだけのようね。二人とも同じホームの入居者で、しかも一週間と経たないうちにつづけて事件を起こしているの。それでCIAはその施設を徹底的に調査したけど、結局ほかに感染者がいる形跡は見つからなかったそうよ。施設内で使っている水や食べ物をすべて調べ、空気まで検査したけど、異状は認められなかったの。といっても調べる側も自分たちがなにを探しているのかすらはっきりしていない状況だから、まったく問題なしとはとてもいえないでしょうね。

あとトレドでも二件発生してるわね。そちらは時期的には何週もへだたってるけど、場所は数ブロックしか離れていないところなの。だから地理的に近いことになんらかの因果関係がある可能性は残るわね。媒介がなんであったかはまだわからないにせよ、テロリストが市民をフンダムに標的にして故意に疫病に感染させたという仮説を、ロングワース副長官は依然として捨てていないようね」

「それはわれわれの調査結果にも合致するじゃないか」とエイマスがいった。「少なくともマーティン・ブルーベイカーに関するかぎりは、ほかの感染者から間接的に移されたんじゃなくて、何者かによって直接的に感染させられた可能性のほうがはるかに高いと思うね。彼の遺体には、病原体の卵あるいは幼生といったごく初期段階の形態があった形跡が認められなかったからね。それに例のデュー・フィリップスはいまだ発症しているようすがないし、ほかにも生前のブルーベイカーに接触した人間は複数いたはずだが、感染したという報告はまだひとつも入っていないからな」

マーガレットは両目をこすった。少しは眠らないとまずいことになりそうだ。こんなときには南太平洋のボラボラ島あたりで一週間ほども休暇をとって、リゾート・ホテルでマルコとかいう名前のボーイを顎で使ってあらゆるサービスをさせてすごすのが理想なのだが、しかし残念ながら今はとてもボラボラ島にはいけないし、ボーイのマルコにあらゆるサービスをさせるわけにもいかず、依然ここオハイオ州のトレドにとどまり、黒い骸骨となり果てたうえに緑色の黴におおわれたマーティン・ブルーベイカーの遺体のそばでもう少しすごさねばならない。

24　浴室の床で

　病原体の成長をつかさどるＤＮＡの青写真にもとづき、発芽体は所定の生育課程を経過しきった。するとすべてのエネルギーが〈成体〉の発現へと向けられるようになった。細胞が幾度となく分裂をくりかえし、成長のためのエンジンがノンストップで稼動しつづける。やがて内臓が形成されはじめるが、ただしそれが完全な形にまで発達しきるのはもっとあとになってからだ。栄養分や熱などの要素は依然宿主から搾取しつづけているため、病原体自身の内臓はまだ必要となってはいないからだ。今もっと重要なものは、触手でありあるいは尾でありあるいはまた脳なのだ。

　脳は急速に発達してはいるが、しかしいわゆる知力といえるものを捻出できるようになるまでにはまだはるかに遠い道のりを経なければならない。その点、触手は比較的簡単な設計図によって造ることが可能だ。あらゆる方向へ枝分かれしつつ、燎原の火のように急速に広がって宿主の体内を支配していく。触手によって宿主の神経細胞を探しだし、数多の指のような樹状突起によってしっかりと絡めとっていく。

病原体の体組織から神経伝達物質と呼ばれる複雑な化学合成物がゆっくりと——ほとんどためらいがちといえるほどに——分泌され、宿主の神経・筋連接裂（シナプス・クレット）に注入される——いい換えれば神経細胞の巻き髪状のものや樹状突起の空隙に浸透する。神経伝達物質はそのひとつひとつがいわば信号であり、あるいはメッセージであり、それらが宿主の神経細胞内にある軸索の受容体に流入していく。それは錠前に鍵を挿しこむことにも似て、宿主の神経細胞にそれ自身の神経伝達物質を生産させる引金となり、それはすなわち宿主の神経細胞自身にメッセージを発信させることを意味する。このプロセス自体はじつは宿主の通常の感覚のプロセスと同じなのであって、電気化学的連続反応を起こさせる契機となる。したがって発信されたメッセージはくりかえし神経系統に伝達され、やがては宿主の脳にまで達することになる。このプロセスは——すなわちメッセージが発信されてから脳に到達するまでの過程は——通例一秒の千分の一にも満たない超短時間のうちに完遂される。

　病原体はこの段階ではまだ意識レベルでの思考力を獲得するにはいたっていないが、それでもある種の原始的な感知力によって、自分がペリーの暴力的な攻撃に遭ったことを知った。するとそれを契機として、ある急速な成長のプロセスが開始された。〈尾〉が様相を変化させはじめた。特化された細胞が成長し、病原体が自らの発達を完遂させるときまで現在の環境にとどまれるように努めはじめた。

ほかの六つの病原体はといえば、なにものに妨げられることもなく依然として急速に成長をつづけている——宿主が浴室の床で意識を失っているあいだに。

ペリーは顔を押しあてているリノリウムの床の冷たさを心地よく感じていた。体を起こしたいとさえ思わなかった。そうやってじっと横たわっていれば痛みさえ薄らぐような気がしていた。

前に気を失ったのはいつのことだっただろう? 八年前? いや、九年前だ。中身が入ったままのワイルド・ターキーのボトルでもって親父に頭をぶん殴られたとき以来だ。あのときは九針も縫った。

ボトルで殴られたあのときもこんなに痛かっただろうか? だがもうずいぶん前のことだし、今頭を見舞いつづけているこのにぶく長い痛みの波をなにと比べても意味がないような気もする。ようやく上体を起こそうとしたが、それは事態を悪くするばかりだった。テキーラで二日酔いになったときの十倍ほどもひどい気分だ。

胃がむかむかする。少しでも起きあがろうとするだけで、たちどころに頭に痛みが走る。吐瀉物がせりあがってくるのを感じる——ぬるくむかつく胃の奥から。

そっと顔の上に手をやり、ぶつけた額に触れてみる。出血はしていないが、かなり目立つ瘤(こぶ)ができているようだ。半分に割ったゴルフ・ボールが額に埋めこまれているような感触だ。

ジーンズがまだ足首のあたりに引っかかったままなのを思いだした。それでなおさら体を起こしにくくなっているようだ。なんともはや、パーティーで笑える実話としてしゃべったらさぞウケるだろう――どんないきさつだったかをその場ですぐ思いだせたらの話だが。ゆっくりと仰向けになると、その姿勢のままジーンズを穿きなおした。浴室のなかは薄い靄がかかっているようで、目の焦点がさだまらない感じだ。

便座につかまり、それをささえにしてやっとこすっとこ体を起こした。便座は前のほうの先端のところでふたつに割れていた。ペリーの頭がぶつかったときに割れたのだろう。

胃が一度二度とでんぐり返るような感じが襲った。たまらず顔を便器のなかにつっこみ、嘔吐した。ゲエエッという声がセラミックの鉢のなかで響き、大量のゲロが水にぶちまけられた。胃が締めつけられる感じがたちまち収まり、呼吸が楽になった――が、息を吸ったとたんに頭にひどい痛みが走り、空気が喉で止まった。

思わず目をきつく閉じた。頭がズキズキと疼き、口から弱いうめきが洩れる。頭痛が拘束衣のように締めつけて体の動きを奪っているようだ。エキセドリンを服みたいと思っても、立ちあがることすらできない。

ふと思いだした――人は脳震盪を起こしたとき吐き気に襲われることがあるとだれかがいっていた。プロのボクサーやクォーターバックはそんなときどう対処しているだろうか。素人はこんなことに耐えても一文の得にもならないのだが。

またも強烈な吐き気が胃を見舞った。またも便器のなかにどっと戻した。酸っぱいゲロの臭いが浴室を満たす。それを嗅ぐとさらにもよおし、それが頭痛をさらにひどくする。頭の痛みはむかつきをさらに強める。こんなひどいサイクルに陥っては、どうしておれだけこんな目に遭うんだと神に問い質さずにはいられなくなる――たとえ神など信じていないとしても。

「前世で幼児虐待でもやってたのかな」とつい独り言をつぶやいた。「それともチンギス・ハーンだったのか」

三度めのむかつきが襲った。もう吐くものも残っていないが、胃はそんなことにもかまっていない。破裂するかと思うようなひどい力で締めつけられ、たまらず腹を押さえて前へのめった。頭を便器の奥にまでつっこみそうになった。

横隔膜が締めつけられるのに伴って顔もわれ知らず激しくしかめていた。胃は五秒間一瞬も休ませず苦しめつづけた。そのあいだ一度も息を吸えなかった。やっと苦しさが収まって肺に空気が満ちはじめると、涙に曇る目をあけようとした――が、その瞬間ふたたび強烈な頭痛が襲い、時速百キロで突っ走るトラックでアライグマの子供を轢き殺したときみたいにいやな感じがした。視界にいくつかの黒い点が現われたと思うと、ペリーの顔はまたしても冷たいリノリウムの床へとすべり落ちていった。

25 妄想性寄生虫症

モルジェロン病。

マーガレットは信じられない思いでCDCからの報告書を見ていた。モルジェロン病とは本当の意味での病気とは認められていない病(やまい)であり、疾病研究の世界においては妄想性寄生虫症とも呼ばれている症状を意味する。

「これが妄想だと思ってるの？」マーガレットは吐き捨てた。「いい加減にしてよ」

「類似の症状の大半はそうだ、ってことだろ」エイマスがいった。「虫に刺されたり咬まれたりしたような気がするというものから、皮膚の下を虫が這っているように感じるものまで、その手の妄想性疾患にはさまざまあるからな。なかには皮膚から奇妙な繊維が出てくると訴える例もあるが、そういったもののほとんどはなんらかの精神的な失調によっているのが現状だ。抑鬱症とかADHD——多動性障害——とか双極性障害とか……そのほかの三つはきみも知ってるだろう」

「ほかの三つって、偏執症と分裂症と心身症？」

「マーガレット、近ごろおえらくなったせいで勉強不足なんじゃないか?」

マーガレットとエイマスはＣＩＡ情報員クラレンス・オットーとともに病院の院長室にいる。暖かな雰囲気の木板の壁には額縁がたくさん並び、手入れのゆきとどいたゴムノキが四鉢置かれている。院長はオットーの説得により部屋から出ていったきりだ——オットーは丁重ながらも相手が断れないようないい方で説得したのだった。この男は生まれながらのセールスマンだとマーガレットは思った——どんな強引な要求でも要求されたほうが自分からそう望んだかのように思わせてしまうのだ。マーガレットとエイマスは革張りのソファに坐り、コーヒー・テーブルに報告書を広げて読んでいるところだ。オットーはといえば院長の席にちゃっかり陣どっている。重厚な木製机に向かう椅子を尻でゆっくりとまわしては、その席にまとわりついている権威者の気分を味わっているようだ。大人のえらいさんのまねをして気どる子供みたいにニタついている。

マレー・ロングワースもほどなくここにやってくる予定で、ＣＩＡの調査結果について話してくれることになっている。

「おれはボスがくるまでの代理だから」とオットーがいった。「基本的な質問をして悪いが——それはＣＤＣの報告書だね? 今きみたちが話していたのが、ここ何日かやっていた例の検死の件だな? そういった事情は一般的にも知られていることなのか？」

エイマスはかぶりを振った。「いや、それはないね。モルジェロン病というのは、一般人にとっては本当の症状なのかそれともある種の集団妄想なのかすら判別困難だ。患者たちが何年にもおよんでその症状の奇妙さ不審さを訴えつづけた結果、ようやくＣＤＣが重い腰をあげて調査に乗りだし、特別調査班まで編成したが、結局その疾病の正確な正体をつきとめるにはいたらなかった。ただ少なくとも、大半のケースが妄想性寄生虫症に帰せられるのはたしかだ。つまり、なにかに寄生されてるとしか思えないような症状を呈していながら、じつは外観がそう見えるだけだったり、あるいは患者本人にしか認識できない種類の病原体なんだと勝手に思いこんでいたりというケースが多い。じつのところ、モルジェロン病という言葉が使われだしたのは近年のことにすぎない。その後この病名が人口に膾炙しはじめてから、症状を訴える人々が急増してきた」

「つまり爆発的流行ね」とマーガレット。

「それとは少し意味がちがう」とエイマスが返す。「一部には本当に感染してる例もあるかもしれないが、大半は、病名を耳にしたことにより自分の症状もそれに該当するんじゃないかと思ってしまうケースにすぎないんだからな。自分の頭のなかだけでその病気をでっちあげてしまうわけだ。つまりそれが〈妄想性〉ということだ」

オットーは椅子をまわしながらまた口を出した――いい終えるまでに三回転させていた。「つまり、自分がその病気だと思いこむ患者が増えると、ますますその病名が知れわたり、病名が知れわたるとさらに思いこみ患者が増える、というわけか」

「そう、まさに悪循環だ」とエイマス。

「秘密主義をつらぬいてる点では、ロングワース副長官は正しかったわね」とマーガレットがいった。「世間に知られたらまずいことになるというあの人の予想は杞憂じゃなかったってことよ。体が痒くて仕方ないとか、皮膚の下に虫がいるような気がするといった症状だけでも、すぐこんどの疫病に結びつけられる惧れは充分あるわ。そういった人々がもしもあの三角形の腫れ物の写真を見たなら、どんなパニックが起きるか知れたものじゃないわね」

「へたをすると、その病気に罹った年寄りは孫を惨殺するなんて噂すら広がりかねないな」とオットーがいった。「おまけに彼らは警察にまで歯向かっているんだからな。老人が殺人鬼になるという恐怖は、それこそパニックを引き起こすだろうよ」

エイマスはうなずき、「その意味でもたしかにロングワースは正しかった。モルジェロン病の症例は五年前には五件発生しただけだったが、このたびは全米およびヨーロッパ各地で合わせてすでに十五件以上が報告されてるからな」

「だとしたら、そのなかに三角の腫れ物の症例がもっとあってもいいはずだと思わない？」とマーガレットが疑問を呈した。「それにかぎっては妄想じゃないってことをわたしたちはもう知っているんですからね。それを引き起こす病原体をこの目で見ているし、犠牲者の脳内で化学的異変が起こってることも確認しているし。つまりこれは本物なんですからね」

「だから、モルジェロン病でも場合によっては本物もあるといっているじゃないか」とエイマスが釘を刺した。「つまり本物の繊維が体から出てくる場合が本当にあるってことだ。赤や青や黒や白などの色をした繊維が確認された例が実際に報告されていて、それらはすべて繊維素からできていたことがわかってる。そうした繊維を医師が自分で検査し分析した例も過去四年のあいだに三件あって、結果は――驚くことには――三例ともマーティン・ブルーベイカーの場合の化学組成とみごとに一致した。分子構造にいたるまで完全に合致してる」

「つまり」とオットーがまた口を出した。「繊維というのは、きみが唱えてる〈生命の湧きたて〉の姿だという説だな？」

エイマスはにやりと笑った。「そう、繊維は病原体のごく初期段階と考えられる。われわれがここ数週間に出合ってきた三角形の腫れ物は病原体の幼生段階と見なされるが、過去数年間にわたるモルジェロン病の調査でもさまざまなケースが報告されていて、そのなかには患者の体から繊維が――すなわち初期段階の病原体と目されるものが検出された例も含まれてる。だとすれば、もっと進んだ段階——つまり幼生段階にまで達してる症例もあった可能性が高い。ともあれ、このたびのものと同じ病原体が過去にもすでに発現していたかもしれないってことだ——ただだれもそんなことは知るよしもなかっただけで」

オットーはまだ椅子と一緒にぐるぐるまわりつづけている。ひと押しで何回転できるか試しているようだ。「つまりこの病原体は、ごく初期には繊維めいたものにすぎず、今やっと幼生の段階に移ってきたってわけだな。それはこいつが進化を遂げてるってことを意味するんじゃないか？」

科学に無知な門外漢の発言をマーガレットは思わずたしなめそうになったが、思いとどまった。オットーがいっていることはあまりに短絡的だが、あながち勘ちがいとばかりもいいきれない。代わりにエイマスに問いかけた。

「ところでＣＤＣが編成してたモルジェロン病の特別調査班だけど、問題の繊維をサンプルとして保存してはいないかしら？」

エイマスは肩をすくめ、「そりゃしてるだろう——たしかとはいえんが。確認してみたほうがよさそうだな」

マーガレットは報告書をめくった。「班長はフランク・チェン研究員のようね。じかに尋ねてみるわ。といっても、ロングワースが認めてくれればの話だけど」

「ドクター・モントーヤ、ひとついいかな?」とオットーがまた割りこんだ。

「どうぞ、なんなりと」

CIA情報員はもう一度だけ椅子をまわしてから、両手でぐいと机をつかんでようやく回転を止めた——そのあいだずっとニタつきを浮かべていた。「きみは他人に責任を押しつける癖があるようだな。気づいていたかい?」

マーガレットはたちまち顔がカッと熱くなっていくのを感じた。もちろん自分にも悪い癖のひとつやふたつはあるだろうし、そういう癖が他人には見えても自分は往々にして気づかないこともあるだろうとも重々承知しているが、だからといってそんなことを赤の他人にあからさまにいわれる筋合いはない。

「どうだろうとあなたには関係ないでしょ」ぴしゃりといい返した。

「こんなことをいうのは、きみは自分が思ってるほど弱い立場の人間じゃないからだ」とオットーはさらにたたみかける。「今われわれが直面してるのはとんでもない緊急事態だ。そうじゃないか?」

マーガレットはうなずく。

「だとしたら、それを打開するためにやらなきゃならないことがあるなら、臆病になってる場合じゃないんじゃないか?」

「なんですって?」

エイマスがドンッ、とコーヒーテーブルの表面を叩いた。「なんだそのいいぐさは！」

「聞こえなかったか？」オットーは平然とくりかえす。「臆病になるなといったのさ」

「そんなのは聞こえてるわよ」とマーガレット。

「つまりだ、だれかの指示を待ってる場合じゃなかろうってことさ」

マーガレットはあきれる思いだった。「なにをいってるの？　ロングワースはあなた方の副長官ともあろう人じゃないの。わたしごときにしてみれば、指示を仰がなきゃ動けないと思うのは当然でしょ！」

「たしかにロングワースはおえら方だ。だがそういうきみの立場はなんだ？」

「いい加減にしろ！」エイマスがまたどなった。今や立ちあがって両手を振りあげている。「彼女の立場がなんだというんだ？」

「そうね、教えてほしいものだわ」とマーガレットもいう。「わたしの立場はなに？」

オットーはさらに二度椅子をまわしてからやっと答えた。「今われわれは恐るべき疫病に直面してる。きみはその専門家として、責任を担うべき立場にあるといってるんだ」

「あんたにいわれるまでもないさ！」とエイマス。

「だったら、だれかの協力が必要だと思うなら、それに迷っててどうする？」

「いい加減にしろといってるだろ！」

「エイマス、あなたのほうがうるさいわよ、黙ってて」マーガレットがたしなめた。

エイマスは苦笑し、どっとソファに沈みこむと、テーブルの雑誌をこれ見よがしに読むふりをはじめた。

「いいかい、ドクター・モントーヤ」とオットーはつづける。「ロングワースはきみをこの件の責任者に指名したんだ。そのきみがチェンなにがしの協力をとりつけたいと思うなら、いちいち指示など仰がずにさっさとそうしたらいいさ。それとも、勝手なことをしたらロングワースにクビにされるとでも思ったのか？」

マーガレットはなにかいい返そうとしたが、とどまった。たしかにこの男のいうとおりだ。たしかに杓子定規なルールに囚われている場合じゃない。やるべきことをやれる人間だからこそ自分は必要とされているのだ。

「それがわかったら――」オットーはまた椅子を強く押した。まわりだすと、一回転ごとに一語ずつゆっくりと声に出した――マーガレットの思いを読んだかのように。

「――やれることを……やることだ……今すぐに」

怒りは消えた。

またしてもクラレンス・オットーに一本とられた。

26 毒素

探索しつづけるＤＮＡ読みとり装置から送られてくるデータにより、〈発芽体〉は開拓のようすをモニターしつづけていた。開拓が所定の地点まで達すると、〈発芽体〉は工程のチェックリストを確認したうえで、読みとり装置の任務が完了したことを判定した。すると宿主の体内である生化学反応が生起し、読みとり装置は自らの様相を変化させはじめた。鋸歯状の顎がとりはずされ、ふたたび完全なボール状の形に戻った。

ボールの内部で有毒な生化学化合物が産出されはじめた。

産出された毒素が内部に満ちていってボールはどんどんふくらみ、それを運搬装置が〈発芽体〉まで運んでいく。そして〈発芽体〉のあちらこちらにボールを挟みこむ。

ボールの表面で今まで顎があったところは硬質な蓋によってふさがれている。蓋の内側は毒素によってどんどん溶解され浸食されていくが、〈発芽体〉が外側から別の化合物をつけ足すことによってどうにか蓋の厚さを保っている。そのバランスはじつに微妙だが、しかし〈発芽体〉が生きているかぎりは付加化合物が生産されるので、毒素はなんとかボールの内側に封印しつづけることができる。

だがもしひとたび〈発芽体〉が機能停止に陥れば、毒素はたちまち蓋を溶かし去ってボールの外にあふれだし、〈発芽体〉自身の内部にまで浸透することになる。そうなると、すべてが——あの修復された〈茎〉をはじめとして、せっかく創ったすべての〈発芽体〉細胞が——溶かされ破壊されてしまう。細胞は黒ずみ溶解して死に、その溶けた死の汚液が流れていってさらに別の細胞を犯していく。それはまさに死の連鎖で、触れるものすべてを溶かし崩壊させていく——宿主の筋肉も皮膚も内臓も……なにもかも。

そうならないためには、〈発芽体〉が生きつづけるしかない。

だがこの宿主がそんなことを知るはずもない。

27　グッドバイ

「わたしどもの力がおよばず残念ですが――」と医師はいった。「――つい先ほど息を引きとられました。一時は峠を越えるかと思われたのですが、しかしそれからすぐ様態が急変しまして」

フィリップスは呆然と医師の顔を見ていた。疲労の色が濃く、苦闘の跡がうかがえる顔だ。この医師の落ち度ではない――できるかぎりの手を尽くしてくれたはずだ。にもかかわらずフィリップスは怒りを抑えられず、今にもこの医師の痩せた首をへし折ってしまいそうな思いに駆られていた。

「死因は？」やっとそう訊いた。

「とくにひとつに特定することはできません。あらゆる原因が肉体の許容限度を超えたようです。いい方はよくありませんが、月曜日にそうなっていてもおかしくないところでした。それでも強壮な体のおかげで、その後六十時間も死と闘うことができたのだと思います。ですので、わたしどももなんとか助けられると希望を持っていたのですが、やはりダメージの大きさには勝てませんでした。本当に残念です。それで、もしさしつかえなければ、患者さんの奥さまにわたしから経過をご説明したいのですが？」

「いや」とフィリップスは即答してから、おだやかな口調でつづけた。「奥さんにはおれから話そう。仕事のパートナーだったのでね」

「そうですか、ではお願いします」と医師は応え、「またのちほど」そういって去っていった。

フィリップスはじっと床に視線を落とし、勇気を奮い起こさねばと努めた。仕事のパートナーを失ったのはこれが初めてではない。しかも初めてのときも未亡人に悲報を知らせる役目は彼が負った。だが二度めだからといって慣れるということはない。皮肉なものだ、他人の命を奪うことには慣れてしまっているのに、身近な者の死に対してはいつまでも同じなのだから。

疲れた目で病院の廊下を見やると、マルコムの妻シャミカがベンチにかけていた。眠っている息子ジェロームを膝の上に抱いて、こちらを見ている。その目は信じたくないという思いで涙をにじませている。すでに夫の死を察しているのだ。それでもフィリップスは伝えねばならない――言葉にして話さねばならない。

シャミカのほうへ足を進めていった。不意に別の病院でのことを思いだした、六年前ジェロームが生まれた日を。あのときフィリップスは待合室でマルコムにつきあってやっていた。マルコムは緊張のあまり二度も嘔吐していた。やっと出産がすみ、フィリップスがシャミカと話すことができたのはそのちょうど二時間後だった。

そして今また彼女へと向かって足を進めている。彼女は息子を強く抱きしめて、頭を左右に振りはじめている。声を震わせてなにかつぶやいているが、なんといっているのか聞きとれない。だがいいたいことは伝わってくる。フィリップスは急にこの場から逃げだしたい思いに駆られた——泣きだしているこの未亡人がいない場所ならほかのどこでもいいから。自分の友人でありパートナーだった男の妻なのに……自分の過ちでその男を救えなかったのだから。

フィリップス自身、涙があふれそうなのをこらえねばならなかった——胸の奥で燃えるやり場のない怒りのすぐ隣で、むなしい悲しみが波打っていた。それでもなんとか気持ちを強く保っていられるのは、どうしてこんなことになったのかがわかっているからだ。その原因となったものに報復を果たせば、きっと歓喜をとり戻せるはずだ。

28　ふたたび浴室の床で

ペリーはいっときのあいだ時間をさかのぼっていた。十七歳のころに戻っていた。母がいつものように泣きながら彼の体をやさしく揺すっていた。彼はゆっくりと目をあけるが、頭のなかにはまだずきずきと痛みが疼いている。後頭部にそっと手をやると、指先が血で濡れた。台所のテーブルでは父が椅子にふんぞり返って、ワイルド・ターキーをずっとラッパ飲みしている――そのボトルを父はいつも独り息子への凶器として使っていた。

ボトルには血糊が少しついている――半分はラベルに、半分はガラスの表面に玉をなして。

父親ジェイコブ・ドーシーは息子をにらみつけている。冷たい目は消えることのない怒りを湛(たた)えて動かない。「どんな気分だ、坊主？」

ペリーは床の上でゆっくりと体を起こす。頭の痛みがひどくて目もよく見えない。「憶えとけよ、親父」とつぶやきを洩らす。「いつか殺してやるからな」

ジェイコブ・ドーシーはまたウイスキーを呷る。だが息子から視線を逸らすことはない。血のついたボトルをテーブルにドンと置き、汚い手の甲で口をぬぐう。「おまえこそよく憶えとけ、この世の中はそれほど危ねえところだってな。強いやつだけが生き残るんだってことをな。だからおれはただ鍛えてやってるだけさ。おまえもいつか感謝する日がくるぜ、そのことがわかるようになったときにな」

ペリーは頭をはっきりさせようとかぶりを振った。すると、アパートの浴室の床に倒れていることにやっと気づいた。そこは九年前じゃなかった。チェボイガンの実家じゃない。父はとっくに死んでいる。あのころの人生のページはとうにめくり終えている——だがそう思いだしても、頭のもやもやはいっこうに晴れない。

床に押しつけている顔がねばつく。なにかが固まりついている。鼻孔を酸っぱい悪臭が満たす。気を失っているあいだに、むかつく胃からまたなにかを吐いたのだ。おぞ気がぞっと脳を刺す。うつ伏せに倒れたのがラッキーだった——もし仰向けだったら嘔吐物で窒息していたかもしれない。AC／DCの前期のボーカルだったボン・スコットはそれが原因で死んだ——巷間推測されているところによれば、ボンは黒塗りのキャデラックの後部座席でアルコールの過剰摂取により気を失い——あるいはほかの禁止薬物のせいもあるともいわれているが——目覚めることができないまま自分の嘔吐物を喉に詰まらせて死んだ。

ペリーは手で顔をぬぐい、べっとりついているゲロを掻き落とした。髪の毛にもくっついていた。今の気分はといえば、胃が弱っている感じはするがむかつきはない。どうやらいちばんひどいときはすぎたようだ。ゲロの臭いの大半は便器のなかから立ち昇っていた。よっこらしょと起きあがると便器の水を流した。

どうしてこんなことになった？　焦点のさだまらない記憶が頭のなかでふらふらとさまよっている、あちらからこちらの街灯へと飛びまわる蛾の群れみたいに。と、左脚がズキズキと激しく痛むことに気づいた。

カウンターにつかまり、ゆっくりと立ちあがった。全身が疲労困憊している。どれほど長く気を失っていたのか？　ドアが半開きになっているだけの浴室のなかでは時間もわからない。わずかに覗いている廊下に日の光はうかがえない。

シンクに体を寄りかからせて、鏡のなかの顔を見やった。「なんてツラだ」とつぶやいても、そのみっともなさは表わしきれない。右頰には依然として黄緑色のゲロの膜がこってりと貼りつき、髪にまでこびりついている。額には青黒い瘤がユニコーンの角みたいに突きでていた。あまりに黒々とした目の下の隈はまるで漫画だ。あるいは『ナイト・オブ・ザ・リビング・デッド』のゾンビ・エキストラがやっているいかにもな特殊メークを思わせる。

だが真に目をとらえたのは自分の顔ではなくて、鏡の表面にくっついている奇妙な汚れのほうだ。その黒い筋は、なにかしら汚いものが付着し、したたりながら乾いていった跡のようだ。その一部は灰色がかったごく小さい固形物で、糊の塊とか、あるいは――つぶれた虫の死骸といった感じだ。

だが本当は虫じゃない。それだけはたしかだ。脳に霧がかかっているようでいまだにその部分のみよく思いだせないが、少なくとも邪悪なものだとはわかる。それはなにか恐ろしい、死にすらつながるものだ。そう、あのときはたしかに怖いものだった――今はもうどうってことはないが。

頭痛薬を服んだほうがよさそうだ。あとは体じゅうの汚れを洗い落としたい。シャワーの栓をひねろうと手をのばすだけでも、またも頭がズキリと痛む。これほどの頭痛はかつて覚えがないほどだ――いや、本当になかっただろう。

「医者にいかなきゃ」小声で独りごちる。「診てもらわなきゃ」

タイレノールをとりに台所へ向かった。ゆっくりと注意深く足を進める。頭を手で押さえながら――痛む頭が床に落っこちるのを防ごうとするみたいに。レンジについているデジタル時計を見やると、12：15と出ていた。疼く頭でそれを読みとるには時間がかかった。真夜中の零時すぎでは日の光が射すはずもない――と一瞬思ったが、すぐに正午十五分すぎだと気づいて、バカなしくじりについため息をついた。気絶したせいで仕事をサボってしまったのだ。今からすぐ出勤するわけにもいかない――頭の痛みが失せるまでは無理だ。せめて電話を入れて言い訳をしよう。だがその前にまずシャワーを。

タイレノールの小瓶は電子レンジの上に置いてあった。ナイフ立てのわきに。ペリーの視線はナイフ立ての調理用鋏にとまった。見えているのは茶色いプラスチック製の把手の部分だけだが、木製のナイフ立ての陰には鋏の分厚い刃が隠されている。生肉なら紙を切るようにたやすく、骨付きの鶏肉でも枯れた小枝を折るみたいに雑作なく切れるすぐれものだ。そんな調理用鋏になぜか一瞬心を惹かれたが――結局目あての頭痛薬を手にとった。

四錠を口に放りこむと、両手をお椀形にして水を汲み、一緒に喉へ流しこんだ。薬を服み終えたところで、よろよろと浴室へ戻った。戻りしなに着ているものを脱ぎ捨て、ようやく湯気の立つ熱いシャワーの下に立った。しぶきを浴びて体をぬくめ、頭を前へ傾けて髪と顔の汚れを洗い落とした。熱湯が弛緩した筋肉を刺してよみがえらせる。頭のなかの霧がわずかながら晴れた気がする。ついでに痛みも早く晴らしてほしい――この頭痛のせいで目もよく見えないほどなのだから。

29 動機

フィリップスは泣くつもりはなかった。自分がここで泣いてはならない。涙は今にもあふれそうで、押しとどめるのに苦闘しても、決して流してはいけない。友愛のためにこの仕事についているわけではないのだから。きびしい現実にはちがいないが、任務のために命を落とした友人はマルコム・ジョンソン一人ではないのだ。

しかし任務のためにどれだけのきびしい現実に耐えねばならない？　自分がどれだけ耐えられるというのか？　どれだけの数の人々が命を落とすのをこの目で見なければならない？

思わず洟（はな）を啜（すす）り、手の甲でぬぐった。こんなときだからこそ、どうしても連絡をとらねばならない相手がいる。

軽量なほうの携帯電話——通常用のものだ——をとりだし、キーを押した。相手が出るまでに三度発信音が鳴った。

「もしもし？」

「やあ、シンシア。フィリップスだ」

「デュー？　おひさしぶりね、お元気かしら？」相手の声は歳月を物語っている——十年という時間を。

このシンシアという女とは、たがいに敵意をはぐくみあってきた。その激しさは、任務の渦中で戦わねばならない本物の敵に対する悪感情をすらうわまわるかもしれない。それはある一人の人間へのたがいの愛情の深さゆえのものだ。

フィリップスの独り娘シャロンのことだ。

「ああ、前よりはだいぶ元気だ。だがシャロンには余計なことをいうなよ、わかってるな？」

「わかってるわ。彼女と替わりましょうか？」

「ああ、頼む」

「ちょっと待ってて」

シンシアという女とうまくつきあっていくことなど到底できないが——それでもおたがいの存在だけは認めあわねばならない。それはシャロンがフィリップスとシンシアをともに愛しているがゆえだ。二人がたがいに反目しつづけるなら、両者のあいだでシャロンが引き裂かれることになってしまうから。

娘から自分は同性愛者らしいとうちあけられたときには、つらい思いに打ちひしがれた。だがその七年後には、もっとひどいショックと怒りに襲われねばならなかった――娘がシンシアという女と友人以上の関係であることを聞かされたときだ。二人は結婚式までして、事実上の夫婦――といってもどちらも〈婦〉なのだが――になっていた。フィリップスは怒りに駆られて、二人をどなりつけた。今となってはとり消したいほどの野卑な言葉でなじった。当然ながらシンシアも彼にどなり返した。今思えばそれはシャロンを守りたい気持ちからだったろうと理解できる。シンシアはもともと男を忌み嫌っていたが、悪いことに粗野で男性優位型の軍人タイプの男がとくに大嫌いだった――たまたまデュー・フィリップスはそれにぴったりあて嵌まってしまった。だがシンシアがことあるごとにフィリップスを責めつづけたために――顔を合わせればののしり、そうでないときには陰口を叩いた――かえってシャロンが傷つく結果になった。父親とパートナーがいつまでもいがみあうのは、決してシャロンの望んでいることではなかった。彼女はただ純粋にそれぞれを愛しているだけだった。

娘の〈結婚〉から二年が経ったころ、フィリップスはようやくそれが彼女にふさわしい生き方かもしれないと思いはじめた。決して一時の気の迷いなのではなく、娘はシンシアというパートナーと終生ともにすごすつもりなのだと理解できるようになった。ひとたびその境地に達すると、ただちにすぐれた戦略家がとるべき戦術に打って出た。すなわち、ＳＤＭＺと名づけた機会を設けて――スターバックス武装解除地帯の略だ――シンシアと不本意ながらも和平を結びあった。心のうちでおたがいを嫌いあうのは自由だが、それによって現実を変化させることをもくろんではならず、紳士的態度をもってたがいの存在を認めあうという協定を結んだのだ。それからさらに歳月がすぎ、どうにかこうにか紳士的にすごすうちに、シンシアという女も決して悪人というわけではないのだと思えるようになってきた――少なくともシャロンと円満な〈夫婦〉でいるかぎりは、と。

「もしもし、パパ?」五歳のころから変わっていないように聞こえるシャロンの声が電話口で響いた。父親の耳の迷いだとはわかっているが、娘と話すたびにそう思えるのだから仕方がない。

「やあシャロン、元気か?」

「もちろん、とてもいい感じよ。うれしいわ、ひさしぶりに電話くれて。パパも元気でやってる?」

「絶好調さ。これ以上はないね。仕事も順調だし」

「今もまだデスク・ワークなの?」娘の声には本気の心配がにじんでいる。「もう現場の仕事には出してもらえそうにないの?」

「しようがないさ、この歳だからな。外仕事なんて命とりだ」

「そうね、そのほうがいいかも」

「シャロン、じつは今あまり時間がないんだ。ただどうしてもおまえの声が聞きたくてね」

「わかったわ。パパ、ボストンにこられるのはいつになる？　会いたいの。こっちにきてくれれば、わたし独りで会いにいくから」

思わず嗚咽しそうになるのを、フィリップスはこらえた。友人マルコムの惨死に際してさえ泣かなかったのに、娘と電話で話したぐらいで妙な声を出してしまうのは許されない。

「シャロン、おまえがそんなに気を遣わなくても、パパだってもうシンシアとも仲よく話せるさ。どうせなら三人で一緒にどこかで会おうじゃないか」

そういわれたシャロンが洟を啜るのを聞いて、フィリップスはつい笑いそうになった。父親が絶対に涙なんか流さないという自信があるところでも、娘はちょっと風がおかしな吹き方をしただけでも泣いてしまうのだ。

「笑ってるわね、パパ。三人で一緒に会えるのがわたしにとってどんなことか――わたしたちみんなにとってどんなことか、パパにはよくわかってないんじゃない？」

「いいからもう泣くな。パパはもういかなきゃならん。じゃ、またあとでな」

「じゃあねパパ。体に気をつけてよ。いくら内勤だって、机のトゲが刺さるってこともあるんだからね」

フィリップスは携帯を切った。大きく息をつき、いつにない感情の高まりを静めて、平素のように心の奥に押し隠した。それができるようになるためにこそ、シャロンに電話をかけねばならなかった。それはひいてはシャロンのためでもある——彼女が幸せに生きられるような国にするためにこの仕事をしているのだから。たとえそれが娘の同性結婚の許容を意味するとしてもだ。しかもそういうことを父が大嫌いで、そればかりか相手の女を心の底から恨んでいるとしてもだ。そんな生き方をしているがために命を落とさねばならないような場合が——あるいは死以上にひどい目に遭うことも——この世界には多々あるのだから。

必要なときには人と戦い、人を殺してもいいというのは、当然のことか？ アメリカこそが世界でいちばん偉大な国だから？ そうかもしれない——だが理由の正当性すら今のフィリップスにはもうどうでもいい。理にかなっていないことだろうと、当然とはいえなかろうと、かまってはいられない。正義はいつも自分のうちにだけある。

それで充分だ。

30 説得

病院内に設けた臨時会議室にマレー・ロングワースが入ってくるのを、マーガレットとエイマスとクラレンス・オットーは起立して迎えた。ロングワースが三人それぞれと握手したのち、全員席についた。ＣＩＡ副長官はもちろんいちばん大きな机の席だ。

「それで、こんどの死体はどうだった？　比較的新鮮だったんじゃないか？　腐敗の進んでいない死体なら、なにかいい手がかりが見つかるかもしれないというんだったな？」

マーガレットが最初の返答を請け負った。「腐敗していない状態は、この疫病ではきわめて短い時間しかつづきません。このたびのマーティン・ブルーベイカーも、最後は組織のほとんどが溶解して、残っているのは骨格だけという状態になりました。結局ジュディー・ワシントンやシャーロット・ウィルソンの場合と同じです。検死にかけるときにも肉質の部分はすでに液化が進んでいましたが――しかしその残存物から分析できるかぎりの結果を出したつもりではいます。患部が完全に溶け去る前にかなりの情報が得られたということです。その分析結果は非常に重要であると同時に不安を誘うもので——まずなによりも申しあげておくべきことは、あの腫れ物の実質は単に患者の肉質が変化したものというよりは、むしろ病原体となっている生物の寄生体としての姿そのものではないか、ということです」

ロングワースの表情にかすかな嫌悪感が刻まれた。「つまり、あれの正体は寄生生物だってことか？　そう思う理由はなんだ？」

「シャーロット・ウィルソンの場合と同じくこんどのブルーベイカーでも、腫れ物はすでにかなりの度合いで溶解していたため、病原体そのものを発見することはできませんでした。ただ、患部周辺の組織にある種の派生物が発見され、それが寄生体としての役割を負うものであるらしいことがわかったのです。つまり、罹患者の循環器系に侵入し、血液中から酸素およびその他の栄養素を奪っていたと考えられます」

ロングワースはじっと動かずにマーガレットの顔を見すえている。ちょうど長年風雨にさらされて風化がはじまりかけた石灰石の像でもあるかのようだ。「きみがいっているのはつまり、あの三角形の腫れ物はそれ自体が生きているものであって、患者の体の一部ですらない——あれそのものが寄生生物だったってことか？」

「そのとおりです」

れだすこととはどういう関係がある？」

「だとしたら、宿主――きみたち専門家はそう呼ぶらしいが――が狂ったようにあばれだすこととはどういう関係がある？」

「とにかくわかったのは、宿主の脳内の神経伝達物質が異常増加していることです」とマーガレットは答えた。「神経伝達物質というのは、神経細胞から神経細胞へと情報シグナルを伝える物質で、人の脳と肉体とのあいだの意思疎通機能を担う要素であり、同時に脳機能を稼動促進するための物質でもあります。そのなかでもとくにドーパミンとセロトニンが、ブルーベイカーの場合には異常に増えていました。ドーパミンが増えすぎると深刻な分裂症状が起こる場合があり、またセロトニンが過剰になると精神失調や妄想といった症状を呈します。またエピネフリンとノルエピネフリンも脳内濃度が過度なレベルに達していました。その二種のホルモンは抵抗心および恐怖心をつかさどり、危機や脅威に対する反応の仕方を制御するもので、同時に恐れや不安といった心理表現にも影響する要素です。したがってその濃度が通常レベルを超えると、過剰な不安による混乱状態に陥りやすくなります」

ロングワースはなるほどというようにいちいちうなずく。「つまりこの寄生生物は、脳内の神経伝達物質を急増させ人間を狂気に陥らせるというわけか？」

「そういうことです」とこんどはエイマスが代わって答えた。「しかしこの病原体のやることはそれのみにはとどまりません。彼らはある派生物を産出しますが、それは人間の神経そのものに擬態するのです。そうした派生物が患部周辺に複数発見され、また脳内にもその痕跡らしきものが認められました。とくに大脳皮質および辺縁系においても目につきました」

「辺縁系とはどういうものだ?」ロングワースが訊いた。

これにはマーガレットが答えた。「辺縁系とは、海馬、視床下部、扁桃体などを含む一帯のことで、感情を制御したり、あるいは記憶の保存と呼びだしをつかさどったりといった機能があると考えられています。そこに病原体が巣食うと、ある種の内分泌腺のような能力を持ち、神経伝達物質を過剰に産出することになるようです。これまでの症例によれば、辺縁系においてドーパミンが過度に分泌されることによって、宿主が異常な妄想症を発症していたものと想像されます。そうした例は、ブレイン・タナリヴ、ゲイリー・リーランド、シャーロット・ウィルソン、およびマーティン・ブルーベイカーの四人の犠牲者に共通して見られる現象です。しかし、もしもこの病原体が人工的に創られたものだとしたら、ほかにも目的があった可能性が出てきます。つまり、病原体自身が脳に直接接続していたかもしれないのです」

ロングワースの目に驚きといらだちの光が宿った。「なんだと? 病原体は脳に毒素を注入するだけでは足りずに、脳とじかにつながってしまうというのか? つまり、単に化学物質が過剰になったりするだけじゃなく、宿主の意思そのものが直接病原体に操られるというのか？」

「そういう可能性があるということです」とマーガレットは答えた。

「ドクター・モントーヤ、その病原体の正体というのは邪悪な霊体だとかいいだすんじゃないだろうな？　きみをこの件の責任者に据えたのはまちがいだったんじゃないかと思えてきたよ。微生物が人間の精神を乗っとって操るなんてことを、このわたしがたやすく信じると思うか？　犠牲者たちがひどい殺戮に走ったのはそのせいだったなんてことを？」

「わたしどもがいっていることは、この病原体が人間をロボットのように操るというような意味においてではありません」とエイマスが説明した。「ただ、自然界には宿主の行動様態を変化させる能力を持った寄生生物がいるのも事実だということなのです。たとえば、吸虫のなかにはある種のカタツムリに寄生するものがありますが、彼らは自分たちのライフサイクルを完遂させるためにはカタツムリから砂蚤(スナノミ)へと宿主を替えねばならず、そのために吸虫の幼生はカタツムリが水中から陸にあがるように仕向ける力を持っているのです。そのカタツムリは陸に長くいると生きていられなくなり——つまりそれ自体が自殺行為であるわけです——吸虫はカタツムリが死んだ時点でその体外に脱出し、こんどは砂蚤に寄生するというわけです。あるいはまた鉤頭虫(コウトウチュウ)という種類の寄生虫は、まずゴキブリに寄生してから鼠へと移動するケースがありますが、移動を完遂するためにゴキブリが身の危険に対して鈍感になるように仕向け、鼠にたやすく捕食させるようにします。あるいはまた——」

ロングワースは片手をあげ、エイマスがつぎの例を挙げるのをさえぎった。「もういい、要点はわかった。たしかに興味深い話ではあるが、しかしカタツムリやゴキブリといったものと、最高の知力を持つ人間とではあまりにかけ離れているんじゃないか?」

「生物の行動とは、じつは単なる化学反応の結果なのですよ」とエイマスはつづけた。「人間の行動は少しばかり複雑ではありますが、そもそも化学反応にもとづいているという点では同じことです。おっしゃるようにゴキブリやカタツムリは知力において劣るとしても、だからといって人間は操れないということにはならないのです」

ロングワースは鼻の上のほうを指でさすった、あたかもひどい頭痛に襲われているといわんばかりに。「わかってるだろうが、わたしがここにきたのはなにかしらいい情報を得たいがためだ。だが長くいるほどにどんどん悪いことばかり知らされていくようだな。まあそれはともかくとしてだ——結局のところ、何者かが人間の行動を操作できる寄生生物を開発した、ということになるわけだな。それで、その結論に関してなにかしら有効な対処法はあるのかね?」

「その前にひとつ申しあげなければならないのは——」とマーガレットがいった。彼女の声はわれ知らず憤懣で冷たくなっていた。ＣＩＡ副長官が求めているのは単純明快な回答であるらしいが、そんな都合のいいものはありはしないのだ。「――このような病原体がもしだれかによって開発されたものだとしたら、そのバイオテクノロジーの進歩の高度さは驚くべきものだということです。つまりいい換えれば、もしこれが人間によって創られたものなら、それは信じがたいほどたいへんな事態だといえます」

ロングワースは眉根を寄せた。これ以上話が複雑になるのを歓迎していないのは明らかだ。「〈もし〉をくりかえしてるようだが、どういう意味だ？」

「わたしが思うには――エイマスが同意してくれるかどうかはわかりませんが――このたびの犠牲者たちがとった異常行動は、それが何者かの主目的なのではなくて、あくまで副次的結果にすぎなかったんじゃないか、ということです。それはつまり、これが天然の生物の一種である可能性もまだ残っていることを意味します。いい換えれば、人を狂気に陥らせるように意識的に設計されたわけではない、という意味になりますね」

ロングワースはかぶりを振り、壁にかかる表彰類へ視線を投げた。「これは明らかに人工的なバイオ兵器だよ、ドクター・モントーヤ。しかもきわめてすぐれた性能を持ってる。そういう露骨なほどに明白な事実が、話を複雑にすればするほど見えにくくなってくる。とにかくきみたちは科学の分野で真相をきわめてくれればいい。あとの戦略的な分析はわたしの分担だ。ただし、こいつとどう戦っていったらいいかというヒントはきみたちから出してもらわんと困る。どうだ、その点でなにかアイデアはないか？」

マーガレットにはいくつかのアイデアがないでもなかったが、どれもがまたしてもロングワースの神経を逆撫でしかねない案ばかりだったので、口をつぐんでおくことにした。「その前にまず、お聞き入れいただきたい要望があります。人員をもう少し増やしてほしいのです。とくに精神医学の専門家を数名加える必要があります」

「なぜだ？」とロングワース。

「宿主となった人々の全員が深刻な異常行動に走っています。なぜそうしたことが起こるのかを知るには、生きた宿主を確保する必要があります。そのためには早急な増員が望まれ、とくに神経生物学および神経薬理学の専門家を一名ずつ増補していただかなければなりません。また精神に異常をきたした患者に対処するために、心理学の専門家も一名必要となります。さらに長期的には、病原体による精神への悪影響を少しでも制御していくために、なにがしかの薬物をもちいて神経伝達物質の過剰分泌を抑制し、それによって異常行動を矯正していく必要が出てくると考えられます」

「人を増やせという要求は歓迎できないね」ロングワースが難色を示した。

「いいえ、ぜひお聞き入れ願います――それもただちに。一秒遅れるごとにも、事態はどんどん制御困難になっていきます。情報の拡散を抑止することも重要ですが、だからといって疫病の蔓延を指をくわえて見ていていいはずはありません」

ロングワースは机の表面をいらだたしげに指でつつきはじめた。「仕方がない、これから人探しをはじめる。今さらくりかえすまでもないだろうが、この最重要機密事項を扱うには非常な注意を要する。だから明日や明後日までに必要な員数を揃えられるとは約束できんぞ。わたしをそれほど急がせて、それに見合うだけの見返りはあるんだろうな?」

「ブルーベイカーの遺体に認められた小さな腫れ物のひとつから、色のついた繊維が突出していました。この現象は通例モルジェロン病と呼ばれる症例において見受けられるものです。この繊維は病原体の死骸と推測されますが、しかし死後も部分的には生反応を維持しつづけていました。この繊維の成分は、普通の植物の構成要素である繊維素と同じものでした。人間の体から産出されるものでは到底ありえません」

「その繊維とやらが三角形の腫れ物と関係があるというのは、まちがいのないことなのか?」

「確実なことです」エイマスが答えた。「腫れ物の骨格をなす成分は繊維のそれと同じもの――つまり繊維素でした。偶然の一致とは思えません」

「すると」とロングワースが重ねて問う。「その繊維が体から出てくる人間には問題の腫れ物も必ずあるということか？　そして無差別殺人に走ると？」

マーガレットは身を乗りだした。「いいえ、そうとはいいきれません。むしろこの繊維を生む腫れ物は、成長しきっていない段階の病原体であるようです」

「ということは、以前のように繊維ばかりが見つかっていたころには、この三角形の腫れ物はまだなかったということか？　ここ最近になってはじめて出てきたものだと？　ＣＤＣもこの種の病原体についてはまったく知らなかったのか？」

「わたしが知るかぎり、こうした症例の記録はありません」とマーガレットは答えた。「でもそれは、これまでは同種の疾病を発症した感染者がいなかったということではありません。同じ腫れ物を隠し持った人々は今までにもいたけれど、ただ公的に発見されなかっただけなのかもしれません」

「とにかくだ」とロングワース。「その繊維というやつはこれまでにも発見されていたが、腫れ物のほうはごく最近になってからやっと目立ってきたということだな。そうなると、このバイオ兵器を開発した何者かの技術がそれだけ進歩してきているということかもしれんな」

マーガレットはひそかに息を呑んだ。もし自分の願望を通そうとするなら、今こそがチャンスだ。「モルジェロン病に関する情報なら、ＣＤＣに相当量のストックがあるはずです。自分がその病気じゃないかと訴えてきた人々の症状や分布などの記録も含めて。そのときの特別調査班の責任者だったドクター・フランク・チェンに、是非とも会って話が聞きたいのですが」

ロングワースは椅子の背もたれに深くもたれかかり、天井を見あげた。「この件をCDCに全面的に知らせるわけにはいかない。だからこそきみを一本釣りしたんだよ、ドクター・モントーヤ」

「ドクター・チェンだけはどうしても必要です」マーガレットはくいさがった。「モルジェロン病についてはきっとデータベース化してあるはずです。運がよければ感染経路や感染時期まで調べてあるかもしれませんから、もしそうなら、調査対象にならなかったほかの感染者まで見つけることができるかもしれません」

「それでも認めるわけにはいかない」

「いいえ、認めていただきます！」マーガレットはいい放った。天井を見ていたロングワースの冷たい視線が徐々にさがり、彼女の目とまみえた。今この交渉をあきらめるわけにはいかない。なんとしても意見を通さねばならない。「副長官、今まではあなたの指図のなかでやってきましたが、しかしこれだけはわたしの思ったとおりにさせていただきます――あなたの許可がおりようがおりまいが」

猛反対を覚悟しての要求だったが、意外にもロングワースはため息をついただけだった。

「わかった、そのドクター・チェンとやらと話をしたらいい。ただしくれぐれも念を押すが、病原体のことはひと言も洩らしてはならんぞ。いいな?」

「わかりました」

「よし、CDCが持っているかぎりの情報をもらってこい。わたしから正式な指令を出しておこう。オットー、CDC局長に電話を入れておけ。ドクター・チェンにドクター・モントーヤへの協力を惜しまないようにとな。ただし理由は訊かないようにと」

「わかりました」とオットーが答え、マーガレットへ笑顔を向けた。小さな笑みだが、見逃しはしなかった。

「ドクター・モントーヤ、そのチェン先生と話すことは許すが――」とロングワースはまた彼女に念を押した。「――もしなにも有益な情報が得られなければ、ほかの手を打たねばならなくなる。そうなったらどうする?」

「神経伝達物質の過剰分泌は生化学反応異常を生起します」マーガレットは案を説明しはじめた。「これまでに報告されている感染者たちの生きているあいだの行動を見ると、そうした生化学反応異常に起因する妄想症に陥っていた可能性が高いようです。しかもその妄想はきわめて激しいもので、自分がなにかしら恐ろしい脅威や陰謀に巻きこまれようとしているといった感じでした。それは決して一夜のうちに突然湧き起こる種類のものではなく、長い時間と過程を経て形成され増幅されていった妄想だと考えられます。そういう感染者たちは初期段階において症状を訴え、治療を望むはずだと思われがちですが、しかしこれまでの五件においては、どのケースでも当人たちは自分が病気である可能性について懐疑的で、病院や医者といった救援手段に頼ることを避けていた形跡が窺えます。したがって、生きている感染者を見つけだすには、現在潜伏しているそういう人たちに対して、わたしたちのほうから積極的に救援を呼びかける必要があると思われます」

「具体的にはどうするんだ？」とロングワース。

「新聞に広告を打つのがいいと思います。原因不明の妄想癖に陥って悩んでいる人たちだけにわかるような——つまりそれ以外の一般の人々の関心を惹かずにすむような——内密の表現によって診療を呼びかけるのです。たとえば〈トライアングル〉という言葉を含んだ曖昧な文章によって、感染者ならすぐピンとくるようにするのもいいかもしれません。あるいはまた、妄想症の人々は自分をとり巻く世界をめぐって非常に手の込んだ幻覚を構築するので、わたしたちもそれに類似した幻覚世界を持っているかのように見せかけるのも一案です」

ロングワースはうなずき、「新聞広告はいいアイデアだ。マスコミの目を惹いたりしないように用心して、なにか偽の広告ネタをでっちあげればいいんだからな。少し手間はかかるかもしれないが、やってみる価値はあるだろう。ほかにも案はないか？」

オットーが不意に咳払いした。「横から口を出して申し訳ないのですが——最近の世の中では新聞を隅々までこまめに読む習慣が薄れているんじゃないでしょうか？ ニュースさえインターネットで読むことが多い時代ですから。そこで、いっそ専門のウェブサイトを設けて、主要な検索エンジンによってすぐ見つけだせるようにしたらどうでしょう。異様な腫れ物といったような、感染者にとっては人に知られたくない話題でも、ネットでならひそかに調べられるので、利用している可能性は高いでしょう。関心を持ったならサイトに直接コンタクトをとればいいわけですし」

ロングワースのうなずきが速くなった。「それはいえるな。よし、だれかに指示してすぐにサイトを立ちあげさせよう。この際複数の方法によって早急に感染者を探しだすんだ。ドクター・モントーヤ、ほかにはなにかないか？」

「その〈早急に〉という点についてですが」とマーガレットはいった。「問題の腫れ物は、患者の死後にはあまりに速く崩壊が進むため、完全な形状のいちばんいい時期に観察することが非常に困難です。生きている患者——あるいは死亡しているにしても遅くても死後一時間以内の遺体——が必要になるのはまさにそのためですので、この〈生きている〉という条件をほかのなによりも優先させていただきたいと思います。それだけが有益な情報を得られる手段なのですから」

31 こいつを早く髪の毛から洗い流せ！

ペリーはシャワーの下から出て、湯気の立ちこめる浴室のほうへ戻った。バスタオルで体を軽く拭くと、五感のすべてが戻ってきたようで（同時に切れぎれの記憶も）、奇妙におだやかな気分になれた。これまでの人生でいちばん長いシャワーだったかもしれない。浴びている一瞬ごとに生き返るようだった。頭痛も前は叫び声が鳴り響いているようなひどさだったが、今はかすかなささやき程度にまで弱まった。それにしても空腹だ――腹が減ってしようがない。浴室の掃除はあとまわしにして、まずは冷蔵庫をあたる。ポップタルトでも胃にほうりこめばひとまず落ちつくだろう。

ひとつ奇妙なことには、腫れ物の痒みがいつの間にか消えてしまっていた。今思えば、床に倒れたまま目を覚ましてからこの方、一度も痒みを感じていない。痒いといえば、のびすぎた不精髭がチクチクする程度だ。

洗ったばかりの足で床のねばつく吐瀉物を踏まないように気をつけながら、湯気で曇る鏡に近づいていった。手で曇りの一部をぬぐう。水滴に濡れた鏡に映る顔には、ひと晩分とは思えないほど不精髭が長くのびている。

待てよ……実際のところいったい何時間気を失っていたんだ？

タオルを腰に巻いて居間に戻り、テレビを点けた。二十三チャンネルのプレビュー・チャンネルに合わせると、いつものように画面の左下に日付と時間が出た。時間は十二時四十分だが、日付は十二月十三日木曜日ではなかった。十二月十四日だった。

金曜日だ。

水曜日に仕事から帰ってからずっと気を失っていたということか？　ざっと見積もって約四十八時間、つまり丸二日間寝ていたことになるじゃないか！　それはもう失神という程度のことじゃない、ほとんど昏睡状態といえるほどだ。自分が吐いたゲロに顔を突っ伏したまま丸二日も気絶していたというのか？　腹が減るのも無理のないことだ。

焦って携帯電話を手にとった。不在伝言が十六件も入っていた。おそらく大半は職場の女上司サンディーからだろう。出勤する気はないのかと問い質してきているはずだ。

サボってしまった。帰宅して休めといわれてから丸二日の無断欠勤だ。今ごろはクビになっていてもおかしくない。金曜の午後一時ごろになってやっとふらふら顔を出すなど、とてもできる話ではない。いったいどう言い訳すればいいというんだ？「室長、申し訳ありませんでした。じつは風呂場で転んでしまいまして、便器に頭をぶっつけ、二日間ゲロに顔をくっつけて気絶しっ放しでした」とでもいうつもりか？

ソファにどっと腰をおろし、伝言を整理した。室長のサンディーからのものは二件で、ビルからのが七件、ほかは電話接続会社からのセールスだった。職場からの電話のうち四件が木曜日のものだった。ビルの声はさも心配そうだ。金曜日にかかってきた彼からの最後の電話では、大丈夫かどうかたしかめるため訪ねるつもりだといい残していた。

ペリーは伝言を全部消去した。着信音もマナー・モードに切り替えた。今はだれとも話したくない——たとえビルでも。玄関にいってみると、予感どおりドアの隙間からメモが挿しこまれていた。

親愛なるブリードメイズンブルーへ

ノックしたり呼び鈴鳴らしたりしたが、全然返事がない。なにも心配しなくていい。だから体調が戻ったら電話をくれ。サンディーも怒ってなんかいない。もしいやなら彼女とは話さなくてもいいが、彼女もおまえのことを心配してるのはたしかだ。もちろんおれもだ。

駐車場におまえの車が駐まってるのを見た。隠れてるのか、
それともだれかとどこかでデートか。とにかく電話を待ってる。
スティッキーフィンガーウィッティーより

二日も仕事をサボってしまったのは事実だ。もし親父が生きていたらなんていうだろうか？　こっぴどく叱られるだろう。それだけはたしかだ。サンディーに謝るしかない。たとえこの先三ヶ月間、日勤夜勤兼務で週末も返上でおまけに残業手当なしだといわれても、従うしかない。脳震盪を起こして昏睡していたなんていう事情すら、二日も仕事をすっぽかしたことの言い訳にはならない。それに、電話で詫びるだけでは足りない。それは臆病者のやることだ。ちゃんと足を運んで面と向かって謝らなければだめだ。そしてそれがすんだら病院にいかなければ。

また胃がゴロゴロと鳴った。そうだ、なにか食うのが先決だった。

数分後にはフライパンに油を引き、冷蔵庫に残っていた卵ふたつで目玉焼きを作っていた。そのいい匂いがまた胃をゴロゴロ鳴らせ、口のなかに唾を湧かせた。トースターにパンを二枚つっこみ、もう一枚を焼かないまま口に捻じこんでモグモグと平らげた。

卵がまだ焼きあがらないうちに戸棚に手をのばし、ポップタルトの最後のひとつを

とってそれも平らげた。パンがトースターから跳びだすのと同時に目玉焼きを皿に載せた。ひとつめの黄身をパンに塗りたくると、思いきり大口をあけてパクついた。胃がまた鳴った——こんどばかりは満足のうなりだ。ひとつめの卵を白身まで食い終えると、すぐ二枚めのパンをとりあげ、ふたつめの黄身をつぶしにかかった。

不意に凍りついたように動きを止めた——食いさしのパンを口からぶらさげたまま。オレンジ色のまん丸い黄身がまわりを囲む白身の真ん中でつやつやときらめいている。かつては鶏の幼生になるはずだった黄身だ。卵の殻のなかで育ちつづけてきた。育ち、ふくらみ、腫れあがってきた——

——腫れ物のように。

口からパンがポトリと床に落ちた、バターを塗ったほうを下にして。

いったいなにを考えているんだ？　仕事のことを心配しながら卵をいくつも平らげて、自分の体に依然として残っている腫れ物のことを思いだすとは！　腰に巻いているタオルの端をめくりあげ、太腿の付け根を覗き見た。二日間も昏睡する原因になった傷口はシャワーのせいで乾いた血が洗い流され、ピンク色の生身の肉があらわになっていた。瘡蓋らしきものは真ん中に赤黒いものがわずかに残っているだけだ。異常なところのない、普通の傷としか見えない。あのひどい痒みのもとになっていた白っぽい腫れ物はもうない。

ここにあった腫れ物は消えたが……ほかの六つはまだ残っている。

台所のテーブルを前にして椅子にかけると、右膝を胸のあたりまで引きあげて、脛の腫れ物を間近で見た。

オレンジの皮のようになった皮膚は消えていた。代わりにそこに現われたものは、決して気分をよくさせはしなかった。

かつてあった分厚くて丸いオレンジ色の皮の代わりに、奇妙な三角形がそこに浮きでていた。しかもそれは皮膚の下にもぐりこんでいるかのようで、一辺が約三センチの正三角形の腫れ物となっているのだった。

この新たな腫れ物の表面をなす皮膚は薄青色をしていた。ちょうど手首の内側に浮きでる血管の色に似ている。だがそれは本当のペリーの皮膚ではない。まわりの普通の皮膚とその三角形の腫れ物の表皮とのあいだにはっきりした切れ目や境目があるわけではないが、しかしなぜかしらその部分だけは自分の皮膚ではないとわかる。それは普通の皮膚よりも頑丈なようだった。

三角形の三つの角それぞれの近くに、長さ一センチばかりの小さな切れ目がひとつずつ入っていて、それがどれも三角形の中心へとのびていた。それはどこかホームメードのアップルパイの表面についている切れ目に似ている——もちろん人の皮膚でできた三角形の薄青色のアップルパイがあればの話だが。

これはいったいなんだ？

われ知らず呼吸が浅くせわしなくなっていた。これはもう本当に病院にいくしかない。

親父も病院にかかった。ただし入ったまま出てこなかった。医者どもがろくな治療をしなかったせいだ。ジェイコブ・ドーシーは人生の最後の二ヶ月を病院のベッドの上でゆっくりと萎びていきながらすごした、藪医者どもに注射されたり検査されたりをくりかえして。ビール樽のような胸板をした一メートル九十五センチ百二十キロの巨漢が最後には六十キロにまで痩せ衰えた。子供のころの怖い夢に出てきたミイラの化け物を思わせる姿だった。

ペリー自身、一度だけ入院したことがある。ローズ・ボウルで膝を怪我したときだ。そのときも担当医は満足な治療ができず、数ヶ月後に別の専門医療チームに診てもらったら（ビッグ・テンに所属する名門大学のラインバッカーともなるといつも専門医チームに診てもらえた、ありがたいことには）、最初にかかった藪医者どもの雑な治療のおかげで治るものも治らなくなったといわれた。最初にちゃんと治していればアメフトで大成できただろうに、これでは無理だと。

しかしこのたびはフットボールで膝が腫れたのとはわけがちがう。これは癌でさえない。癌は、いってみれば半分だけ生きている肉の塊だが、二日前にペリーが腿の付け根からとりだしたものは完全に生きていた――しかもそれ自体の力で動いていた。

しかもまだ六つ残っている。その六つは二日のあいだなにも邪魔をされることなく成長しつづけたはずだ――ペリーが意識を失っているうちに。ただの小さな腫れ物からあのうごめくバケモノにまで成長するのにたった三日あれば充分だった。それからさらに四十八時間が経って、こんどはこの気味悪い三角形の腫れ物に変化した。このあと二十四時間すぎたらつぎはいったいどうなるんだ？　四十八時間後には？

そう考えるが早いか、いちばん手近にあった服を引っつかむと大急ぎで着替え、車のキーとコートをとって駐車場めざして駆けだした。

もうじっとしてはいられない。

今すぐ病院に駆けこまなければ。

32 ドクター・チェンとの電話

マーガレットはドクター・チェンが電話口に出るのを待っていた。待たされるのは好きではない。おまけにクラレンス・オットーのたくましい手が彼女のそびやかした肩に置かれたので、ついうろたえてしまった。今は二人だけで依然として病院の院長室に残っていて、彼女は院長席に身を沈めている。ロングワース副長官はワシントンに戻り、エイマスはといえば空いている病室のひとつを借りて仮眠をとっていた。

ドクター・チェンはアトランタにあるCDC本局に勤務する幹部研究員の一人で、マーガレットはまだ会ったことも見かけたこともなかった。だが本局の大物が下っ端からの要請に応じざるをえないこの状況は、なんとも痛快だ。これもロングワースが上層部に一本電話を入れてくれたおかげだ。

「もしもし、わたしがチェンだが」

その第一声を耳にして、マーガレットはそっとかぶりを振った。いかにもアジア系らしいアクセントを予想していたのだが、この男の英語は純アメリカ人並みになめらかだ。

「ドクター・チェン、わたしはマーガレット・モントーヤです」

「ドクター・モントーヤ、さっそくだが用件を聞こうか」とチェンはいった。「非常に重要な事案でわたしに話があるそうだと、局長からいわれたのでね。きみが知りたがっていることについて逐一答えてやってほしいとね」明らかに迷惑がっている感じだ、まるで自分がやっている、より重要な仕事を邪魔されたとでもいいたげな。

「そのとおりです、チェン先生。今日はわたしがCDCを代表していると考えていただけますように」

「ほう、CDCを代表して、か……それにしても、きみの名前すら聞いたことがなかったというのは妙だな。本局にいるんじゃないのか?」

失礼な問いに、マーガレットは顔をしかめた。「いいえ、シンシナティのCCID勤務ですので」

「ああ、なるほど」とチェンはいった。そのひと言に大きな優越感とあざけりが含まれていた。

「お話というのは、モルジェロン病の特別調査班についてあれこれお伺いしたい、ということです」

「モルジェロン病? なんだ、そんなことなのか?」

「ええ、申し訳ありませんが。それと関連性のある疾病に遭遇したものですから」

「関連性など考えにくいがね」とチェンはいい返した。「なぜなら、モルジェロンはそもそも病気ではないからだ。心理状態に問題のある人々が、皮膚の下を虫が這ってると思いこんでるだけといった例がほとんどだからな」その声には、ナチ収容所のガス室を覗き見てしまった者のような哀れみの調子がある。

「じつは、あの病気そのものというより、検出された繊維のほうに興味がありまして」とマーガレットはいった。

一瞬間があった。「なるほど、たしかにあの繊維にはある種の奇妙さがあるね。だがそこにばかり関心を向けるのはどうかな。わたし自身は、その種の集団幻覚のような現象に深入りするのは好まない。皮膚から繊維が出てきたといって、大騒ぎするのはどうかと思う――患者の苦痛の訴え方がどれだけリアルだとしてもね。本当に体のなかで繊維が作られたんじゃないかと疑われる例も少数あったのはたしかだが、しかし大半は絨毯や衣服から付着したものにすぎなかった。それをなにかの悪性の感染症と思いこんだり、血がにじむほど激しく体を掻いたりしていた。そのせいでかえって細かな繊維ゴミが引っ掻き傷に入りこんだりね。まず病気とはいえないのがほとんどだ」

「でも、本当に体から出てきた繊維かと疑われるのもあったとおっしゃいましたわね？」

「ああ、ないわけじゃなかった」とチェンは答える。

「それで、自分がそうした本物の病気なんじゃないかと訴えてきた患者に関するデータを、そちらでお持ちではないでしょうか？　とくに体から出た繊維を実際に見せた患者のデータが知りたいのですが」

　この問いはチェンをむっとさせたようだった。「データを保管してあるのは当然のことだろう。わたしたち特別調査班は多くの医療機関に質問状を送って、そうしたモルジェロン病に類似する症例があったら報告してくれるように働きかけたんだからね。ドクター・モントーヤ、きみが現在担当中の症例はどんなものなんだね？　もしそれがモルジェロン病と思われるのなら、われわれ調査班の管轄に移すべきものかもしれないぞ。その点はわたしのほうが答えてもらわなければならんな」

　マーガレットは椅子にがっくりと深く身をもたせかけ、目のあたりを手でこすった。

こんな成り行きは予想していなかった。

「モントーヤ先生」そばにいるオットーがささやきかけてきた。マーガレットはこすっていた瞼をあけた。オットーはいつの間にか机の正面にきていた。彼はマーガレットを指さしてから、左手を腰にあて、右手を股間の前で前後に振るしぐさをした――どうやら自分の目の前にいるだれかの尻を叩く演技をしているらしい。つぎに電話を指さすと、こう小声でいった。「そいつのケツをぶっ叩いてやれ――がんばれよ」

マーガレットはうなずいた。そうよ、この件はわたしが責任者なんだから。このチェンという男の指図に従う必要はない――むしろ従わせればいいのよ。

「どうなんだ、モントーヤくん？」チェンがたたみかけた。「わたしもそうひまじゃないんだがね」

「悪いけど、お答えできないわ」マーガレットはぴしゃりといった。「チェン先生、この件についてはあなたには洩らせないの。それに、質問に答える義務はあなたにあるのよ。局長命令をお聞きにならなかったかしら？」

チェンは黙りこんだ。

「どうなの？」

「聞いたさ、もちろん」

「それならけっこう。時間がないのはわたしも同じなの。だから、鼻持ちならない上司の演技をするのはこのへんでやめてもらうわ。でないと、今すぐCDC局長に電話して、あなたが非協力的だったと報告することになるわよ」

長い間があった。目の前で見ているオットーは、尻を叩くしぐさから〈ハイドード－〉へとジェスチュアを変えた。黒スーツに赤タイ姿のいい大人のCIA局員がいかにもうれしそうな顔で馬に乗ってぐるぐるまわるふりをしているのは、なんとも可笑しい。マーガレットは苦笑をこらえきれなかった。

「わかった」とチェンがようやくいった。「で、どうすればいい？」

「今この場で、最近の臨床例を読みあげてもらいたいの。患者たちの証言のなかでとくに重要なのは、初めて症状が起こったのはいつかという点よ。だから、十年も症状に悩まされてからやっと診察にきたというような患者は、除外してかまわないわ」

「なるほど、初めて症状が起こったのはいつか、だな」とチェンは復唱したあと、コンピュータのキーボードを打つ音を響かせはじめた。「二週間前にデトロイトで一件発生してる。患者名はゲイリー・リーランド。かかりつけの医院を訪れ、右腕から繊維が生えてくると訴えた。それから……ミシガン州アナーバーで二件報告されてる。どちらもまだ一週間と経っていない。一人はキエト・グエン、ミシガン大教養学部の学生。もう一人は幼い少女ミッシー・ヘスターで、母親サマンサにつれられ、グエンと同じ医院で診察を受けた」

マーガレットはすごい勢いでメモをとっていた——あとでEメールで詳細を報告させるつもりではいるのだが。「その二人が診察を受けたのはいつ？　具体的にいって」

「グエンは七日前、ヘスターは六日前だ」

「ドクター・チェン、あなた自身はその患者たちと会ったの？」

「ああ、じつは会った。ミッシー・ヘスターはわたし自身も診察した。右手首から細い繊維質のものが突出していた。それを除去したあと全身を検査したが、ほかの部位には繊維はなかった。腫れ物や吹き出物なども一切なかった」

「それはいつのこと？」

「五日前だ。明るい女の子だった。じつをいうと、今日おそくなってからアナーバーに飛んで、もう一度診察するつもりでいる」

「その必要はないわ。ミッシー・ヘスターはわたしが診察するから」とマーガレットはいい放った。

「きみが？　モルジェロン病とはどう診ればいいのかをわかっているのか？」

「もちろんわかってるわ。どこをどう診ればいいか、逐一心得てるつもりよ。それで、グエンという学生のほうはどうなの？」

「その男の場合は、ちょっとわけありでね。じつは困ってる」

「なにかあった？」

「会えるかどうか都合を訊こうと思って電話したんだが、わたしがＣＤＣの者だと名乗ったとたんに、なんといったかな……そうだ、ちょっと待て、ここにメモが……そう、これだ。『もしきさまがおれにクソづらを見せやがったら、股のあいだのいちもつを切りとって口のなかにつっこんでやるぞ。きさまだけじゃない、ほかのだれがきても同じことだ。わかったな！』とまくしたてて電話を切った。もういうまでもないだろうが、問診するつもりだった患者のリストのいちばん下に移さざるをえなかった」

「ほかの症例は？」

「過去半年のあいだでいえば、ほかにはない」

「じゃ、今の三件の詳細をEメールで送ってちょうだい——今すぐに。それから、グエンとヘスターの住所はわかるかしら？」

「いっただろう、データはすべて保管してるさ」

「ありがとう、ドクター・チェン。非常に協力的で助かったわ」そういって電話を切ると、つぎはただちにマレー・ロングワースに連絡をとった。

33　ドライヴ&ドリンク

すべての景色が見えなくなるほどに降りしきる雪のように、死への恐怖がペリーの乗る車のまわり一面に渦巻いているかのようだ。ワシュテノー通りを大学病院へと向かって一斉に走っているところだ。

ミシガン大学医療センターは世界で最もすぐれた病院のひとつだといわれている。多くの革新的研究、最先端の新技術、最優秀の医師……診てもらうならここのほかにないというほどの病院だ。だがそこにも結局のところ疑問符がつく。

病院なんて所詮、本当の役には立たないものだ。そもそも医者になにができる？ただああだこうだと専門的なごたくを並べるだけだ。それでも人は家にじっとしているよりは、体の調子が悪い原因がちょっとでもわかればと思って病院にいく。医者はきっとあれこれ検査をしたあげく、これは新種の病気だと結論づけるだろう。彼らが病気についてわかることなど、ローマ法王が裏物のアダルト・ビデオについて知っていること程度の知識でしかないのだが、それでもやつらはなんでもわかっているふりをする。医者なんてそんなものだ、いつだって利口ぶってるだけだ。やつらは一瞬だって他人に負けたくない連中の集まりなのだから。

速度を落とし、右へ折れてオブザーヴァトリー通りに入ろうとしたところで、その手前で雪道をのろのろと横切る歩行者の群れを待たねばならなかった。大学が近づいてきたせいで、往来にミシガン大の学生が増えてきたためだ。彼らは自動車に対して冷淡な態度をとることで悪名高い。車の量の多い通りでも平気で横断してくるし、しかもそれをわざとゆっくりやる。若いから不死身だとでも思っているのか、それとも自分たちと見れば車は必ず止まってくれるとでも思っているのか。大学生という種族は突然の不本意な死になど見舞われないものだと思いこんででもいるみたいだ。

「おまえらにもいつかその日がくるんだぞ」止まっている車の前をバックパッキング姿でわたっていく若者たちに、ペリーはそっと教えてやる。「おれの〈その日〉はもうそこまできてるんだからな」

やっとオブザーヴァトリー通りに入ると、めざす病院までもうあと数ブロックと迫った。

まだ職場に電話していなかったことに不意に気づいた。だが今さら連絡をとってなんになる？　これまで三年間一度も遅刻することなく、ずっと骨身を惜しまず会社のためにがんばってきた。それでもクビになるというなら、今さら電話したぐらいでなにも変わりはしないだろう。

「もうどうとでもなれだ」と独りごちた。まもなくこんなニュースが流れて、同僚たちに知られることになるかもしれない――「ミシガン州の男性が新しい伝染病で死亡、主治医は自分の名前にちなんで病名をつけ、全米を講演にまわって荒稼ぎしましたとさ。以上、十一時のニュースでした」

ゲデス通りとの交差点の赤信号で車を止めた。ここを右へ折れて少しいくと医療センター前西通りに出る。気まぐれな風に綿雪が舞う。ふわふわとあるいはぐるぐると。あるいは見えないローラーコースターに乗ったみたいにつむじを描いて。頭のなかはヤケクソな気分でいっぱいだ――脳味噌そのものよりもっとキツキツなほどに。まわりを走るほかの車にはみんな健康な人々が乗っている。ペリーの体をめちゃくちゃにしてる病気のことになんてだれも気づいていない。健康なくそったれどもめ。

だが……本当に健康か？　同じおかしな症状を起こしてはいないとどうしてわかる？　みんなしらっとした顔で車に乗ってるが、やつらだってほんとは体が痒くて仕方ないのかもしれないじゃないか。爪に血がくっつくほどボリボリと引っ掻きたいのかもしれない。まわりの人間が健康なのか、それともなにかに感染してるのかなんて、だれにもわかりはしないのだから。

そう考えたとき、不意に気づいた――ということはつまり、この病気に罹ったのはおれが最初じゃない可能性が非常に高いってことじゃないか？　もしそうなら、あるゾッとする疑問が浮かびあがってくる——どうして今までこの病気のことがまったく耳に入ってこなかったんだ？

後ろでクラクションが鳴り、物思いからわれに返った。信号が青になっていた。鼓動が高まっている。頭のなかは奇怪な疑問でいっぱいだ。交差点を通り抜け、車を路側に寄せた。右手には雪におおわれた墓地が広がる。偶然にしてはできすぎなタイミングだ。後ろでは往来の騒音が聞こえる。人々がそれぞれ仕事のために忙しくゆき交う——健康か不健康かはともかく。手が震えだすのを止めるためだろう、われ知らずハンドルを強く握りしめていた。

どうしてこれまで噂すら聞いたことがないのか？

ペリーの皮膚の下には今、青い三角形のなにかが侵入しているのだ。病気にしてはあまりに異常だ。こんな奇妙な症状、今までにも例があったならメディアが放っておくはずがない。当然とっくに報道されていてしかるべきだ。それとも……この病気に罹った人々はみんな、ひとたび病院に入ったなら二度と出てこられなかったということか？

車のなかにじっとしたまま、フロント・ガラスの前に建つ酒販店を呆然と眺める。冷たい外気が車内に侵入し、エアコンの熱を追いやる。もし病院の医者どもがこの病気の患者の到来を待っていたらどうする？　きっと治療なんかそっちのけで、この三角形の腫れ物の研究に夢中になるだろう。そして患者は囚人みたいな病室に閉じこめられたまま、死ぬまでただ検査されつづけるだけになる。ひょっとしたら、実験動物みたいに解剖したきりあとは死ぬにまかせるんじゃないか？

そうだ、今までこの病気の噂すら聞いたことがないのも、そう考えれば説明がつく。これはやはりただの病気じゃない。これに罹った患者はナチの収容所に監禁された囚人と同じで、この三角の腫れ物は囚人服に刺繍されたダビデの星と同様に死の運命を意味するものなのだ。

だがもし病院にいかないとしたら、どうすればいい？　自分でなにができる？

恐怖がゆっくりと意識に鉤爪をのばし、息が止まるほどに絞めつけてきた。そこに皮膚を咬む寒さが加勢し、ペリーの巨体を震えあがらせた。

「アルコールを飲まなきゃ」そうつぶやいていた。「それからもう一度よく考えなきゃ」

Uターンし、そのまま引き返していった。途中〈ワシュテノー・パーティー・ストア〉の前で止まった。公衆電話にはだれもいない——そう見とどけると急いで店に入り、だれとも口を利かずだれの顔も見ず、ただ要るものをさっさと買いこむとすぐにその場をあとにした。

34 動く標的（ターキー・シュート）

　ペリーはワイルド・ターキーのボトルを二本持って、やっとこすっとこアパートの部屋に戻ってきた。ボトルの一本はまだ口を切っていないが、もう一本はすでに半分飲んでいた。街の喧騒を離れて十五階まで昇りつめたペリーの体からは、危険な位置エネルギーが放たれている。

　今夜は金曜日、しかも今は宵の口（パーティー・タイム）だ。

　ボトルを台所のテーブルにそっと置くと、ふらふらと浴室に入った。浴室の床には乾いたゲロと血がこびりついたままだ。バスタブには十センチばかり水が残っていて、澱（よど）んだ池の水みたいに濁っている。ときおりシャワー口からポタリと雫が滴（た）れて水面を乱す。排水口に引っかかって水を止めているのは、例の分厚いオレンジ色の皮膚片だ。その細かいかけらが石鹸の滓（かす）と一緒に水面に浮いている。汚らわしい皮膚片のわきからわずかずつ水が配水管の下方へと滴れていく音が聞こえる。

　シャワーを浴びていたときには、そんなものが引っかかっていることになど、まるで気づかなかった。なぜだか、皮膚片が自力で排水溝の奥から這いあがってきたんじゃないかというような気さえする。片手でそっと鎖骨に触れてみる。そこにある固い三角形の盛りあがりを指先でなぞる。前よりいっそうせりあがってきたようだ。触れると三角形の辺の縁をより鋭く感じる。表面の青色もわずかに濃くなったようだ――とはいえまだかすかな色合いではあるが、ちょうど少し色が薄らいだ刺青(タトゥー)のようにかえって明瞭になった感がある。

台所に戻ると、ナイフ立てからナイフとフォークをとった。さらに、太い柄と分厚い刃を持つ肉切り鋏にまたも目を向けた。ひょっとしたらまもなく死ぬはめになるかもしれないのに、まだこの世でやっていないことが多くありすぎる。ドイツに旅行する夢も果たしていないし、深海にもぐって魚を獲る冒険もやっていないし、アラモをはじめとする植民地時代のアメリカの名所旧跡もまわっていない。なによりまだ結婚さえしていないのだ。当然子供もいない。

だが悪いことばかりでもない。けっこうそれなりの達成感はある。一族のなかで初めて大学まで進んだし、ディビジョン・ワンでプレーするという栄誉を手にし、ESPNでも採りあげられ、ミシガン・ウルヴァリンズのメンバーとしてビッグ・ハウス・スタジアムで十一万人の大歓声に包まれ、子供のころからの夢をかなえもした。だがそれらの全部にも増して、すぐ腕力にものをいわせる父に踏みつぶされずに生きのびられたことが幸いだった。悪環境をしのぎ、負の遺産をも乗り越えて、人に羨まれる地位にまで這いあがったことは自分でもえらいというしかない。

だがそれがなんになる？　今はもうすべて無に帰した。それこそが問題なのだ。

椅子にかけ、テーブルにナイフを置く。そうしておいて、半分空けたワイルド・ターキーのボトルをまたぐいと長く呷る。味はひどいし喉が焼けるほどキツいが、脳はもうそんなことすら気にしていない。ついに全部を口に注ぎこんだ、水みたいにたやすく。すでにアルコールがうなりをあげていた脳は、飲みほしたときにはもうぐでんぐでんになっていた。まさに泥酔だ。

もう痛みも感じないだろう。

あまりの緊迫から涙がにじむ。泣くつもりなんてないのに。父は癌との苦闘のなかでも一度も泣かなかった。そんな男の息子がここで泣くわけにはいかない。

ワイルド・ターキーによる脳への仕打ちはその味にも増してひどかった。頭が痺れたようになって、爪先が千鳥足になった。思考力がにぶった。涙がにじみそうになるのを、数分のあいだじっと坐ってこらえた。アルコールが脳内を循環している。

ナイフをとりあげた。

刃は三十センチほどもの長さがある。わずかでも動かすたびに台所の天井の蛍光灯を反射してきらめく。これを使えば、鶏肉も牛肉もさしたる力も要らずすっぱりと雑作なく切れる。

人間の肉でも同じようによく切れるだろう。とくに脛の上あたりの皮膚の薄いところは。

やめろやめろ……

目が曇ってきて、かぶりを振った。今になって気づいた――この肉切りナイフで自分の体に切りこもうとしていることに。ワイルド・ターキーがすっかり体じゅうにまわっている。その体を今、自分の手で切りつけねばならない。自分の体ではないものがそこに巣食っているから。

やめろやめてくれ……

自分まで死ぬことになるかもしれないが、それでもこの三角形の腫れ物だけはなんとしてもとり除かねばならない。少なくとも、六つ残っているうちにひとつぐらいには一矢を報いてやる。そう考えると、思わず笑いが口をついて出た――一兵でも失えば、やつらは大幅な作戦変更を強いられるだろう。

ウイスキーを最後のひと滴れまで口に流しこんだ。熱いアルコールが喉を焼きながらくだっていく。空になったボトルをわきへ投げやると、ナイフの先端をジーンズに刺しこんだ。デニムの生地は最初かすかな抵抗を示したが、片方の脚を包むジーンズがわずか数秒のうちにズタズタに切られて、二枚の長い布片に分離して垂れさがり、裸の脚の全容が露出した。

その脚の膝から下の部分をテーブルの上にドンと載せた――まるで一家の夕食の席にどでかい肉鍋をドンと出すみたいに。テーブルの木の表面がふくらはぎに冷たい。アルコールが脳の奥で群れ飛ぶ蜂の羽音みたいににぶいうなりをあげている。やるべきことを早くやらないと、このまま泡を吹いて気を失ってしまうかもしれない。

勇気を奮い起こすときだ。

やめろ　やめろ　ころさないで　くれ……

二度深呼吸して体に力をこめた。バカなことをやろうとしているのはわかってる。だがやらなければ死が待っているだけだとしたら、バカなことかどうかなどいっていられない。フォークの先っちょで三角の腫れ物を突いた。前に見たときとなにも変わっていないようだ。

「きさまら、おれを殺す気だろう？」とペリーはつぶやいた。「そうはさせんぞ。おれがきさまらを殺してやる」

フォークをそのまま突き刺した――腫れ物をつぶさないように押さえつける程度の力で。三本のとがった鉄片が腫れ物の青みがかった表皮に深々と埋まった。

ナイフの刃を見ると、小さな錆が細かい点のように散っているのがわかった。こんなになっているとは今まで気づかずにいた。すると、このナイフにはほかにも気づかずにいたことがいろいろとあることまでわかってきた。たとえば木製の柄には小さい疵がいくつもあったり、あるいは銀の鋲がふたつ打ちこまれて柄と刃とを固定する役割をなしていたり、あるいはまた表面に木目が浮いていて、茶色い川のなかに永久に囚われの身となった小魚の群れのように見えていたりする。

自分でもそうと気づかないうちに、最初のひと切りを実行していた。長さ五センチほどの傷に、魅入られたように目を釘付けにしていた。熱い血がふくらはぎをつたって流れはじめ、白いリノリウムの床に赤い跡を描いていく。まず血のしたたる音が聞こえ、そのあと痛みを感じはじめた。鋭い痛みだが、どこかしら遠いような――いってみれば痛みはテレビの画面かなにかに映っているものでしかなくて、ペリー自身はソファに寝転がって心地いい毛布を体にかけ、片手に冷たいコーラを片手にはテレビのリモコンを持ってそれを眺めている、まるでそんな気分だ。

やめろ　ころさないで　くれ　おねがい　だ……

なんだか自動操縦に切り替えた飛行機にでも乗っているような気分で、そのとんでもない行為を上空から眺めながら飛びまわっているような感じだ。こんなにたくさん血が出るとは思わなかった。血は白い皮膚に映えながら片方の脚をおおっていき、三角の腫れ物の輪郭もよく見さだめられないほどになってきた。かまわずフォークをさらに強く押しつけておいて、ナイフの刃を皮膚に垂直に刺し、またもすばやく切った。さらに多量の血がテーブルにぶちまけられ、床へと流れ落ちた。こんどはさすがに痛みも遠い感じではなかった。歯を食いしばり、どうにか意識を保ちながら刃を進めた。

血はなぜか刃をつたって上へ這いあがり、手についてきた。下からはポタポタととめどなく床にしたたり落ちる音も聞こえてくる。

「きさまら、どうだ気分は?」ろれつがまわりづらくなっている。「これでもまだおれを殺せるか?　もう無理だな。きさまらのほうがおれに殺されるんだ。人をナメるとどうなるか思い知らせてやる」

もう一度意識を集中させて、視界の曇りを晴らし、つぎにやるべきことにすべてを賭けた。したたかに酔っているにもかかわらず、手は驚くほど安定していた。もはや一抹の迷いもない命知らずになっていた。

やめろ　おねがい　だ　ころさ　ないで　くれ……

不意に困惑が襲い、思わず顔をしかめた。頭の奥になにやらムズムズする感じがある。ちょうど眠りのなかに夢が侵入してきて安らぎを乱されるような気持ちだ。それを振り払おうと強くかぶりを振り、あらためて精神を集中させて目を凝らした――血にまみれたナイフとフォークに。二度めの切開により、三角の腫れ物は一辺のみを残して半分以上が切り離された――ドアが蝶番(ちょうつがい)を軸にしてあけ放たれるように。その最後の一辺の下にナイフをあて、刃をすべらせた――三角形をなして垂れさがるベーコンを切りとるようにして。

さむい　ころさないでくれ　さむい　さむ　い……

だがその実体を間近に目にすると、一瞬手の動きが止まった。パンクしたタイヤから空気が洩れるような低い声が口をついて出た。

「これはいったい……なんだ?」

これまでのあのすさまじい痒みの原因となってきた物体を、まじまじと見た。罠に囚われた獣のようにペリーを苦しめてきたものを――それどころか、明らかにペリーの命を奪おうとしているものを。青黒い三角形の肉片のまわりからは血がにじみ、溜まりをなしている。じくじくとにじみでる血をぬぐい、よりよく見えるようにした。

それは深い青色をしていて、ぬらぬらと濡れ光っているが、その物体の本当の色合いというよりも、血に濡れているせいであるようにも見える。三角形の表面は平らではなく、でこぼこと皺が寄り、ねじれよじれていて……より不気味に見えてきた。ちょうど木の根っこがきつく絡まりあって三角形に固まり、地面に露出してきた姿のような……あるいは寄り集まった何本もの鋼鉄のケーブルのゴツゴツした表面のようにも見える。

恐怖感へのあらがいのすえに、奇妙に冷静な観察眼が脳内に宿っていた。これは明らかに初めのころの腫れ物とはまったくちがうものだ。あのオレンジの皮に似たものからもすでにすっかり変わってしまっている。これはペリーの体から生まれてきたものではない。こんなものが人体から出てくるはずがない。だとすれば――いったいどこからきたんだ？

われ知らずうなり声を出していた。狂った獣のような吠え声が喉から絞りだされた。青い三角形の下辺にノォークをすべりこませた――もう前のようにそろそろとではなく。三本の鉄の針がペリー自身の剝き身の生肉をこすった。かつて感じたことがないほどの鋭い痛みが走った。

わかって　くれ　ころさないでくれ　ころ　すな……

圧倒的に強烈な痛みだ。だがそれすらも無視して、その苦痛の原因であるふくらはぎの物体に意識を集中させた。

苦痛のなかでも意気に燃えていた。

腫れ物の根の部分がフォークの歯に抵抗しているのが感じられた。そこでフォークをそろそろとつつきまわし、歯が根もとまで突き刺さるところがないか探した。まもなくある位置にくると、血に濡れたフォークの歯の先端が腫れ物の根の反対側にまで貫通して出てきた。

血におおわれたテーブルの表面はふくらはぎの下で冷たくねばついている。歯が刺しこまれたままのフォークを持ちあげてみた。腫れ物自体は意外にもたやすく持ちあげられた——が、それをつなぎとめている根の部分となると、たやすく切り離されることはなかった。それどころか、前よりもはるかに頑丈で粘り強くなっていた。これを引きちぎるには相当の力が要るだろう。

脚に痛みが走るとともに、顔から汗が噴きだす。耐えがたいほどにひどい痛みだが、この気味悪いものを自分の体からとり除くまでは耐えるしかない。全力でフォークを引っぱった——

ころ　すな　ころすな……

——が、根はちぎれようとしない。それでいて血はますますあふれだし、白いリノリウムの床にしたたり落ちて、きらめく溜まりをなしていく。

頭がゆらりと右へ傾いた。視界に黒い点々が現われはじめた。目をきつく閉じ、首を激しく振った。平衡感覚と視力をとり戻そうとして、すばやく目をしばたたいた。一瞬気を失いそうになった。そんなにたくさん出血しただろうか？　頭のなかがぐるぐるまわりだした。それがアルコールのせいかそれとも失血のためなのかわからない。もう体のコントロールを保てなくなってきている。

たのむ　やめてくれ　やめろ　やめろ　やめろ……

フォークをさらに深く突き刺した、三本の歯が全部根っこまで反対側から出るほどに。そうやって、空いていたほうの手で突きでた歯を押さえつけた。フォークをトレーニング用のカールバーのように持つ形になって、何度か急速にあげさげをくりかえした。太い二頭筋が期待に疼く。ひとつ大きく息を吸いこむと、思いきり引っぱった。

やめろ　やめろ　やめろ　やめろ　やめろ……

なにかがブツッという音がたしかに聞こえた。と同時に、核兵器が爆発したような激痛が患部のある脚を襲った。腫れ物の根がついにちぎれた。引きあげる力の歯止めがはずれて、ペリーの体は椅子の上から後ろへのけ反り、床に転げ落ちた。リノリウムにしたたかに体を打った。

したたり落ちるという程度だった血が今やほとばしりでるといえるほどになった。しかもふくらはぎの全体からあふれでている。視野に灰色の膜がかかってきた。

血を止めなきゃ！　こんな台所の床で死んじゃいられない……

床に坐りこんだ姿勢でTシャツを脱いだ。尻と脚の裏側が床の血でびしょ濡れだ。手をのばしてシャツを前に突きだし、ふくらはぎに巻きつけた。縦結びにしたシャツの両端を全力で引っぱる。口をついて出た短い叫びが狭い台所に響いた。

思わずのけ反って、上体まで床に倒れた。苦悶のあまり、体が硬直する。視野がまた灰色に染まった。力が弱っていく。

血の溜まる床に倒れたまま、せわしなく呼吸しつづけていた。

35 コミュニケーション不調

残った五つの病原体は、ある種の〈選挙〉を実施した。病原体は自分たちの体内深くに刻みこまれた本能の指令により、宿主の体のチロキシンとトリヨードチロニンの濃度を測定した。どちらも新陳代謝を促進するためのホルモンで、あらゆる脊椎動物が頸部に持っている甲状腺から産出される。血流中のそれらのホルモンの濃度を測ることにより、病原体は自分たちのなかのどのひとつが宿主の頸部にいちばん近い位置にあるかを割りだした。

より正確にいえば、五つのうちどれが最も脳に近いかを測定した。

その結果、宿主の背中――それも背骨の真上で、且つ肩甲骨のすぐ下――に位置する病原体が〈選挙〉の勝者となった。これにより、背中の病原体からある特化された新細胞の成長が促進された。それは一本の新たな細長い触手の形状を呈し、脊椎に沿って脳へと向かい生育していった――あたかも蛇が獲物に向かって忍びやかに這い進んでいくように。

脳にたどりつくと、触手は無数の細い糸状物へと分岐した——文字どおりミクロン単位の細さの触手群へと変化した。それらの触手群は脳内の収束帯と呼ばれる部分に侵入する。そこは脳内に集積された情報へのアクセス、もしくは情報と他の関連情報とのリンケージのためのいわば輻輳（ふくそう）機関の役割を果たす場所だ。またさらには視床・扁桃体・尾状核・視床下部・中隔・大脳皮質などの部位をも触手群は侵犯していく。その成長はきわめて迅速かつ組織的だ。

病原体の知力はいまだ途上ではあるものの、しかし着実に発展しつつある——つまり、考える力・自らを意識する力はまだ持ちはじめたばかりだ。言語は彼らをとり巻く環境に浮遊していて、それを適宜選択しては使用している段階だが、しかし宿主の脳内での成長に伴い、さらに多くの言語を急速に学びとっていくことはまちがいない。

彼らは今宿主の行動を止めねばならないときにきているが、しかしそのための意思伝達力はまだ弱い。つまり巧くコミュニケーションをとるための情報量がまだ充分ではないのだ。だがその状態もまもなく変化していき、宿主に耳を傾けさせるだけの力を持つことになる。

36　起きろ　腹減った

おきろ　おれたち　はら　へった……

リノリウムの床で目覚めるのがすっかり悪い癖になってしまったかのようだ。また頭が痛い。ただしこのたびの痛みは明らかにアルコールのせいだ。

台所の蛍光灯がまぶしい。蛍光灯をおおう透明なプラスチックのカバーの内側で蠅が飛びまわっているのが見える。少しでもより明るいところへと飛んでいくのだろうが、一瞬後には熱に焼かれて命を終えることになる。

脚も痛む。胃はゴロゴロ鳴る。うるさいほどだ。最初に頭によぎったのは（蠅を見たことは別にして）、ずいぶん長いあいだなにも食っていないということだ——もう三日になるだろうか。居間からも日の光は洩れてこない。ということは、夕方か夜なのだろう。

自分の脚を見おろすと、いつのまにか出血が止まっていた。止血のために巻きつけたTシャツは灰色から茶色に変わってネバつきゴワつき、マリリン・マンソンあたりが着たら似合いそうな柄の絞り染めになっていた。

台所の床も乾いた血糊におおわれている。白いリノリウムに焦げ茶色がこびりついている。三歳ぐらいの子供が雨をついて外で遊んで泥だらけになり、そのあと家のなかに跳びこんで床を転げまわったらこんな図になるだろうか。

脚の痛みはズキズキとにぶく響き、いかにも最近できたばかりの傷が癒えようとして苦闘している最中という感じだ。六つの腫れ物がこぞって活動を活発化させてくる気配はない。どの腫れ物からも痒みも痛みも感じられない。といって、これだけで気分がよくなるはずもない。やつらはまたいつ気勢をあげてくるか知れないのだ。

「六つの腫れ物?」ペリーの唇の端に暗い笑みが浮かんだ。「そうじゃないよな。さっきひとつやっつけたばかりじゃないか。もう六つじゃない――今からは五つだ」

あのとき使ったフォークを探した――あのふたつめのやつを引っぺがすのに役立ったフォークだ。あの青い腫れ物が今はどんなふうになっているか見たかった――母カンガルーの袋のなかに収まって乳を吸う子供カンガルーみたいにペリーのふくらはぎに食らいついていたあの化け物が、今はどんなざまを呈しているかを。

脚のその部分はズキズキと痛むだけではなくて、なんともいいようのない奇妙な感触が伴っていた。あの三角のやつめ、引っぺがされるときになにをやらかしていった?

まず床に腹這いになり、怪我をしている脚に体重がかかりすぎないようにと注意しながら、なんとか立ちあがった。いいほうの脚だけでぴょんぴょん跳ねてカウンターに近寄り、もたれかかった。フォークが落ちていないかと、あらためて床を見まわした。それは冷蔵庫のそばまですべっていっていた。

用心深く一歩跳ねて、もうひとつのカウンターにつかまった。それから身をかがめ、フォークを拾いあげた。

「おまえもさぞ痛かっただろうな、バケモノさんよ」と独りつぶやきながら、フォークにくっついたままの腫れ物をためつすがめつした。

フォークにがっちりと固着しているそれは、カサカサに乾燥して黒ずんだ海草がしっかりと巻きついてしまっているさまのようだ。もうかつての三角形の形状すら見きわめられず、生き物としての姿も機能も失った文字どおりのもぬけの殻のようだ。

だがいちばん強くペリーの目を惹き、われを忘れるほどに注視させたものは、そいつの姿そのものではなかった——新たな驚きと恐怖で彼を愕然とさせたものは、ほかでもないそいつの〈尾〉だった。

尾の部分もむろんカラカラに干からびてはいたが、ただその先端部がなんとも予期せざる形状を呈していた。先端が何本かに枝分かれし、しかもそのひとつひとつが大きくひん曲がって、鉤爪か牙を連想させる形になっているのだ。恐るおそるその部分に触れてみると――爪のひとつひとつがナイフの刃のように鋭くなっているのがわかった。そう、ペリーがまるで自傷癖でもあるみたいに自分のふくらはぎを切り刻んだ、あの肉切り用ナイフを思わせるほど鋭い。一部の爪は内側にひん曲がり、しかもそれらには裂け目や鱒割れができているのがうかがい知れた――どうやらペリーの脚の骨に絡みついていたものとおぼしい。だがほかの五本の爪は外側に曲がり、しかも、今は干からびている尾の〈頭部〉――すなわち腫れ物本体のほうへ向いて長く鋭くのびている。

「なんなんだ、これは?」また独りごちた。「こんなに外側へ曲がっていちゃ、骨に絡みつく役に立たないんじゃないか?」

激しい嫌悪感に口もとがゆがむのをこらえながらその部分をつぶさに見ると、すぐに〈目的〉がわかってきた。外側へ湾曲している鉤爪は、骨に絡みつく役割を負っているわけではなく、むしろ、腫れ物が宿主の体から除去されそうになったとき、周囲の肉を切り刻み、傷つける役目を果たすためのものなのだ!

ふくらはぎがひどい出血に見舞われたのはそのためだったのだ。その部分の肉に深くくいこんでいた長さ一センチほどの五本の鋭い鉤爪を無理やり引き抜いたためだ。

それがやつらの自衛策のメカニズムだ。宿主が腫れ物を除去しようとすると、その仕組みによって自動的に自分の体を傷つけてしまうことになる。そして一度それを思い知らされれば、つぎからはその体験がほかの腫れ物をとり除こうとするときの警告になるわけだ。

そうだ　これは　おどしだ……

もしまた同じことをしようとしたらどうなるか。今はたまたま脚だったから運がよかったが、もしこの不気味な鉤爪が大動脈にでも絡みついていたなら、宿主は命を落とすことになるだろう。

だから　にどと　やるな……

それでもなお思いきってやったとしたら、どうなる？　残りのやつらまで全部やっつけようとしたなら？　だが力のかぎりにやつらを引っこ抜こうとしてもかえって……

思わず何度か目をしばたたいた。頭のなかが空砲を鳴らしたように真っ白になった。たった今なにが起こったのか理解しようと努めた。

今たしかに声が聞こえた。耳の迷いか？　アルコールの抜けない頭のなかはいまだにあの自力による外科手術の記憶が渦巻いているが、そこになにかの声が混じっている気がするのだ。まさか、死ぬかもしれないというあまりの怖さのせいで、とうとう人格分裂でも起こしてしまったというのか？　ほんとに頭がどうかしちまってるってことか？　いよいよ、くるくるぱーになりかけてるってのか？

「狂いはじめてる。頭がバカになっちまったんだ。そうだ、それしか考えられない」

おまえは　くるってない　おれたち　くるわせちゃいない……

その声に、ペリーは凍りついた。タイミング悪く胃がゴロゴロ鳴るのも無視して、ゴクリと息を呑みこんだ。

声は〈おれたち〉といった。

複数だ。

つまり……

五つの腫れ物だ。

それ以上言葉にならなかった。一瞬なにも考えられなかった。

「くそったれめ」そう毒づくのがやっとだ。

くそったれめ　くそったれめ……

声がこだまする。いちだんとはっきり聞こえる——といっても、それは耳に聞こえてるわけじゃない。ただ頭のなかで響いてるだけだ。つまり——音声として認識してるんじゃない、ただ言葉が脳内に投じられるだけなのだ。

くそったれめ　はやく　くわせろ……

やはりやつらだ。あの五つの腫れ物どもだ。やつらが脳内で語りかけているんだ。そう思い知ると、われ知らずカウンターにぐらりと寄りかかってしまっていた、今にも床に倒れこみそうなほどに。本当にだれかに殴られたような衝撃だった。初めはただの腫れ物だったものが、いつしか三角形の化け物になり、こんどはそれが話しかけてくるとは——こちらからも応えてやるべきか？

〈やあ〉——とペリーは頭のなかでいってみた。だが反応はない。もう一度意識を集中させ、再度〈やあ〉——といった。できるかぎりの強い念をこめて。なおも無反応だ。

はやく　くわせろ　おれたち　はらへった……

なうるささで。

反応がひとつ、頭のなかで鳴り響いた――元日のローズ・ボウル戦の大歓声みたい

「食わせろだと？」

そうだ　くわせろ　はらへった……

やつらが答えてきた。ペリーは目を細め、もう一度強く念をこめた。〈こんどはどうして返事したんだ？〉心を澄まして待ったが、またもなかなか返事がない。〈答えろ！〉

胃がまたゴロゴロと音を立てた。文字どおり腹の底からの響きだ。頭のなかで声が聞こえるという一大事にショックを受けているさなかでいながら、体内を蝕まれるかのようなこの空腹感だけは無視できない。

「腹が減ってるのはおれも同じだ」と、また声に出してつぶやいた。

おれたちもだ　くわせろ　はらへった……

不意に事態を理解できた気がして、思わず顔をあげた。「おれの声が聞こえるか？」

きこえる　おまえのこえ　きこえるぞ……

「おまえらはおれの頭のなかで話しかけてはくるが、おれが頭のなかでどれだけ強く思っても、おまえらには伝わらないってことだな？」

おれたちは　おまえの　しんけいで　ことばを　つたえる
おまえの　ことばは　しんけいから　つたわってこない
とにかく　はらへった……

ペリーの口からつい洩れたのは、笑いとも叫びともなにかの言葉のいいそこないともつかない音だった。絶望感と可笑しさの混じった、病的にゆがんだわめき声だ。南北戦争時代のアンダースンヴィル捕虜収容所やナチス・ドイツのブーヘンヴァルト強制収容所など、すべての希望を奪われた人々が閉じこめられていた人類史上最悪の場所で響きわたった悲鳴も、きっとこんなわめき声だったにちがいない。
涙があふれそうになるのをこらえた――その涙さえ、どういう感情から湧きでてくるのかわけがわからない。胸が締めつけられるようだ。怪我していないほうの脚にすら力が入らない。またも台所のカウンターにもたれかかった。顔をうつむけ、視線は床へ落ちているが、もうなにも見えてはいない。

くわせろ　はらへった　くわせろ……

脳内に響く声が大きくなってきた――さながら胃のうなりに比例するように。そう気づくと、空腹のあまりか急に腹にさしこみが走って、憂鬱な物思いからわれに返った。もう何日も食い物らしいものを口に入れていない。ひどい渇望感はかすかなむかつきすら覚えさせるほどだ。

くそったれめ　くわせろ　おれたちはらへった……

頭のなかの声（この言葉をまじめな意味合いで使うのはなんとも奇妙だ、そもそもはお笑い番組のコントか三流のホラー小説あたりで使うのがふさわしい言葉だから。

なのに今は文字どおりの意味で使っている）はついには文章を構成することすらやめて、まるで呪文のようなただのくりかえしになってきた。

くわせろ　くわせろ　くわせろくわせろくわせろ……

ペリーは足を引きずって冷蔵庫に近寄り、なかを覗いた。少しだけ中身の残っているツナ缶、ほとんど空になったカントリー・クロック・マーガリン、まだかなり満杯の瓶詰めハーシー・チョコレート・シロップ、かすかに臭いはじめているスマッカーズの苺ジャム、それと——選ぶとしたらこれしかないだろう——まだ封を切っていないラグーのスパゲッティ・ソース。

スパゲッティ・ソースの瓶をとりだしたあと、戸棚にパスタが残っていないか探した。ついていないことに全然なかった。見つかったのはフード・クラブのピラフが少しと、半分ほど使ったコスト・カッターの白米ライスの残りと、あとはキャンベルのポーク&ビーンズの缶詰がひとつと食パン半斤と、それにバター味のクリスコ・ショートニングの一キロ缶があるだけだった。必需品の買い物をしないですごしたことに今ごろになって気づくとは。

だがまあ、腹になにか詰めこむのには間に合いそうだ——今はとにかく、ゴキブリのチョコレートがけでさえたやすく食えるほど腹が減っているのだから。まずパンをスライスして、その二枚をトースターにつっこみ、一枚を唾の湧いている口のなかに捻じこんだ。それからポーク&ビーンズの缶詰をあけ、匂いを嗅いだ。

そうだ　いいぞ　いいぞ　いいぞいいぞいいぞ……

缶詰の中身を鉢にあけ、電子レンジへ。口に詰めこんだパンを嚙み終えると、すぐにもう一枚をパクついた――トースターに入れた二枚がまだ焼きあがらないうちに。それらがやっと焼けると、すぐまたつぎの二枚をトースターに入れた。

まもなく電子レンジのチャイムが鳴り、熱く煮こぼれるポーク&ビーンズの鉢をとりだした。それを焼けたトーストと一緒にテーブルに運ぶ。テーブルは血だらけのままだ。ペリー自身の血だ。仕方なく、カウンターで立ち食いすることにした。食器棚に背をもたせかけると、フォークを鉢につっこみ、まだ舌が焼けそうに熱いポーク&ビーンズを口に放りこんでいった。

この数日間というもの、トースト一枚と卵の黄身以外はまったくなにも腹に入れていなかった。ひさしぶりの本格的な食事を、ペリーの体は熱烈に歓迎した。これまでに味わったことがないほどの旨さだ――牛肉のステーキよりも、漁れたての伊勢海老よりも、釣りたての鱒よりも、今はこのポークの美味がたまらない。

鉢いっぱいの煮物とパンを全部胃に流しこむと、ようやく自分をとり戻せた気分になれた。とりあえず空腹を満たせたおかげで、今まで気づかずにきたあることに頭が働いた。すなわち、食事をしているあいだは五つの腫れ物どもがまったく話しかけてこなかったことだ。

「おい、おまえら」と声に出した。自分の体にできた腫れ物と会話をすることほどシュールな体験が世の中にあるだろうか？　だが〈彼ら〉はたしかに宿主の神経を通じてコミュニケーションをとってくるのだ。

「おまえら、そこにいるのか？」

いるよ　おれたちは　ここに　いる……

心なしか声が落ちついているようだ。少なくとも空腹を訴えていたときよりはずっとリラックスしている感じだ。

「なんで話さなくなったんだ？」事実、ペリーは彼らと話したかった。ひとつには、この信じがたい自体の真相を少しでも知りたいからだ。もうひとつの理由は、これまでの経緯からして、なにも話しかけずに黙っているときこそ、彼らが成長を遂げる時間なのではないかと疑われるからだ。

まってろ　いま　めしを　くってる　ところだ……

そのせりふはペリーを身震いさせた。ただちに状況が理解できた。この化け物どもは、いわばサナダムシのたぐいに似た寄生生物なのだ。宿主が消化した栄養分を横どりして吸収している。体に巣食った腫れ物が生きているということ自体驚きなのに、それがまるで吸血鬼のようなやつらだったというのはもっとゾッとさせることだ。

やつらは宿主の筋肉や体組織や骨格に絡みついたうえで、おそらく血管に口をつっこみ、仔牛が母牛の乳を吸うようにして養分を搾取しているのにちがいない。そうとわかると、身のうちに怒りが湧き起こってきた——溶岩のように熱くたぎる怒りが。

彼らは宿主がなにかを食さなければ栄養補給ができない。それはつまり、彼らは宿主の体そのものを齧ったりするわけではないということでもある。これはいい情報じゃないか？　体を内側から食われる心配はないのだから。だがよくない面もある——宿主がポーク&ビーンズなどの栄養のあるものを食えば食うほど、やつらは体内でますます急速に成長していくことになるからだ。ペリーは体が荒らされているのを感じた。いってみれば、生化学的なレイプを受けているようなものだ。

そう考えると、体のあちらこちらの痛みがより強く意識されてきた。頭もまた痛みだした。脚も相変わらず痛い。胃はむかつきがつづいている。瞼は閉じがちだ。早くベッドにもぐりこんで、なにもかも忘れてしまいたい――あとはもうどうとでもなれだ。

片足を引きずりながらどうにかソファまでたどりつき、柔らかなクッションの上に体を投げだした。ソファは体を愛撫し、ストレスを吸収してくれるかのようだ――吸収したらいっそソファの下まで、地面の下にまで押し流してほしい。眠っているうちに死ぬかもしれないが、訪れる眠りはもう止められない。

37　大型掃除機でかたづけろ

フィリップスはその臭いを嗅ぎとった。

まちがいようのない、忘れようのない臭いだ。

すなわち死の臭いだ。

風に乗り、ほんのかすかにただよってくる。今はまだ朝の早い時間帯だから、だれにも気づかれていないが、あと一、二時間もすれば隣人たちもこの臭いを嗅ぎつけるにちがいないと、長年の経験から察せられた。

「司令、こちらフィリップス。グエンの家から明らかに腐乱死体と思われる異臭がしてる。これから突入し確認する」

「了解。突入には警戒をゆるめるな。援護隊は出動準備できている」

フィリップスは除雪されていない歩道を歩きはじめた。塩の結晶が混ざる雪の上を踏みしめていく。ここはミシガン州、アナーバー。この町には四万人近いミシガン大学の学生がいて、その多くが民間の住み古された大きな家々に寄宿して暮らす——この家もまさにそのひとつだ。一九五〇年代にはこうした家にひと世帯で住むことが成功した中流家庭のステータスとされ、自分たち自身子供を二、三人持つ夫婦が、五、六人あるいはそれ以上の数の学生たちをふた部屋程度の場所に詰めこんで同居させるのがつねだった――ビールの匂いの充満する下宿部屋に。

今、目の前の家のなかから物音は聞こえてこない。ミシガン大はちょうど冬期休暇がはじまったところ――ほんの二日前に秋季学期が終わったところ――だが、左右の隣家からはまだ学生たちの声やテレビの音が聞こえている。テレビではバスケット・ボールの試合をやっていて、学生たちはそれを観ながら、酔いにまかせて歓声をあげたり応援歌を唄ったりしているようだ。だがそれらの家々に挟まれたこの家だけは、なんの音もしない。

玄関のドアノブに手をかけた。ロックされている。窓からなかを覗こうとするが、内側からベニヤ板が打ちつけられていてなにも見えない。どうやらどの窓も同じらしい。

家のまわりを全部見るのは気が進まない。疲れるだけだ。玄関の前に立ち、四五口径を抜いた。一歩さがり、ドアを蹴りつける。さらに二度。やっとあけ放たれた。

悪臭が悪魔の息のように流れでてきた。

フィリップスは息を止め、家のなかに入った。

「ジーザス（なんてことだ）」日ごろ無宗教のフィリップスだが、それ以外の毒づきは思いつかなかった。

「フィリップス、こちら司令。大丈夫か？」

「ああ大丈夫だ、どうにかな」小型マイクはあらゆる音声を拾うのだ。「援護隊を三班ともただちに出動させろ。ただし音を立てるな。銃撃で二人死んでる。目標はまだなかにいる。運搬車をよこせ。遺体はまだ増えるはずだ」

居間だけでふくれあがった死体が三体あった。皮膚が緑色に変わり、腹がふくれ、まわりには蠅が群れ飛んでいるが、三体とも頭を撃たれていることはなんとか認められた。全員両手両足を縛られている。私刑だ。死後三、四日は経っている――大学の終業日の一日か二日前ごろだ。寄宿学生のほとんどは実家に帰ったあとのはずだから、犠牲になったのはこの家の子供たちだろう。

「どこにいるんだ？　いるのはわかってるぞ！」フィリップスはどなった。口にするのも――考えることすら――はばかられることだが、これをやったのはヴェトナム系の若者グエンであるにちがいない。かつてフィリップス自身がヴェトナムのジャングルで殺した者たちと同じ年ごろだ。今この男は彼の過去の戦意を呼び覚ました。

後ろから、P90で武装した援護隊員四人が入ってきた。防護服のせいで嵩張る容姿をしているが、静寂は守っている。フィリップスは一階の各部屋を捜索するようしぐさで指示した。つぎに入ってきた班の四人は地下室に赴かせた。最後の三班めは自分と一緒に上階にあがらせた。家のなかはどこも死んだように静かで、左右の隣家からのバスケット・ボール中継の音がかすかに聞こえてくるだけだ。歓声の大きさからして、ちょうどウルルヴァリンズが強烈なダンク・シュートを決めたところだとわかる。

防護服の四人を引きつれ、きしむ階段をあがっていく。この二階のどこかに、疫病に感染して気の狂った男がひそんでいる。マーティン・ブルーベイカーと同様だが、ただしこの男は銃を持っている。

「こちらクーパー」耳もとの受信機に声が響いた。「一階でもう一体発見しました」

また戦意に火が点く。

二階に着いたフィリップスは各部屋をまわって確認した。拳銃をかまえ、いつでも撃てるようにしている。どの部屋も雑然としていて、いかにも学生の下宿部屋らしい安っぽい飾りにあふれている。金持ちの学生を泊める家ではなさそうだ。ここに泊まっている者たちは——泊まっていた者たちというべきか——みんなアルバイトをしながら大学に通っていたはずだ。それでもどの部屋にもパソコンが置いてある。ただしどのパソコンもモニター画面の真ん中に弾痕があった。

いうまでもなく、答えは最後の部屋にある——知りたくもない答えではあるが。

そこで見つけたものは、椅子に縛りつけられたふくれあがった死体ひとつだった。

だがその死体には両手両足がなく、おまけに頭は半分が欠けていて、頭蓋骨からはハンマーが一本、なにかの把手でもあるように突きだしていた。脳が好物なのか蠅がいっぱいに群がっている。

もうひとつ、ほとんど骨だけと化した死体が——ただし真っ黒な汚液にまみれている——床に倒れていた。その下の緑色の絨毯にも黒い汚液が染みている。

こりゃ大型掃除機が要るな——とフィリップスは一瞬思ったが、そんな不謹慎なことをつい考えてしまう状況のひどさにはあきれるばかりだ。

黒い骸骨の下に二二口径ライフルがあった。骸骨には左目の真後ろに弾痕らしい孔がある。自分で目を撃ち抜いて果てたもののようだ。

すばやく室内を見まわす。銃弾が奥の壁に突き刺さっているのを見つけ、かぶりを振った。この疫病に感染した犠牲者たちは——こういう殺人犯を犠牲者と呼ぶのはためらわれるが——本当に深刻な狂気に冒されてしまうようだ。

「こちらフィリップス。目標は見つけたが、とうに死んでる。ただちに現場保全だ。それがすみしだいドクター・モントーヤを呼ぶ。援護隊一班は正面に防護服四人を集めろ。玄関に二人、裏手に二人まわせ。許可なく人を入れないようにするんだ。二班は現場の調べだ。すべて写真に撮って、すぐ現像にまわせ。モントーヤが着いたら、まず現場をじっくり見せたあと、写真をわたす。それから大学に連絡して、死んだ学生たちの顔写真を用意させろ。それもモントーヤに見せて遺体と比較させる。以上だ、すぐかかれ。近隣住民にはまだ知らせるな。死人の多さにパニックになる惧れがある」

ここでもまた生きた患者を捕獲できなかった。ドクター・チェンから借りた資料にもとづいてクラレンス・オットーとマーガレット・モントーヤがもう一人の患者にあたっているはずなので、そちらでの成果に期待するしかない。これほどひどい結果にはならないだろう——こっちは大量殺人事件になってしまったが、向こうは一週間ほど前に七歳の少女の体から繊維のようなものが出たというだけのことらしいから。

願わくばその少女から大きな手がかりが得られてほしいものだ。

せめてこんな悲惨な事態にだけはならないでほしい。

死者がいちどに六人も出ては、もうＳＡＲＳだという説明ではとても押し通せない。七十歳の老婦人が自分の息子を殺したり、頭のおかしくなった男が家族を皆殺しにしたりというだけでも世間の疑惑を呼ぶのに充分すぎるというのに、学生が一挙に六人も殺されたとあっては……パニックは避けられない。ただちに隠蔽策をとらなければ、全米のテレビ局の取材カメラが群がることになるだろう。

ただしこのたびの危機的事態のなかで唯一幸いなのは、合衆国大統領その人が直接かかわっていることだ。いざとなれば大統領閣下に大鉈を揮（ふる）ってもらわねばならない。

そう思うが早いか、フィリップスはすぐに必要な措置にとりかかった――携帯電話をとりだし、マレー・ロングワースに連絡をとった。

38 カウチ・ポテト・ホラー

死んだように眠っていたペリーだが、ズキズキする脚の痛みで目覚めを余儀なくされた。それはちょうど呼吸二回分ぐらいのリズムの拍動で、心臓の鼓動よりわずかに遅い感じだ。

今、自分の身になにが起こっているのか、彼はまだ気づいていなかった——左脚の皮膚の下でどんな災厄が見舞おうとしているか、まだわかってはいなかった。すなわち、三角形の腫れ物の〈尾〉にそなわる鋭い鉤爪によってアキレス腱が断裂し、役に立たない肉片と化していることになど気づくよしもなかった。

ペリーがわかっているのは、ただその部分が痛むということだけだ。それもひどい痛みだ。ズキズキ、ドクドクと疼く。なにか痛み止めの薬を服まずにはいられない。ソファの上で起きあがり、足をそっとずらして床につこうとするだけで、うめき声が洩れるほど痛い。それほどの体の苦痛があるときなのに、頭のほうはなぜか逆にあまり痛まなくなっていた。だが自分の体内になにかしら不気味なものがひそんでいることに気づいてしまっている今、多少の痛みの差など気分の好転にはまったくつながらない。しかもその〈なにものか〉はこちらの命までとろうとしているのだ。いったいなにが〈やつら〉の狙いだ？

そもそもどこからきたんだ？　こんな奇妙な病原菌の話など聞いたこともない。人間の頭のなかで〈話〉をする病原体なんて——ということは、そいつらは知性を持っているという意味でもある。これはもう新種の生物とでも考えるしかない。たとえば、政府機関がなにかのよからぬ計画のもとに極秘に開発した生命体とか。だとしたら、感染者はモルモットにされたも同然だ——そんなあらゆる可能性が頭のなかにあふれはじめた。そのなかからなんとしても答えを見つけねばならない。

「おい、おまえら」ペリーは声を洩らした。「そこにいるのか？」

いるよ　おれたち　ここにいる……

「おまえら、おれのなにが望みだ？」

返事がない——と思ったら、脳内できしむようなノイズを感じた。電子音のようなかすかな響きだ。そこに意識を集中させた……それはラジオのチューニングのつまみをすばやくまわしたときのようなノイズで、音楽と人の声と無意味な音とが混じりあって聴き分けられない音声になっているといった感じだ。

濁った音、まさにノイズだ。

なおも返事を待つ——やつらはいったいなにをいいだすつもりか。

おまえ　なにを　いってる……

聞こえてきたのは単調な声だった。短くて、端的だ。抑揚がない。音調の変わらない音節の群れが、理解を拒むほどにすばやく吐きだされるというふうだ。それは妙にコミカルで、安っぽいSF映画に出てくる異星人の声を思わせる——使い古された例の陳腐なせりふをいうときの声だ——〈地球人ヨ、無駄ナ抵抗ハヤメロ、キミタチハ終ワリダ〉とかなんとか。

「おれがなにをいってるのか、よくわかってるはずだ」ペリーはいらだちがつのってきた。やつらめ、人の体に巣食っていながら、とぼけたふりをしやがって。また沈黙があってから、またノイズめいた声が聞こえた。いちだんと濁った音だ。

おまえ　なにを　いってる……

ひょっとすると、彼らに知性があると思ったのは買いかぶりだったのかもしれない。わからないといっているのはべつにとぼけているわけではなくて、本当に理解力が劣っているんじゃないか。

「おれがいってるのは、この体のなかでなにをするつもりだってことだ」いいながら、ソファの肘掛に体重をかけて体を起こしていった。間があったのち、またきしむような声。

おれたち　わからない……

ペリーはソファに坐ったまま大きく身を乗りだした。頭が前へ傾くので、ブロンドの髪が顔にかかる。足の疼きが頭のなかにまで響き、その痛みに思わず顔をふたたび反り返らせた。

「わからんだと？　どういうことだ？」

沈黙。

そしてまたノイズ。

くそったれどもめ。わかってるぞ、答えは必ずあるはずだ。やつらがおれの体に巣食ってるのは――そして体のなかで毒キノコみたいに成長しつづけてるのは――絶対になにかしら理由があってのことだ。

さらに返答を待った。濁ったノイズにさらに鋭く耳を傾けた。それはときおり言葉らしきものを形作るが、あまりに速くてよく聴きとれない。時速百キロで車を飛ばしながら路肩の石のひとつひとつを見きわめようとするようなもので、一瞬見えたように思っても個別の特徴をつかむことができない。あるいは彼ら自身、あてはまる正しい言葉を探しているのかもしれない。自分たちのとぼしい語彙を補うために……

おれたち　わからない……

補うために……

わからない　おれたち　なぜ　ここに　いるのか……

……そのために宿主の脳内から言葉を探しているのだ。

やつらはこの体に巣食ってるだけじゃない、おれの脳にまで手をのばしてる。人の脳をコンピュータ代わりにいじくって、データを漁っているんだ。

「そのためにおれを利用してるのか？」ペリーはわめいた。「人の脳をデータベース代わりにしてるってわけか？」言葉を吐くごとに、怒りで体が震えた。

沈黙。

ノイズ。

ソファに釘付けにされたまま、いらだちに震えた。なにをすることもできず、なんの手立てを講じることもできない――腫れ物どもが答えを探しているあいだは。ついには声帯が痛いほどのどなり声をあげた。「きさまら、おれの頭のなかでなにをやってるんだ？」

おまえと　はなす　ための　ことば　さがしてる……

ズキズキ疼いていた足首に、突然激痛が走った。意識はすべてふたたび足の傷へと引き戻された。また鎮痛剤が要る。深く息をついて体勢を立てなおすと、恐るおそる足を引きずって台所へと向かった。

いいほうの足は床をしっかりと踏みしめられるが、その動き自体が悪いほうの足に響く。一歩ごとに新たな痛みがまぶしい閃光を放ち、体のあらゆる部分に共有される。痛みを超えてがんばれ――。痛みはたしかにひどいが、それを予測できるようになったため、自分のなかである程度のコントロールができるようになった。痛みを意識から締めだすのだ。それだけのタフさが自分にはある。八歩を費やしてようやく台所のカウンターまでたどりついたときには、歯をきつく食いしばるあまり顎の筋肉が焼けるように痺れていた。

呼吸を整え、頭を切り替えて、筋肉質な脚を見おろした――ジーンズは二枚の長い布切れになって垂れさがったままだ。その下の皮膚には乾いた血がこびりつき、それが剥げ落ちたり、あるいは赤茶色のフケみたいになって、金色の足の毛にまとわりついていたりする。だいじな勤め口をだいなしにしてしまったが、いまさらそれがどうした？　どの道、もうじき死ぬんだから。

電子レンジの上から鎮痛剤の小瓶を手にとり、二錠を振りだした。シンクの蛇口から水道水を汲み、一緒に嚥みくだした。それからまたソファまで足を引きずって戻り、ゆっくりと坐った――痛みに顔をしかめながら。

勤めといえば、いまだ職場に電話していなかったことを思いだした。今日はいつだ、土曜日か？　何日経ったのかもわからない。どれほどの時間眠りつづけたかさえピンとこなくなっている。

不意にあることが閃いた。そもそもいったいどこでこの病気に感染したんだ？　ひょっとすると職場かもしれない。いずれにせよ、最初は目立たずはじまったはずだ。

空気感染か、あるいはマラリアみたいに蚊かなにかの虫に刺されて感染したのか？　あるいは例の極秘計画とやらでモルモットにされたのか。ひょっとすると職場全体がその犠牲になったのかも。あるいはまた、このアパートの建物全体が。今ごろはアパートの住民全員が感染して、めいめいの体のなかで大きくなりはじめた病原体への恐怖に青ざめているかもしれない。

いずれにしても、やつらがどこかからやってきたことだけはまちがいない。どこかから飛んできて、人の体に着地した。あるいは虫かなにか――それともなにか人工的な道具？――を媒介として体に付着した。

それはつまり、人の体に適合するように創られているということじゃないか？　実際彼らはさも普通の腫れ物のような顔をしてペリーの体に巧みに忍びこんだ。しかも彼の体は当初それを拒まなかった、忌々しいことには。しかも、自分が感染者になったこと自体偶然ではないような気がしてきた。街に同じ患者が大勢いるなら別だが、あるいはこのアパート全体にこの病気がはびこっているなら別だが、そうでないかぎりは、だれかが自分だけを実験動物として選んだとしか思えない。

あらゆる不安が泥の海のように渦巻き、そのなかを泳がされているような感じだ。そんな思いはもういい加減にしりぞけたい。そんなことはもう考えたくもないし、自分がこんなやつらの犠牲になっているなんて思いたくもない。

鎮痛剤が効いてきたらしく、脚の痛みがいくらか和らいだ。その代わり寒気がする。足を引きずって寝室に入り、ミシガン大のジャージを着こむと、また居間に戻った。またソファに沈みこんだが、もう眠気も空腹感もない。腫れ物のことを考えないようにするために、なにか気分を切り替える材料が欲しい。テレビのリモコンを手にとり、液晶画面をオンにした。プレビュー・チャンネルを出すと、時刻表示はＡＭ11：23となっていた。

チャンネルをあちらこちらにまわす。どこも大したものはやっていない。せいぜいペンシルヴァニア州立大でやっているバスケのウルルヴァリンズの試合ぐらいで、あとはアニメ『スクービー・ドゥー』のほかはコマーシャルばかりだ。バスケにしてもフットボールとちがってあまり熱心に観る気にはならない。ほかに『となりのサインフェルド』の再放送とか。そういえばもうじきＮＦＬのナビ番組がはじまるから、それに釘付けになるのがいいかもしれない。ほかのことを忘れられるだろう。ナビ番組のあとにはＮＦＬの試合があるし。そうやってプロのフットボールを観て何時間もすごす。だがそれがはじまるまでの今現在は、テレビはまだ不毛の大地だ。ほとんどあきらめかけたところで、当たりがめぐってきた。『刑事コロンボ』だ。

前に観たやつだろうが、そんなことはどうでもいい。年老いたバセット犬をつれたコロンボが今回も大邸宅へ聞き込み捜査に向かう。ヨレヨレのトレンチコートを着た姿は日雇い労働者が鈴なりになった貨物列車からたった今おりたばかりみたいだ。お屋敷では二階のバルコニーから近くの木に移って地面におりようと試みる――殺人犯はその木をつたって被害者の寝室に出入りしたんじゃないかというわけだ。バセット犬が木の下でじっと待っていると、コロンボは枝から地面にドサッと落っこちる。やっとこ立ちあがったところに、お決まりの大金持ちの夫人が近寄ってきて妙に気安く話しかける。「コロンボ警部、どうかなさいましたの?」

そこに　いるのは　だれだ……

腫れ物の不意のその声に、ペリーはビクッと跳ね起きた。「なんだって?」だれかいるのかとあわてて室内を見まわした。

そこに　だれが　いるんだ……

恐怖が満ちてくる。本当にだれかがどこかにひそんでいるんじゃないか? そして実験を終わらせるためにモルモットを殺し、解剖するつもりじゃないのか? それともどこかへ拉致していくとか? そういうことをこの腫れ物どもは知っているんじゃないか？
「おまえら、なにをいってるんだ？」とペリーは口に出した。「だれも見えないぞ？ここにゃだれもいないぞ！」

べつの　こえが　した　おまえじゃない　こえ　きこえた……

テレビからはコロンボの鼻にかかった声が流れている。「奥さん、お時間をとって悪いんですがね」と金持ちの夫人に話しかける。「ほんのいくつかお訊きしたいことがありまして」

これだ。やつらはコロンボの声を聞いたのだ。ペリーの口からわれ知らず笑いが洩れた。それは驚きでもある。彼らはテレビがなんであるかを知らないのだ。

というより……それが現実じゃないってことが理解できないんだ。もっと正確にいえば、現実とそうじゃないものの区別がつかないってことだ。あるいは、音声を聴くことはできるが、ものを見る能力はないということが関係しているのかもしれない。つまり本物の人間がしゃべっているのと、テレビなどから発する音声とはちがうということを理解できない。

「あれはコロンボだ」とペリーは落ちついた声でいってやった——この新たな問題に

どう対処するかを考えながら。この新発見が自分にとっていいことかどうか、まだわからない。むしろ頭の奥では、テレビの話題はもう避けたほうがいいとなにかが告げている——それで自分の命が助かるなどという保証はまったくないが。とにかく自分の勘を信じて、テレビを消した。

ころんぼ　だれだ　ころんぼ……

「コロンボは刑事だ。警察官だよ」

早くもおなじみになった沈黙と、そのあとのきしむような声とがまたくりかえされた。それはだんだんうるさくなり、つい顔をしかめた。腫れ物どもは人の脳を辞書のように使って、言葉の意味を漁っているのだ。

脳をまさぐられるのは、ある意味で体の痛みよりもいやだった。皮膚の下を覗かれたり、鉤爪を骨に絡みつけられたり、血液から栄養分を吸いとられたりすることよりも、頭のなかをさぐられるほうがもっと悪い気分だ。腫れ物たちは人の脳をコンピュータ代わりに利用している——ソフトウェア代わりに使っているのだ。

そう考えるのはかなりショックなことだ。もし彼らに人の脳をスキャンする力があるのだとすれば、それはつまり脳に記憶を保管しておくための生化学反応の過程に侵犯することを意味する。すなわちきわめて高度に進歩を遂げた能力だといわねばならない。彼ら自身はテレビがなんであるかさえわかっていないにもかかわらず、起こっていることは現代科学の最先端すら追いつかないようなとんでもないなにごとかなのだ――

けいさつ　けいさつは　いやだ　いやだ……
けいさつには　いうな　おれたちが　ここに　いること……
いうな　けいさつ　いやだ　いやだいやだいやだ……

腫れ物どもが突然言葉をくどくどとわめきだしたため、ペリーは考えをさえぎられた。彼らの恐怖感が波のように押し寄せて、脳内を満たした――その激しさは十一月の暴風のようだ。それは彼らの恐怖であってペリー自身の感情ではないのに、なにかの脅威に向かってアドレナリンが沸き立つのを止められない。よれよれのコートを着たコロンボのなにが彼らをそんなに恐れさせるのか？

いやだ　いやだ　いやだいやだいやだ……
けいさつは　おれたちを　つかまえにくる……

彼らの恐怖感はまるで形があるような、手を触れられるようなありありとしたものだ。無慈悲な猛禽につかまれた蛇がのたうち悶えるときの黒々とした焦燥感のようだ。「静かにしろ！」自分の心と体に異質で不気味な感情が急速に通過するような感覚に襲われ、眉根を寄せた。「大丈夫だ、警察はもういない。おれが追っ払った」彼らを安心させるには、テレビというものについて教えてやればいいんじゃないかと気づいた。テレビだから警察なんて本当にいるわけじゃないんだと――

やつら　おれたちを　つかまえにくる……

――が、すぐ思いなおした、それは切り札にとっておいたほうがいいかもしれないと。あとできっと役に立つときがくる。

けいさつ　もういない　けいさつ……
まだいる　やつらがくる　やつら　まだいる……

「警察なんかいない！　いい加減にビクつくのはやめて静かにしろ！」どなりながら

われ知らず両手を頭へやっていた、脈打つように押し寄せて痛めつける腫れ物たちの恐怖感と不安感から脳を守ろうとするように。それらの感情が感染しそうだ。パニックの冷たい指先が胸を絞めつけてくる。「コロンボなんかいないんだ！　いい加減に人の頭のなかでわめくのはやめて、おとなしくしてろ！」

おれたちを　つかまえにくる……

どうも声が今までとちがうようだ。それも、単に激しい恐怖のせいというわけではなさそうだ。彼らの話し方に、言葉に、ある種の調子が生じている。なぜかしらどこかで聴き覚えがあるような、一種深みのあるゆったりとしたしゃべり方に変わっている。

やつら　おれたちを　つかまえにくる……

彼らの恐怖がたしかに感じられた。それはもう最初のころのような無感情で単調な声ではない。感情の激しさが増したのか、あるいはそれを抑制していたなにかの箍（たが）がはずれたのか。

おれたちが　ここにいること　やつらに　いわないでくれ……

「いいやしないさ、安心しろ」声を低め、自分にいい聞かせるようにいった——そうすれば彼らも安堵させられるような気がして。「警察はほんとに追っ払った。もう大丈夫だから、ちょっとは落ちつけ」

するとて、せっぱ詰まっていた恐怖感が急速に薄れていくのがわかった。真っ暗だった部屋に不意に明かりが点いたような気分だ。

たすかった　おんにきる　おんにきる……

「おまえら、どうしてそんなに警察を怖がるんだ？」

おれたちを　つかまえにくるから……

病原菌が警察に追われるだって？　普通ならバカげたことだ。だがもしたしかだとしたら、彼らの存在を知っている者がほかにもいるということか——彼らを見つけだし、滅ぼそうとしているだれかが？　だがそうなら、なぜ噂のひとつも耳に入ってこない？　仮にそのだれかが政府機関だとしても、疫病の情報がメディアにまったく洩れないなんてことはないだろう。そもそもその疫病の病原菌が自分たちを滅ぼそうとする政府機関の存在を知っていること自体おかしい。彼らはペリーの体内にずっと巣食っていたのであって、彼以外の人間についての情報を知ることなどできなかったはずだ。それとも、彼らにそういうありうべき脅威に対する警戒心が初めからプログラムされていたとでもいうのか？

ひょっとすると、彼らは警察とか刑事とかいう言葉を最初から認識していたわけではなくて、ペリーの脳を辞書代わりにスキャンして自分たちの脅威となる言葉を探し、それに該当するものを――あるいは少なくとも該当しそうに思えるものを――見つけだしたということなのかもしれない。

「警察がおまえたちを捕まえにくるとは、どういう意味なんだ？　おまえたちがここにいることを知ってるだれかがいるってことか？」すると腫れ物たちがまたも脳内を――記憶の倉庫を――さぐって、答えるための言葉を探しているのが感じとれた。そうされるたびにその感覚にしだいに慣れていった。ちょうど薄暗い部屋に徐々に目が慣れていくように感じだ。

やつら　おれたちを　つかまえて　ころす……
うわ　うわ　うわあ　うわあうわあ……

〈うわあ〉だと？　その言葉はペリーを驚かせた。感嘆詞を使うとは。しかも〈殺す〉という言葉とつなげて使っている。なんで急にそんな奇妙な話し方をするようになった？　最初のころの単調なしゃべり方は失せて、ずいぶん抑揚に富んできた。よりなめらかで、しかもゆっくりとした調子になってきた。

だが本当はそんなことなどどうでもいい。とにかく問題は、彼らが警察という言葉をヒステリックなほどに恐れていることだ。やはりなにか本能的な記憶によるのか？しかし自分たちがなぜ人の体に侵入しているのかも知らないといっているくせに、警察などというものを認識するすべは心得ているというのもおかしな話だ。単に嘘をいっているということか？　彼らがなんでも正直に話すなどという保証はないのだから、ありえないことではない。だが宿主にまで伝わってくるほど強い恐怖感であることからすれば、まんざら嘘とばかりも思えない。あるいはもしかすると……本当は警察ではないんじゃないか？　たとえば、単にそれらしい制服を着た人間のこととか？

そこでペリーは思いだした——彼自身は警察や刑事などの言葉を使っているとき、頭に思い浮かべていたのはむしろ、ミシガン州警察の警官たちの姿だった。州警察の連中はみんなおよそ大柄な体格をして、パリッとした制服にきちんと身を包み、ロボットみたいに整然と動き、ひどく目立つ銃を携行している。

腫れ物たちはおそらく、ペリーのそういう記憶の残像を読みとったのだ——今日、警察という言葉を耳にして真っ先に思い描いたのもそれだったのだから。彼が持つ州警察のイメージは、つねに完璧な制服と完璧な挙動と完璧な銃とを兼ねそなえている者たちで、それは警官というよりもむしろ、まるで……

まるで……

まるで兵士のようだ。

腫れ物たちが恐れているのも、兵士なんじゃないか？　そう気づくと、ふたつの可能性が頭のなかで競いはじめた——ひとつは、腫れ物たち自身の経験、もしくは本能から兵士というものを知っているという可能性、もうひとつは、自分たちのいる環境よりも広い世界についての情報を持っている可能性だ。ふたつめをいい換えれば、ペリーさえ知らない世界のことまで知っている可能性だ。

そこまで考えてくると、かすかな希望の光が胸の隅できらめいた。腫れ物たちの恐れているのが兵士だとすれば、彼らのことを知っている兵士の集団がいるという意味ではないのか？　そうなると、この災難に遭っているのがペリーだけではない可能性が出てくる。

「どうして警察がおまえたちを捕まえにくると思うんだ?」

また沈黙。

きしむ声。

やつら　おれたちを　ころそうとしてる……
やつらに　ころされる　ころされるころされる……

「どうしてそうだとわかる? 警察がどこからくるのかも知らないくせに、なんでそいつらに自分たちが殺されるなんて思うんだ?」

やや長い沈黙。

なかまから　きいた……

仲間だと? こいつらに同類がいるってことか? ほかにも同じ病原体に感染してる人間がいることになる。つまり患者はペリー一人ではないのだ。

「仲間がなんていったんだ?」

こんどはさほど間を置かずに答えが返った。

　　　　　はらへった　なにか　くわせろ……

「仲間も腹が減ってるってことか？」

　　　　　はらへった　くわせろ　なにかくわせろ……

「なんだ、またおまえらがすきっ腹だってことか」

　　　　　くわせろ　くわせろくわせろくわせろ……

「簡単にゃ食わせられんな」ペリーは冷たくいった。「仲間のことを教えろ。そいつらはどこにいる？」

　　　　　くわせろ　いますぐ……

その要求は砲弾が撃ちこまれたみたいに頭のなかで鳴り響いた。たまらず目をきつく閉じる。頭痛が遅い、歯を食いしばる。

くわせろくわせろ……

思わず低くうめいた。まともにものを考えられない。どうすればいいのかわからない。

くわせろ　いますぐ　いますぐいますぐいますぐ……

「いい加減に黙れ！」思いきり大声をあげた。痛みと怒りで声がかすれる。「食わせればいいんだろ、食わせれば！　食わせてやるから、俺の頭のなかでわめくのをやめろ！」

わかった　だまるから　くわせろよ……
はやく　くわせろよ　だまるから……

矢が放たれたあとの弦の反動のように、ペリーの思考力はもとに戻った。涙がひと筋、頰をつたう。腫れ物たちのわめき声があまりにひどくて、さっきまでは動くことすらできなかった——口答えすらやっとだった。

はやく　はやく　はやくはやく……

あまりのしつこさに、ペリーははじかれたように立ちあがった。足を引きずって八歩で台所にたどりつき、息をついて考えなおした。今は痛みへの恐れから体が動いてしまっているだけだ。

まるで命令に従う兵士みたいに、考えもなしにただいわれたとおりに足を運んでる——ナチの兵士がヒトラーの計画のままに行動したように。〈ハイル・ヒトラー！　われら個人の考えは捨て去り、総統閣下のご命令に沿い、ユダヤ人を殲滅します！〉これじゃロボットのようだ。リモコンで動く召使だ。こんな屈辱があるか？　人間としてのプライドが許さない。そう、おれだって人間だ、自分のやることは自分で決める。奴隷でも機械でもないんだ。

傷ついたプライドを少しでも癒すために、おれも腹が減っているんだと自分にいい聞かせる——腫れ物どもに命じられたからじゃないんだと。だがそんな慰めも無駄なことだ。今のペリーは操り人形にすぎず、やつらが神経を操り糸のように引っぱるごとにバカげたダンスを踊るだけだ。いや操り人形以下かもしれない——父がしゃべるたびに怖さのあまりビクついていた、十歳の子供のころに戻ったみたいだ。

ラグーのパスタ・ソースがまだ残っていた。それを冷蔵庫から出し、戸棚からはライス・ア・ロニのピラフ・パスタをとりだした。もうすぐ食材が完全になくなるから、できるかぎり早めに買い物にいかなければならない。それも間抜けな話だ。助かりようのない疫病にやられて死ぬほかなくなった男が、自分だけのための最後の晩餐の材料を買い漁るためにスーパーでカートを押し歩かねばならないとは。まさに死刑囚の暮らしだ。

不意にレシピのアイデアが湧いた。ライス・ア・ロニを戸棚に戻し、代わりに節約袋入りの米を半分ほどつかみだした。パスタ・ソースはパスタでなくても合うだろう。メジャー・カップで水を計りとり、火にかけた。

はやく　はやく　はやく……

せがむ声がまるで威嚇するように頭のなかで響きつづける。

「ちょっと待ってろ。めしの支度に二十分はかかる」

はやくしろ　はやくはやく……

「まだできてないといってるだろ」ペリーの声のほうが嘆願する調子だ。パスタ・ソースをミスマッチな米にかけ、煮立てていく。「ほんの数分待ってろといってるんだ」きしむ声が脳内で渦巻く。

すうふん　なんのことだ　くそったれめ……

「数分も知らないのか？　一分というのは六十秒のことだ」時間を説明するのはめんどうだ。腫れ物どもが時間についてなにも知らないというのも奇妙なものだ。「秒ってのは知ってるか？　時間というものはどうだ？」

びょう　しらない　じかんなら　しってる……

その返事はすぐ返った、きしむノイズはほんのちょっとあっただけで。やはり時間だけは知っているのか。〈秒〉を説明してやらねばならない。レンジの上の時計を見やった。もし彼らにあの時計が見えるならば説明しやすいのだが。

「おまえら……」尋ねようとして、急に背筋に寒いものが走った。この問いへの答えは知らずにいたほうがいいんじゃないかと思えてきた。「おまえら……ものを見ることはできないのか？　おれの目から外が見えるんじゃないのか？」これまで腫れ物たちにどんな能力があるのかなど考えてこなかった。少なくとも宿主の記憶を読むことはできるようだ。だとしたら、脳内にとりこまれた光の信号を読みとって映像に変換することもできるんじゃないか――脳が像を結ぶよりも前に？

みえない　おれたちには　みえない……

その答えはやや安堵させるものだった――が、つけ加えられたひと言で安心感はすぐに失せた。

いまは　まだ……

今はまだ。

彼らはまだ成長の途中なのだ。いずれは宿主の精神まで全部乗っとることが狙いなのか？　宿主自身の精神を少しずつ押しだしていくことによって？　脳を絞めつけてゆっくりと意識を交換していくのかもしれない、庭の薔薇園を知らないうちに雑草が侵食していくようにして。薔薇はきれいで繊細だが、しかし雑草は粗野でたくましく、どんな不毛の地でもどんな悪天候のもとでも不断に生きのびていく。しかもどんな悪環境でもただ生きのびるにとどまらず、必ず繁茂をきわめるのだ。

今なにが起こりつつあるのか、ペリーは不意に悟った気がした。病原体たちは今彼の奥深くにまで分け入り、体も心も乗っとろうとしているのだ。しかも自分たちを守る殻は固く閉ざして、外の世界にはまったく知られないうちに。まさに『SF／ボディ・スナッチャー』だ。典型的なハリウッド製特撮映画の世界だ。だがありえない話じゃない。それならそれで説明がつく。もし人間にとって代わる能力を持った異星の生物がいるとしたら、地球征服のために彼らを先兵として送りこんだとしても不思議はない。方法としてはきわめて効果的しかも効率的だ。地球人と無駄な戦争をして邪魔っけな死体をたくさん転がさなくてもすむのだから。悪名高い中性子爆弾よりももっとましだ——そいつは建物を壊さず人間だけ殺せる兵器だそうだが。

やつらはほどなく視覚まで乗っとってくるだろう。つぎはなんだ？　嗅覚か？　ひょっとしたらもうレンジで煮立っているライスの匂いを嗅ぎつけているかもしれない。あるいは口を乗っとるのか——そしておれの声でしゃべるようになるのかもしれない。さらにそのつぎは？　筋肉か？　体の動きまで操る気か？　なんて乗っとりに巧みなやつらなんだ、この腫れ物どもは！

そもそもやつらはいつまでこの小さい姿でいるつもりだ？　本当は一匹ずつが別々の存在というわけじゃないんじゃないか？　じつはあるひとつのものがいくつものパーツに分かれて、それぞれが別の役割を担っているんじゃないか。それらが生きたジグソー・パズルのピースとしてしだいにつながりあい、やがては宿主の体内で完全に一体化するとしたら？

その暗澹たる想像を、またも耳障りなノイズめいた声が邪魔した。

いちびょうは　どれだけの　ながさだ……
いっぷんは　どれだけの　ながさだ……

ペリーはそのしつこい質問攻めからなんとかして逃げたかった。尋ねられるたびにチェンソーに刻まれるように思考が寸断される。

「教えてやるからよく聞いてろよ」と口ばやにいった、それ以上のしつこい攻めをやめさせようと。「まず、一分というのは六十秒のことだ。じゃあ一秒ってのはどれくらいかといえば、とても短い時間の単位だ」彼が話しているあいだ、ノイズが高音域で鳴りつづけている。言葉の意味を彼の脳内のデータベースから探しているのだ。

「いいか、秒はこれぐらいの長さだ……秒の長さで五つまで数えるから、ひとつがどのくらいかよく注意して聞いてろ……一……二……三……四……五……」ふと子供のころ見ていた教育番組『エレクトリック・カンパニー』のなかでジャズっぽい数え歌があったのを思いだした。〈いちにっさん、しー、ごー、ろくななはちきゅーじゅー、じゅーいちじゅーにーーー〉「これが五秒だ、わかったか？」

高音域のノイズがいっそううるさくなったかと思うと、一瞬だけ低い音に戻った。

いちびょうは　みじかい　いっぷんは　ろくじゅうびょう……
いちじかんは　ろくじゅっぷん　そうだな……

腫れ物たちの声からまたも抑揚が失せていた。最後の〈そうだな〉というのが確認のための問いかけだとはなんとかわかったが、それ以外はわずかな音の高低もない。今までの短いあいだだけ感情の起伏が現われたわけがなぜなのかわからないまま、結局初めのころの無感動なモノトーンに返ってしまった。

「そうだ」と答えはしたものの、〈一時間〉がどれだけの時間かはまだ教えていないのだ。彼らはペリーの脳から勝手にその意味を引きだしたらしい――おそらく秒と分に関連づけて探したのだろう。脳をスキャンする彼らの能力はどんどん高速化しているようだ。
人間なんて所詮、機械をちょっと複雑化しただけのものじゃないか——唐突にそんな思いが湧いて、ゾクッと身震いした。そうだ、脳なんてコンピュータと大して変わらない。それはいわば肉体の管制塔であり、記憶の倉庫であるにすぎない。人がなにかを思いだしたくなったとき、脳はある信号を発して情報を呼びだすが、それはちょうどコンピュータがプログラムによってファイルを開くのとそっくりだ。コマンドが指定されるとデータが検索されて当該もしくはそれに近いファイルが特定され、それがプロセッサに読みとられてモニターにディスプレーされる。脳もそれとまったく同じだ。記憶は大脳もしくは小脳での、ある生化学作用によって保管され、所定の方法にさえたよればたやすく読みとることができる——ハードドライブのデータを読むようにあるいは本のページを読むようにたやすく。つまり脳といえども、少しばかり複雑なデータをより単純化して保管しておくための倉庫にすぎない。

いっしゅうかんは　ななにち……

つまりたとえばあらゆる物質は化合物から分子へ、そして原子へ、さらには陽子と電子へと分解されるように、あらゆる情報もまたより小さな要素へと分解し単純化することによって単一的に管理することが可能となるのだ。そしてこの病原体はそうした小さな要素を読解する能力を持つように作られていて……宿主がこの世に生まれて以来蓄積している記憶を、ハードドライブすなわち脳から抽出することができる。

いっかげつは　よんしゅうかん……

この病原体のそうした能力の緻密さは驚くばかりだ。しかも彼らの学習はきわめて速く、情報検索のスピードは幾何級数的に高速化している。しかも彼らの学習はそのつどひとつずつの記憶や言葉をピックアップするのではなくて、関連のある記憶と言葉にも目を通していく。ただしこれまでのところは、比較的長期間保管されていた記憶のみ読みとることにかぎられているようだ。たとえば時間の単位など、古くから保管されることによってより明瞭なイメージを伴っている語彙のみが読解されているようだ。

いちねんは　じゅうにかげつ……

そうやって彼らはコンピュータがフロッピーディスクを読みとるように人の脳をた

やすく読んでいくが、しかし彼らにはそうした単純な要素についての概念が最初からあったわけではない――たとえば時間の概念にしても、あるいはテレビというものがなんであるかにしても、すべてあとづけの情報にすぎない。そもそも脳内で響く声もただのまねごとにすぎず、本物の声じゃない。

いちじだいは　じゅうねん……

そのように考えてきても、まだなにか説明が足りない気がする。あるいはどこかをいまだとりちがえているような。それはつまり、この病原体の正体が今以てわからないこと――彼らがどこからきたのか、またいつから自分の体に巣食っているのか、いまだになにも手がかりがないからかもしれない。
だがひょっとしたら、やつらを止める手はあるかもしれない――もし助けさえ望めるなら。
やつらが恐れる例の〈兵士〉が、必ずどこかにいるはずだ。そしてその〈兵士〉たちも当然やつらの存在を知っている。この腫れ物の正体のなんたるやを承知しているのだ。そしてやつらを捕まえ、殲滅したいと考えているにちがいない。ただ問題は――それこそ最大無二の問題は――その〈兵士〉が何者なのかということだ。

これは決してハリウッド映画じゃない。ニヒルな笑みとウィットのあるせりふとともに世界を救うメン・イン・ブラックなどいはしない。憂鬱な表情で危機のドアを蹴破っていくFBI捜査官もどこにもいない。特殊光線銃で悪い怪生物を人類の体から吹き飛ばしてくれる異星のヒーローもいない。だれに助けを求めればいいのか、どこへ逃げこめばいいのか、今はまだわからないが――しかし〈兵士〉は必ずどこかにいるはずだ。

いっせいきは　ひゃくねん……

不意にあることに思いいたって、ペリーは凍りついた。もしこのまま彼らが脳をスキャンしつづけたなら、いずれは過去の記憶だけじゃなくて、現在生みだしている思考まで読みとれるようになるだろう。そうなったとき、やつらはどう反応するだろうか――たとえばおれがその〈兵士〉に本気で助けを求めようとしたときに？　頭のなかでこれまでにないほどうるさく騒ぐかもしれない、脳味噌が耳から飛びだすほどに。あるいは鼻の孔から鼻水みたいにこぼれだすほどに。

たった今、すでにこの考えが聴きとられているかもしれない。

そのことについてはもう考えるのをやめたほうがよさそうだ。だが考えなければ助けを呼ぶことはできない。腫れ物どもをやっつける手立てても、もう考えるべきじゃない——やつらに体の内側から焼き殺されるかもわからないから。まるで電子レンジでじゃが芋を焼くみたいにして脳を料理されるんじゃないか？　ここで考えることをやめたら——生きのびるための思考を脳内から追い払ったりしたなら——もう本当に助からなくなってしまうだろう。

ストレスがどんどん内側から蓄積されていく、爆発したビルの内部に煙が充満していくみたいに。

レンジのブザーが鳴り、ライスが煮あがったことを知らせた。ペリーは溺れる者が浮き袋にしがみつくようにして、この新たな気晴らしの種へと意識を切り替えた。食事をとるということへのスリルに全身全霊ですがりついた。

だがそれがほんのいっときの逃避にすぎないことに、ペリーはまだ本当には気づいていない。自分のまわりと内側とで渦巻いているこの信じがたい状況のストレスによって早くも精神が罅割（ひび）れはじめていることにも、まだ気づいていなかった。あたかも洪水の水位がゆっくりと上昇して、避けがたく抗しがたく止めがたいまでになりつつあることも——そのなかにわずかに残った陸地にもすでに水際がすぐそこまで迫っていることも、彼はまだわかってはいなかった。

39　ママのだいじなお嬢ちゃん

ミラー通りに入ると、運転手役のクラレンス・オットーが車を停止させた。マーガレットは携帯電話を耳にあてたまま窓を覗き、こぎれいなレンガ造りの二階家を見やった。白い鎧戸と飾り窓があり、片側の外壁を古い蔦の蔓がおおう。夏にはそちら側は緑豊かな蔦の葉が分厚く茂ることだろう。古い時代の学生向け寄宿家屋の文化遺産だ。

後部座席に沈みこんでいるエイマスは、明らかにことのなりゆきに参っているようすだ。病院のなかならどれだけ長く閉じこめられていても元気でいられる男だが、こんな寒空の下に引きずりだされてはとたんに不機嫌になる。

「今、めあての家の前に着いたところよ」マーガレットは電話の相手に告げた。

「オットーに充分注意しろといえ」その相手、デュー・フィリップスがいった。「こっちには死体が六つ転がってた。そっちも油断できんぞ。援護は近くにいるか？」

マーガレットは後ろを振り向いた――そこに見えるものはわかっているのだが。グレーの覆面ワゴン車がすぐ後方に停まっている。

「ええ、いるわ。踏みこむときはもちろんオットーに先導してもらうけど、でもきっと大丈夫よ。女の子はモルジェロン病に特有の繊維が出るだけで、三角形の腫れ物ができてるわけじゃないってことだから」

「要注意だってことに変わりはない」とフィリップスが返した。「腫れ物ができたが最後、手がつけられなくなるんだからな。それから、そっちがかたづいたらすぐこっちにきてくれ」

「そっちではほかにもなにかあるの？」

フィリップスは一瞬間を置いてから答えた。「こっちの感染者がやったことは、ほとんど芸術の域だ。きみならきっと見たいと思うはずだ」

「わかったわ、できるだけ早くいくから」

相手はそのあとなにもいわず電話を切った。

「フィリップスはなんていったんだ？」エイマスが質した。

「死体が六つですって」マーガレットは手短にいった。「少し距離があるけど、ここがかたづいたらすぐ向かうわよ」

エイマスは後部座席で頭をうなだれた。ますます参っているようだ。オットーはといえばサングラスをかけたままで表情を読めないが、あごの筋肉がかすかに動いていらだちを示した。

「用意はいいか?」オットーがいった。マーガレットはうなずいた。

三人は車をおり、家へ向かって足を進めていった。オットーを先頭にして、マーガレットとエイマスはその二歩後ろをついていく。オットーが左手で玄関ドアをノックした。右手は上着の内側につっこんでいる——おそらく銃把に触れているはずだ。

だが危険に遭遇する可能性は低い。この家の女の子を仔細に診察したドクター・チェンのファイルによれば、三角形の腫れ物に発展する危険性がまったくないとまではいいきれないが、しかしだからといって性急に踏みこむことはできない。もしドアを蹴破って入ったりして、なかにいるのが完全に健康な一家だとわかったなら、この疫病調査の機密性がそこなわれてしまうことになる。恐るべき悪夢が身近に迫っていることが全米の知るところとなれば、パニックが起こるのは避けられない。

葉のない木立と地面を雪がおおっている。通りに並ぶ家々の芝庭のほとんどが、足跡ひとつない厚い雪で白く染まっている。だがなかにはこの家の庭のように、小さな足跡によってあちらこちら踏み荒らされていることもある。遊び盛りの子供たちの疲れを知らないエネルギーの前には、雪景色の美しさも形なしだ。

ドアが開き、戸口に一人の幼い少女が現われた。可愛い顔をしていて、ブロンドの髪をおさげに結い、青色の子供服を着ている。縫いぐるみを抱いているところまで完壁に可愛い。

「こんにちは、お嬢ちゃん」オットーがいった。

「こんにちは」返事する少女はまったく怖がるようすがない。といって喜んだりはしゃいだりするわけではなく、ただごく普通にしているだけだ。

「きみがミッシー・ヘスター？」

少女がうなずくと、カールするブロンドのおさげが揺れる。

オットーの右手がなにも持たないまま上着から出され、ゆっくりと体のわきにさげられた。

マーガレットは一歩進み出て、オットーの隣に立った。彼女の姿が少女にもすっかり見えるようになった。「あなたのお母さんに会いにきたんだけど、今おうちにいるかしら？」

「ママは寝てるの。おうちに入って待っててくれたら、そのうち起きるわ」

少女はわきへよけ、手で招き入れるしぐさをした。

「ありがとう」とオットーはいって、なかに入るなり、ぐるりとあたりを見まわした
――家のなかのようすを寸分も見逃すまいとするように。そのあとにマーガレットとエイマスがつづいた。踏みこみは意外にもたやすくすんだ。あちらこちらに目立つ色の玩具類が散在しているほかは、比較的よくかたづいている印象だった。

ミッシー・ヘスターの案内で三人は居間に入った。少女はソファに腰をおろし、エイマスもそれに倣うように坐った。オットーは立ったままでいる。居間からは階段と玄関が見え、それから台所の食事エリアもかいま見えた。

「ミッシー、お父さんはどうしてるの？」とマーガレットは少女に問いかけた。「今はいないの？」

ミッシーはかぶりを振った。「パパはもう一緒じゃないの。グランド・ラピッズにいるわ」

「そうなの。悪いけど、ママを起こしてきてくれない？　お話がしたいの――あなたも一緒にね」

少女はまたおさげを揺らしてうなずき、くるりと背を向けると階段を駆けあがっていった。

「べつに不健康そうな感じはないじゃないか」とエイマスがいった。「もちろんよく診なきゃわからんが、一見したかぎりではなにかに感染してるというふうじゃない」

「出てきた繊維を切りとったばかりのころかもしれないわ」とマーガレットは返した。「モルジェロン病から三角形の腫れ物に発展するまでには、なんの症状もない数年間があるんじゃないかしら。そのあいだになにかが大きく変化するのよ」

「おれの目にもすくすく育ってる子供としか見えなかったがね」オットーが口を出し

た。「きみたちにけちをつけるつもりはないが、しかし学者ってのはときどき考えすぎになることがあるんじゃないか？　うちの副長官の口癖は的を射てるかもしれないな。正しい答えは往々にしていちばん手近なところにある、ってやつだ」

「オッカムの剃刀だな」とエイマスがいった。

「なんの剃刀だって？」オットーが問い返す。

エイマスはにやりとして、「いや、なんでもない。あんたのいうとおりかもしれないってことさ」

三人の頭が一斉に振り返った——台所への戸口にこんどは男の子が現われたからだ。せいぜい七歳か八歳ぐらいという年恰好で、カウボーイ・ハットをかぶり腰に拳銃のホルスターを巻いている。房飾り付きのカウボーイ・ズボンを穿き、両目のまわりを隠す黒マスクを顔にかけている——ローン・レンジャーのソル・コスチュームだ。リボルバーを両手に一挺ずつ持っているのを目にして、オットーが気色ばんだ。どちらも銃口にオレンジ色の蓋がはめられている。玩具の拳銃、キャップ・ガンだ。

「そこを動くな」と男の子はいった。子供らしい声を思いきり低くして、豪傑に見せかけようとしている。だがそれがむしろ可愛らしく思えるだけだ。

オットーは笑って、「わかった、動かないよ、ローン・レンジャー。なにかいけないことがあるのかな？」

「あるかもしれないだろ——だから、おじさんたちの手をちゃんとぼくに見えるようにしといて」

オットーは両手を肩の高さにあげ、掌を開いてみせた。「おじさんたちはなにもいけないことはしないよ。悪いことはしないから」

少年はいかにも真剣そうにうなずいた。「それならいいよ。悪いことをしないんなら、ここにいてもいい」

そのとき、さっきの女の子ミッシーが跳ねるように階段をおりてきた。六歳ぐらいの小さい子供にしてはうるさすぎるほど大きな足音をさせている。

「あとはミッシーにまかせるから、おじさんたち、ゆっくりしてくといいよ」男の子がいった。「ぼくはこっちで仕事があるからね」

「がんばってね、レンジャー」オットーがいった。

「キュートな子じゃないか」男の子が台所へ戻っていくのを見送りながら、エイマスがそういった。

ドアがしめられたあと、少年が台所でドスンバタンとなにかを叩いたり蹴ったりするらしい物音が聞こえた——想像上の悪漢と戦ってでもいるのだろう。

だが少年のなにかがマーガレットを不安にさせていた。このへスター家を調べるに際して、少しことを急ぎすぎたかもしれない。そもそも家族構成すら確認していなかった。少女ミッシーは父親とは同居していないといったが、兄弟はあの男の子だけか？　姉や妹はいないのか？

「ママ、やっぱり起きないわ」ミッシーがいった。「あたし毎日毎日起こそうとしてるんだけど、いつもだめなの。それに、ママから変な臭いがしてるの」

マーガレットは胃の腑に冷たいものが湧くのを感じた。

少女は一歩前に進みでた。「あなたたち、〈やくしょ〉からきたの？」

エイマスがゆっくりと立ちあがった。

オットーが静かに少女とマーガレットのあいだに割りこんできた。「そうだよ、おじさんたちは役所からきたんだ。どうしてわかったの？」

「お兄ちゃんがいってたの、〈やくしょ〉からだれかくるだろうって」

ここを離れなければ――とマーガレットは瞬時に思った。それもただちに。罹患の可能性のあるこの少女をつれていくためにきたのだが、しかしほかの家族に感染者がいるとは予想していなかった。

「まずい」エイマスがつぶやいた。「あれはガスの臭いじゃないか？」

マーガレットも嗅ぎとっていた。台所から流れてくるその臭いは、その直後に急に強くなった。

「この子をすぐつれだすんだ」オットーがいった。冷静だが有無をいわせない声だ。

「すぐに！」

マーガレットは立ちあがるや、少女ミッシーへ向かって三歩駆けだした。が、そこでためらった。この子に触れて大丈夫か？——もしすでにあの腫れ物を持っていたら？　当初の推測が誤りで、危険な疫病の罹患者である可能性は充分にある。

「ドクター！」オットーがせかす。「つれていけ、早く！」

マーガレットは躊躇を断ち切り、少女の体をすばやくかかえあげた——瞬間、鳥肌が立つのを止められなかった。玄関へ向かって一歩を駆けだした——が、つぎの一歩を踏みだすよりも前に、台所のドアがあけ放たれた。

さっきの男の子がまた出てきた。相変わらず二挺拳銃を持っている。背後の台所からガス臭がどっと流れてくる。

カウボーイ・ハットはかぶったままだが、マスクはもうしていなかった。少年の目は片方しかなかった。もう片方の眼窩には、なにやら奇妙な青い色の塊が埋めこまれていた。それは皮膚の下の深いところから突出しているもののようで、そのせいで瞼も眉も変形している。塊が動いて瞼があけられ、その下の黒ずみたわんだ皮膚があらわになった。その正体不明の物体は、当初目と瞼の隙間にあってどんどん巨大化していったものらしく、今や眼球は物体の後方のどこかに押しやられているのだった。

「おじさんたち、やっぱり悪者だね」少年がいった。「ピストルで……やっつけなきや……」

二挺のキャップ・ガンをかまえた。

エイマスがマーガレットを追い越し、真っ先に居間の戸口へと逃げだした。彼女も、そちらへ向きなおり、急いであとを追った——少女をかかえたままで。重い足音がすぐ後ろから聞こえ、オットーが最後尾で逃げてくるのが察せられた。

マーガレットが居間から出た瞬間、銃口をふさぐキャップが発砲によってはじき飛ばされる音が響いた——少年はくりかえし何度も引金を引いていた。玄関へと逃げ、外へ跳びだした直後、ようやくガスに引火した。

大爆発というほどではなかったが、それでもボウンッ！という轟音がこだました。映画やドラマでよくあるように爆風で窓ガラスが吹き飛んだりはせず、ただ窓枠がガタガタっと激しく揺れるにとどまった。マーガレットは必死で逃げながら、背中に熱を感じていた——大爆発でなくても熱いものは熱い。大爆発でなくても、家が燃えあがるには充分だった。それはとりもなおさず、少年がすでに炎に呑まれていることを意味していた。


（上巻　終わり）

◉訳者紹介　**夏来健次（なつき　けんじ）**
1954年新潟県生まれ。訳書にラムレイ『タイタス・クロウの帰還』、ホジスン『幽霊狩人カーナッキの事件簿』（ともに創元推理文庫）、スレイド『メフィストの牢獄』（文春文庫）、スカウ『狂嵐の銃弾』（扶桑社海外文庫）などがある。

殺人感染（上）

発行日　2011年4月10日　第1刷

著　者　スコット・シグラー
訳　者　夏来健次

発行者　久保田榮一
発行所　株式会社 扶桑社
〒105-8070　東京都港区海岸1-15-1
TEL.(03)5403-8870(編集)　TEL.(03)5403-8859(販売)
http://www.fusosha.co.jp/

印刷・製本　中央精版印刷株式会社
万一、乱丁落丁(本の頁の抜け落ちや順序の間違い)のある場合は
扶桑社販売宛にお送りください。送料は小社負担にてお取り替えいたします。

ISBN978-4-594-06387-0
Printed in Japan(検印省略)
JASRAC 出 1102429-101
定価はカバーに表示してあります。

扶桑社海外文庫

公爵の危険な情事
ロレイン・ヒース　伊勢由比子／訳　本体価格876円

貴族は働かないものとされていた十九世紀末。職を持った斜陽貴族の娘と雇い主の米国人資産家の姉妹。姉妹との結婚をもくろむ公爵。彼らの危険な恋の行方。

森の惨劇
ジャック・ケッチャム　金子　浩／訳　本体価格743円

森の中でマリファナを栽培しながら暮らす戦争後遺症のリー。そこを六人のキャンパーが訪れたことから、事態は静かに動き始める。奇才が贈る恐怖の脱出劇！

美しき罪びと
バーバラ・ピアス　文月　郁／訳　本体価格838円

ラムスカー伯爵は妹をロンドンに連れ出すため付添役を雇うことにする。しかし相手に選んだ女優ペイシャンスには秘密があった。情熱と官能のヒストリカル！

闇の貴公子に心惑って
コニー・メイスン　藤沢ゆき／訳　本体価格876円

昔交わした婚約ゆえに結婚させられた娘。相手は汚名を着せられ処刑された伯爵の息子。容姿は端整だが強引な男に娘は反発する。だがそれとは裏腹に……。

＊この価格に消費税が入ります。

扶桑社海外文庫

愛は暗闇の向こうに
キャロライン・リンデン　霜月桂／訳　本体価格933円

十九世紀のロンドンを舞台に伯爵令嬢を愛した政府のスパイ…。求めあいながらもままならない男女の愛の葛藤を描いて絶賛された上質サスペンス・ロマンス！

虚偽証人（上・下）
リザ・スコットライン　高山祥子／訳　本体価格各800円

訪れた証人宅で強盗に出くわしたヴィッキ。証人の命は奪われ、ありふれた事件はその状況を一変させる。新米検事補の奮闘を描く傑作リーガル・サスペンス。

クリスマス・エンジェル
リサ・マリー・ライス他　上中　京／訳　本体価格857円

ナポリで再会した恋人たちを描くL・M・ライスによる表題作ほか、とびきりホットでキュートな計3作品を収録。人気作家たちが聖夜に贈る愛のプレゼント。

聖夜の殺人者（上・下）
ノーラ・ロバーツ　中谷ハルナ／訳　本体価格各819円

クリスマス間近のフィラデルフィア。古美術品店主ドーラが仕入れた平凡な骨董品を巡り次々と奇怪な事件が。そんななか、彼女の前に素敵な元警官が現れた。

＊この価格に消費税が入ります。